喜歡你時如見春光 下

貓尾茶——著

目錄
CONTENTS

第十四章 歡迎到來

按照原本的安排，會議正式結束後，林晚原本該和舒斐分開行動。

可現在舒斐躺在病床上，周衍川又要明天才來，她想了想，便從飯店直接搭計程車去了醫院。

白天的住院部比夜晚還嘈雜些。

饒是舒斐花高價住進單人病房，也免不了走廊裡有其他探病的家屬進進出出。

林晚走到病房門前，剛要抬手敲門，就看見舒斐的看護不知從哪裡冒出來，對她豎起食指比出噤聲的動作。

「阿姨，現在不能進去嗎？」她小聲問。

這阿姨也是個八卦的人，聞聲便擠眉弄眼地湊過來，在她耳邊竊竊低語：「舒小姐的男朋友在裡面。」

林晚一愣，心想從來沒聽說過大魔王有男朋友。

也不知道長什麼樣，說不定就是個男版舒斐，組合起來能夠毀滅世界的那種。

不過好奇歸好奇，她終究清楚某些社交中的隱形規則，沒有冒失地推門進去圍觀，而是跟阿姨打聽了一下舒斐的手術情況。

手術很成功，骨折的部位植入了鋼板，一年後再到醫院拆除。

雖然受了皮肉之苦，但好歹不會留下後遺症。

林晚放下心來，囑咐阿姨守在外面，等到時間合適了再通知她進去，然後便打算到醫院附近隨便逛逛。她在醫院外面的咖啡店點了杯飲料，剛付完款，就聽見手裡的手機鈴聲響了起來。

她以為是看護阿姨打來的電話，誰知翻過來，竟然是周衍川。

『妳在哪？』

周衍川好像在某個空曠的環境裡，背景隱約有些熟悉的聲響，但一時又反應不過來。

林晚老實回答：「在醫院外面，打算探望舒總監。」

『哪家醫院？』

「唔，人民醫院，怎麼啦？」

周衍川說：『在那等我。』

「好。」

林晚掛斷電話，坐到靠窗的位子等飲料做好。

半分鐘後，腦子裡「叮」一聲！

男朋友的語氣太過自然，導致她險些忘記這裡是燕都，而他剛才似乎是在機場。

突如其來的喜悅暫時湧上心頭，她又把電話撥了回去，歡欣地問：「你提前過來啦？」

周衍川啞然失笑：『我還以為妳不會問。』

「我剛才傻掉了。」她自己也覺得好笑，自嘲地笑了幾聲，問，「那你過來要多久啊？」

周衍川慢條斯理地說：『不知道，塞車呢，可能要兩個多小時。』

「啊，那麼久。」

林晚平生第一次憎恨起城市的交通環境，她無奈地撇撇嘴角，「好吧，你到了打電話給我，我在醫院大門斜對面的咖啡店等你。」

隨後的一個小時，林晚就在不斷查看手機的重複動作中度過。

兩邊都遲遲沒有消息，讓她一時竟然閒得無事可做。

這樣可不行。

林晚在心中默念道，至少不能讓周衍川發現自己太想念他。她把筆記型電腦打開，新建了一個文件檔案，打算趁著空閒時光，打打草稿，想想社群軟體的科普帳號接下來該更新什麼內容。

一杯咖啡很快見底，她抬手示意，讓服務生過來幫她續杯。

幾分鐘後，明亮的光線被人影遮住。

林晚此時狀態來了，盯著螢幕頭也不抬：「放在這裡吧，謝謝。」

服務生沒動，也沒回答。

林晚感到奇怪，納悶地抬起眼，下一秒人就愣在了當場。

周衍川單手插口袋，站在桌邊似笑非笑地看著她。

林晚一下子控制不住表情，燦爛的笑容隨著她不斷攀升的快樂指數同時迸發出來，她把身旁座位上放著的包拿開，問：「不是說要兩個多小時嗎？」

周衍川將行李箱往旁邊一放，坐到她身邊笑了笑：「抄近路。」

林晚懷疑地看他一眼，正色道：「你學壞了哦，現在居然敢騙我了。」

「讓妳覺得沒等太久就到了，不好嗎？」周衍川側過臉來，輕聲反問。

當然好。

假如他說過來需要一個小時，林晚保證會覺得這段時間太漫長了。

她笑咪咪地把筆記型電腦裝回包裡，歪過腦袋仔細打量五天沒見的男朋友，不知是不是她的錯覺，總感覺周衍川好像比之前更帥了。

林晚湊近仔細看了看，終於發現了玄機。

他剪過頭髮，兩邊鬢角推短了些，襯得五官輪廓更加立體。

「為了來見我，特意打理過髮型？」林晚捂住胸口，語氣誇張，「男朋友這麼用心，我好感動啊。」

周衍川眼簾微闔，靜靜看完她的表演，才緩聲開口：「妳可以演得更假一點。」

林晚「噗哧」一笑出聲來，側身靠著沙發，目光深情地停留在他的側臉，靜了許久才問：「你專程為我提前過來的？」

「嗯。」

「怕我今天萬一出了差錯會難過？還是相信我不會有問題，過來為我慶祝？」

周衍川想了想，說：「好像都有，又好像都沒有。」

他視線低垂地看向她，語調平緩地陳述事實，「今天下午的會議臨時取消，突然得到半天空閒，我又很想見妳，就提前飛過來了。」

林晚睫毛顫了顫，眼中盛滿了明光晃的歡喜。

她聽見咖啡店正在播放一首情歌，歌手的音色渾厚，把歌詞唱得浪漫又詩情。

可此時她心中的萬千旖旎，又豈是幾句歌詞就能描繪完全。

林晚趁著周圍沒人注意，飛快親了下他的嘴唇，而後笑著說：「我喜歡你這樣，想我就直說，想見我就來見我。」

「所以妳想親就親？」周衍川低聲笑了一下。

林晚得意地彎起唇角，理直氣壯：「幹嘛啦，幾天不見寶貝有脾氣了，不讓隨便親了？」

旁邊有家長帶著小朋友經過，周衍川調整姿勢，坐得正經了些。

他將雙手交疊放在膝蓋上，似乎思考了什麼，過了一下才放慢語速、一字一句地回道：「怎麼可能不讓？」

林晚心滿意足地點點頭，覺得他這副隨便妳怎麼欺負的樣子真的讓人心癢難耐。

然而很快，周衍川那雙深情款款的桃花眼又回望了過來，視線沾染了室外的高溫一般，極具存在感地烙印在她形狀優美的唇瓣上。

林晚呼吸一頓，明明現在沒有接吻，她卻好像被人以唇封住了呼吸。

她默默清了下嗓子，索性抬起臉來，想讓他盡情地看個夠。

誰知周衍川的話竟然還未說完。

兩人的視線在空氣中碰觸到的一剎那，他深深地看著她，低聲說：「寶貝兒喜歡就好。」

林晚平時「寶貝寶貝」地喊習慣了，猝不及防地被人喊回來，一時竟然愣在那裡。

心口的小火苗呼呼燃燒著，燙得她懷疑耳朵都紅了。

周衍川這聲寶貝還帶著北方人常用的兒化音，聽起來漫不經心的語調，卻因為他清冽的音色平添出幾分性感。

網上經常有網友討論喜歡哪個地方男生的口音，說得神乎其神，什麼「某某地區的男生只要一開口，隔著電話我都能愛上他」。

林晚當時覺得特別不可思議，作為一個粵語地區的常住民，她對普通話的要求就是能聽懂能交流就行，實在無法理解口音有什麼可神魂顛倒的。

結果今天周衍川忽然來這麼一下，直接讓她把持不住地想穿越回去把當初看到的貼文點讚。

不管怎樣，反正說情話的時候確實好聽。

半晌，她才抓住周衍川的手臂：「你剛才叫我什麼，再叫一聲聽聽。」

「沒聽見？那算了吧。」周衍川故意吊她胃口。

林晚不依了，一個勁地撒嬌：「寶貝、心肝、愛妃，就一聲好不好？我想聽嘛。」

周衍川偏過頭笑：「妳手機響了。」

「少轉移話題……」

林晚下意識回了一句，才發現手機真的在響。

看護阿姨說舒斐叫她去醫院彙報工作。

領導的命令比天大，林晚這下也顧不上再聽周衍川說情話了，火速收拾好東西，問：「你跟我一起去嗎？」

「走吧。」周衍川起身，「去探望一下。」

之前看護阿姨表現得太八卦，林晚一直以為舒斐跟男朋友在裡面互訴衷腸不便打擾。誰知等她這次再進病房，才踏進去一隻腳，就被舒斐劈頭蓋臉訓了一頓。

怪她會議結束沒有即時過來當面彙報。

林晚站在病房門口，百感交集。

一來感慨大魔王不愧是大魔王，手和腳都剛打上石膏呢，病殃殃的樣子也不影響她發揮，而且或許麻藥過了，訓著訓著還要嘶幾聲涼氣，可見是真的不滿意。

二來想著周衍川還在走廊等著，也不知道什麼時候打斷舒斐，讓星創的CTO大大出場比較好。

三來嘛……

她悄悄望向坐在病床邊的沙發上削水果的小男生，意外於舒斐的男朋友居然不是魔王，看起來也就二十出頭，一副乖巧懂事的小模樣，奶得不行。

舒斐到底不是鐵打的，責備幾句後就沒力氣了，勉強抬了下沒受傷的那隻手：「進來吧。」

林晚往走廊看了一眼。

舒斐：「嗯？」

尾音質疑地上揚，應該以為她在鬧脾氣。

「星創的周總剛好在燕都，聽說您受傷了過來看望您。現在方便讓他進來嗎？」

舒斐神色一滯，她還不知道林晚跟周衍川的關係已經突飛猛進，純粹以為是合作方代表過來慰問了，便朝那小男生使了個眼色，示意他把病床搖起來。

確認形象可以見人了，舒斐才說：「林晚，去把周總請進來，別讓人家等太久。」

林晚點點頭，轉身往走廊那邊招了招手。

周衍川在外面買了點慰問品，拿進來後放在桌邊，就公式化地跟舒斐聊了起來。

這兩人的交談，完全就是客氣中夾雜著生疏，車禍和傷情談著談著就轉到了巡邏項目的籌備進展上面。

舒斐這時不肯輕易停住，傷筋動骨一百天，哪怕恢復得再好也多少會耽誤工作。她昨天本來就在焦慮鳥鳴澗接下來的工作如何展開，此時周衍川主動送上門來，倒正好方便她先問清楚進度，好為接下來一段時間的安排提前做準備。

林晚在旁邊聽著，心裡有些不是滋味。

她希望舒斐至少能好好休息兩天，而不是剛做完手術沒多久，就馬不停蹄地開始忙了。

可這種情況下，她唐突打斷兩人的對話，肯定會犯舒斐的忌諱。

於是她轉頭看向還在那垂首乖巧的小男生，想看對方會不會以男朋友的身分勸說幾句。

誰知小男生始終不作聲，偶爾抬眼看看舒斐，很快又低下頭。

他模樣長得漂亮，很像那種時下流行的男團偶像，襯托在舒斐身邊，顯得女人身上那股叱吒風雲的大神形象更有說服力了。

換言之，他管不了舒斐。

林晚抿抿唇角，趁著其他人沒注意時，偷偷碰了下周衍川的手肘。

「鳥類識別軟體目前在測試階段，內部測試通過就能提交給你們審核。目前主要硬體設計比較費時間，保護區面積大小不一，設計師需要多次測試確定最終的機身重量。」

周衍川談正事時表現得很專注，眼風都沒往林晚那邊掃一下，卻又只憑她一個小小的碰觸，似乎就領會到了她的意圖似的。

他抬手看了下腕錶，適時表現出結束話題的意圖，「月底可以在南江開一次會，到時兩邊再具體溝通。」

「好，我盡量趕過去。」

周衍川微微頷首：「早日康復。」

眼看商談總算結束，林晚終於鬆了口氣，站起來就想跟周衍川一起走。

舒斐叫住她：「妳留下。」

說著又朝身旁彷彿精美裝飾品一般的小男生囑咐道，「你送送周總。」

林晚腳步猛地一頓。

所以說習慣真是非常可怕，她剛才真的下意識就打算跟男朋友一起走了。

周衍川轉過身，想了想，緩聲開口：「不用，我就在外面等著，晚點帶她去吃飯。」

舒斐：「……」

林晚：「…………」

等周衍川頎長的身影消失在門外後，舒斐才不鹹不淡地掃她一眼：「什麼意思，平白無故帶妳吃飯？」

「也不是平白無故。」林晚回答道，「周總是我男朋友。」

舒斐臉上難得出現了瞬間的空白。

反應過來後，她才恍然大悟地笑了一下：「我說呢，他那麼湊巧回了燕都。原來人家專程過來看妳的。什麼時候開始交往的？」

林晚一怔，以為她要追究與合作公司高層談戀愛的事，但還是老實說：「這個月中旬。」

「也沒多久，那算了。」舒斐居然還有點遺憾，「你們如果早點開始，說不定還能把價格談低些。」

林晚心想，原來我在妳心裡就是個談判的條件。

真不愧是大魔王，一個沒有感情的工作機器。

「工作機器」看她一眼，揚揚下巴：「那不耽誤妳太久，今天研討會的結果說清楚就放妳走。」

林晚其實在通訊軟體裡都彙報過了，這次過來只不過是針對舒斐在意的細節進一步彙報而已，全程只用了不到十分鐘的時間，就把該交代的全交代了。

舒斐臉上沒什麼表情，聽完後只淡淡評價了一句：「還行，沒有丟我的臉。」

林晚笑了笑，緊接著又聽見她說：「我這半個月要留在燕都養傷，回去後有些事妳幫我看著點，處理不了的情況郵件聯絡。」

「……好。」

林晚走出病房時，眼睛亮晶晶的。

舒斐的意思表達得很直接了，就是她不在南江期間，鳥鳴澗的日常事務全部交由她管理。

雖然只是代為管理，但主要是這種被人認可的感覺，還是讓她腳步止不住地輕快了起來。

她想快點去找周衍川，把這個好消息告訴他。

然而身後很快有人叫住了她。

林晚回過頭，發現舒斐的男朋友也出來了，便友好地問：「總監又找我？」

「是我找妳。」小男生朝她笑著說，「剛才謝謝妳。」

林晚茫然地眨了眨眼。

小男生唯恐被病房裡的舒斐聽見，站近了些，放輕嗓音：「我看見妳提醒男朋友的動作了。她就是這樣，談起工作什麼都不顧，可這方面她又不肯聽我的。」

「啊，不用謝。」林晚明白過來，理解地說，「你最近都會在醫院陪她？」

「是啊。」

「那就拜託你啦。有什麼需要的話，看護阿姨那裡有我的電話，可以隨時聯絡我。」

小男生點了下頭：「那不耽誤你們了，姐姐再見。」

林晚朝他揮手道別，扭頭往前走了幾步，就發現周衍川站在走廊的轉角處等她。

不知是不是她的錯覺，他的眼神似乎若有似無地往她身後看了看。

她一時也沒多想，上前挽住他的手臂，邊走邊說：「他出來跟我道謝。不過我沒想到大魔王的男朋友居然這麼奶，剛才還叫我姐姐呢，我算是明白為什麼有人喜歡談姐弟戀了，弟弟多乖啊。」

「喜歡乖的？」周衍川低聲問。

「？？？」

林晚抬起臉注視他幾秒，忽然發現他的唇角不自然地抿緊，莫名帶著點不爽。

她一瞬間福至心靈，代入周衍川的視角，回顧了一下剛才的畫面。

應該還好啊，也就是笑著跟小帥哥說了幾句話而已，總不能因為談了戀愛，連和異性說話的權利都沒有了吧。

周衍川按下電梯按鈕，收回手放進口袋裡，又幽幽問了句：「覺得他很帥？」

「也不是特別帥啊，他稍微有點女氣，不是我喜歡的類型。」林晚越發不解，疑惑地望著他，「你到底幹嘛？」

周衍川冷淡地勾了下唇：「不喜歡還一直盯著人家看。」

林晚「啊」了一聲，終於明白他到底在不爽什麼了。

他和舒斐交談公事時，她好像確實盯著那個男生看了很久。

雖然原因並不是想欣賞他的容貌，但放在男朋友眼裡……

換作任何人，也不會喜歡自己還在旁邊坐著，女朋友的視線就往其他男人那飄過去了。

倘若連這種事都不介意，那還談什麼喜歡？

林晚狡黠地彎起眼睛，故意刺激他：「吃醋啦，寶貝？」

周衍川聽出她語氣裡的調戲，薄而白淨的眼皮垂下來，緩緩掃過她臉上的笑容。

片刻後，承認道：「有點。」

「那你再叫我一聲寶貝兒呀，」林晚舊事重提，把聲音放得嬌軟，「我高興了的話，就再也不提剛才的弟弟了。」

電梯上方的螢幕顯示著紅色的樓層數。

一閃，又一閃。

在那個數字即將抵達他們所在的樓層時，周衍川突然連按兩下，取消了電梯。

然後沒等林晚問出「你幹嘛」，就反手拉過她的手腕把她帶到了隔壁的安全樓梯間。

「砰」一聲，防火門在他們身後關閉。

周衍川把她抵在胸膛與防火門之間，稍低下頭，呼吸溫熱地遊走在她的耳垂與脖頸之間，刻意放慢動作似的，遲遲沒有把吻落下來。

醫院的安全樓梯可不是人跡罕至的地方。

林晚聽見樓上漸漸傳來了腳步聲，不自覺地緊張起來，小聲說：「有人來了。」

她抬手推了兩下，發現根本推不動他。

周衍川依舊沒有鬆手，反而低聲笑了一下，慢條斯理地問她：「說吧，喜歡乖的嗎？」

林晚一顆小心臟被刺激得撲通亂跳。

自從她出差來燕都，周衍川獨自在南江也不知領悟了什麼訣竅，成長速度飛快，哪裡還像第一次談戀愛的樣子。

她整個人被籠罩在他的陰影下，側過臉躲避他的呼吸，小聲嘀咕：「周衍川你說實話，交往過的女朋友能組一桌麻將了吧。」

「說不定還能組支足球隊？」他的聲音帶著笑意，輕輕撩動她的心弦。

林晚把頭扭回來，視線撞上他含笑的桃花眼。

這人平時看著克制又冷淡，一旦深情款款地笑起來，卻又能迷倒眾生。

樓上的腳步聲越來越近，只需要再下半層樓，就能窺見此處暗潮湧動的旖旎風光。

可周衍川偏要拿出不在乎他人議論的風格，強勢擋住她所有的去路，只等著她給個回答。

「喜歡你這樣的，行了吧。」林晚退縮了，臉也有點燙，「快點放開我。」

周衍川俯下身來，掐住她的腰，咬住她的唇瓣，略帶懲罰地吮了吮，才終於後退半步給她留出自由活動的空間：「乖，寶貝兒。」

林晚這下是真悲傷了。

調教男朋友的大業還沒怎麼開展呢，她竟然被人挾持在樓梯裡教育了一番。

兩個學生模樣的小女生踩著臺階下到這層，看見他們後怔了怔。

這兩人一個穿襯衫西褲，一個穿正式的西裝裙，看起來都是那種事業有成的菁英人士，而且長得還特別搶眼，光是靠在門邊站著，身上都像發著光似的，讓狹窄樓梯間內的光線都明亮了些。

還在讀書的小女生，對這種俊男靚女的成年人總是充滿嚮往。她們飛快交換了一下眼神，臉上不自覺地浮現出八卦的笑容，拉拉扯扯地加快腳步往樓下跑去。

林晚剛要開口，就聽見樓下傳來小女生青澀的嗓音：「那個姐姐臉好紅啊，絕對被那個哥哥調戲了！」

「……」

小小年紀，不該看的不要看！

她在心裡咆哮了一句，轉而氣鼓鼓地瞪著周衍川：「都怪你。」

「嗯，怪我。」

始作俑者現在心情很好，坦然承認了錯誤，就是態度不太端正，讓人相信他下次肯定還敢。

林晚「哼」了一聲，難得羞怯地低下頭。

她知道自己肯定臉紅了，而且連耳垂都跟著開始發燙，簡直愧對她海王的稱號。

周衍川沒有笑她，而是靜靜站在一邊，看她白皙的皮膚透出一抹淡淡的紅暈，那紅暈沿著她的臉頰往脖頸延伸，最後消失在襯衫的衣領裡，引得人浮想聯翩。

「林晚。」過了一陣，他輕聲開口。

「幹嘛。」她有些氣惱地回道。

周衍川彎下腰，確保她低垂的視線也能看見自己，語氣變得正經起來：「我沒打算阻止妳和其他異性來往，跟我在一起後，妳以前對男性朋友什麼態度，今後可以繼續拿那樣的態度跟他們相處。」

林晚一愣，忘記了窘迫，眼神略帶疑惑地望向他。

周衍川的目光同樣注視著她：「但幫個忙，以後別故意拿這事來逗我。我沒跟別人談過，不清楚吃醋的尺度該怎麼掌握，過火了怕嚇到妳，不表現出來又怕妳移情別戀。」

他語氣很淡，隱約糅雜著幾分懇求的意味。

聽得她的心也跟著皺巴巴，他是真的喜歡她。

「好，我保證不會有下次。」林晚主動親了他一下，哄他似的輕聲細語道，「放心吧寶貝，喜歡你都來不及呢。」

下午三四點鐘，醫院到處都是人。

林晚跟周衍川穿過尋醫問藥的人群，走到馬路邊後，才知道原來他中午沒吃飯。

「先在附近找一家吃？」她半是責備半是奇怪地問，「不是有飛機餐嗎，一點都沒有碰？」

周衍川在刺眼的陽光裡瞇了下眼：「臨時訂的票，這家航空公司的飛機餐不合口味。」

林晚無言以對，覺得這人總是冷不防地冒出點少爺脾氣。

她對燕都不熟，對醫院附近更是完全陌生，拿出手機翻了半天評論網，也看不出那些好評到底是真的還是刷的。

最後還是周衍川攔了輛在門口下客的計程車：「走吧，我知道附近有家不錯的。」

林晚中午吃過飯，現在根本不餓，更何況這裡是燕都，差不多算是周衍川的地盤，她自然樂意讓男朋友做主。

計程車沿著平直寬闊的馬路，一直朝前開了二十幾分鐘，最後停在一家裝修得古色古香的餐廳門前。

進門是個雅致的院子，假山與水景搭配得當，在市區內造出錯落有致的山水園林。往裡再穿過兩扇門，才是吃飯的地方，單獨一個四四方方的小院，屋子裡有專門的服務生在等候。

林晚簡直服氣，少爺不愧是少爺，隨便吃個午飯也這麼講究。

周衍川把菜單遞給她：「再吃點嗎？」

「吃不下，幫我點杯喝的就好。」

「不吃烤鴨？」

林晚笑了起來：「我連續吃了好幾天烤鴨，放過我吧。」

周衍川也笑了笑，忽然想起似地感慨道：「烤鴨怎麼了，不比妳這個南江人請我喝涼茶好？」

林晚經他提醒，想起幾個月前夜晚的那一幕，後知後覺地意識到自己當初簡直太不厚道。

她用手掌托著小巧的下巴，歪過頭問：「你剛去南江的時候，是不是吃得很不習慣？」

「嗯，各方面都不習慣。」周衍川頓了一下，才接著說，「剛去的前幾天都在家裡吃，有天伯父伯母加班，堂哥帶我出去吃飯。」

林晚仔細觀察起他的神色，發現如今再提起周源暉，他表現得比從前平靜許多，取而代之的，是一種更為溫情的懷念。

她不自覺地放柔嗓音：「然後呢？」

「然後點完菜，他跟服務生說要『人頭飯』。」

周衍川淡淡地笑了一下，「當時嚇到我了，以為南江人這麼生猛，還猶豫了一下要不要大義滅親。」

林晚很沒形象地哈哈大笑。

人頭飯不是字面意義那麼血腥的東西，而是「按照人頭算，席間有幾個人就上幾碗米飯」的意思。她上大學時跟外地的同學出去聚餐，也曾經因此把同寢的外地女生嚇得花容失色。

兩人又閒聊了一陣，服務生就把做好的菜端上桌了。

周衍川餓了幾小時，吃相也還是很斯文，細嚼慢嚥之餘沒忘記跟她介紹每道菜的特色。林晚本來沒什麼胃口，被他說著說著就忍不住嘴饞，拿起筷子每樣嘗了一點。

吃到一半，林晚收到蔣珂的訊息：『明晚我們樂隊在酒吧開專場 Live，來嗎？』

林晚抱歉地回道：『我在燕都出差呢，週日晚上才回去。』

蔣珂：『太可惜了，我今天專門幫江決搭配了一身演出服，巨帥無比！不過沒關係，明天我讓他的小迷妹全程錄影，保證給妳一個高清無碼的帥哥 .avi。』

林晚眼皮猛跳，沒想到蔣珂居然還試圖惦記撮合她和江泱。

她下意識看了對面的周衍川一眼，低頭打字回覆：『建議妳把 avi 留著自己欣賞，我現在是有男朋友的正經人了，不摻和外面的花花世界。』

蔣珂甩過來一串問號，然後問：『還是周衍川？』

『對呀。』林晚選出一個捧臉害羞的貼圖傳過去，『沒辦法呀，他太帥了。』

『噫，肉麻死了。』

蔣珂消停沒兩分鐘，又問：『我記得某人曾經說過，將來要跟周衍川一筆筆算帳，請問現在算到哪一步了？』

林晚尷尬地抿抿唇角，自從知道周衍川躲她的原因後，算帳的心思早被她拋到了九霄雲外。可這些事她當然不能對蔣珂說，正思考該如何回覆時，眼角餘光突然看見有個人影湊了過來。

她直接捂住螢幕，看向不知何時離開座位的周衍川：「你做什麼？」

周衍川一怔，指著門邊帶路的服務生：「去買單。」

「要走了嗎？」林晚說，「我跟你一起出去吧。」

周衍川若有所思地看她一眼，趁她轉身拿包時，從她掌心裡把手機抽了出去：「等一下，查下手機。」

林晚：「……」

算了，該來的總會來。

服務生還在前面等著，周衍川也沒耽誤，邊往外走邊看完了她和小姐妹的聊天紀錄，然後眼風往她這邊一掃：「算什麼帳？」

林晚走在他身旁，假裝欣賞院子裡的風景，含糊地說：「就系李多我的帳。」

「好好說話。」

「……就是你躲我的帳。」林晚撇了下嘴角，把手機拿回來，「那時候我不知道原因嘛，難免心裡會有計較，對不對？」

周衍川沉默片刻，眼底掠過一抹歉意。

他那時若即若離的態度，事後回想起來確實很過分，她曾經為此計較過，倒也是人之常情。

於是他想了想，問：「嗯，所以妳準備怎麼算？」

林晚根本就沒打算再提以往那些小小的不痛快，可見他主動問了，又難免好奇：「怎麼算你都配合？」

周衍川垂眸看著她，拖長音調回道：「是啊。」

光天化日、公共場合。

林晚居然被他這聲慵懶的語調，勾起了內心深處某些綺麗的想法。

她清清嗓子，故作嚴肅：「那你等我好好想想。」

周衍川笑了笑，到收銀臺買完單後，才點頭說：「行，我等妳。」

燕都的夏天跟南江不同，炎熱且乾燥，出來沒走幾步，就感覺喉嚨快冒煙了。

林晚奔波了大半天，此時人開始犯懶，不想在熱辣辣的太陽底下等車，乾脆用手機叫了輛計程車，坐在收銀臺旁的休息區吹著冷氣等車開過來。

結果就這麼幾分鐘的時間，他們竟在這裡遇見了一個不速之客。

那人走近時林晚根本沒有留意，直到他用一種久別重逢的驚喜口吻喊出周衍川的名字，她才抬起頭，看向近在咫尺的、相貌平庸的年輕男人。

其實也不算特別年輕，至少看起來比周衍川要大幾歲，三十多的樣子。

模樣不算難看，也不算好看，屬於大街上隨處可見的類型。

但唯獨有一點，就是他眉心有道不太明顯的淡紅色疤痕，乍看很像廟裡慈悲平和的佛像，可他內眼角生得很近，形成一道銳利的弧度，連帶著把那道疤痕都染上了一層凶狠的戾氣。

可那人對周衍川的態度卻很客氣，微笑著問：「你終於肯回燕都了？」

「什麼肯不肯的。」周衍川也在笑，「這裡是我老家，想來就來，想走就走。」

林晚發現此時的周衍川有些陌生。

雖然是在笑，但那笑容絕對稱不上友好，唇角勾起的模樣竟然襯出幾分冷冰冰的氣質。

對方點頭：「既然回來了，不如長久留下來。這裡到底是燕都，到處都是機會，怎麼也比南江那種窮鄉僻壤好。」

這話林晚就不愛聽了，他們南江也是大城市好不好？

她不爽地瞪了那人一眼，扭頭對周衍川說：「裡面好悶，我想去外面等車。」

周衍川心領神會，也沒跟那人說再見，直接陪她走出了餐廳。

林晚更加確定，他跟那個男人的關係絕對不好。

否則不至於連一句禮貌的道別都懶得贈送。

她站到陰涼的樹蔭下，用手搧了搧風，問：「剛才那是誰呀？」

「葉敬安。」

「誰？」林晚沒聽說過這個名字。

周衍川走到她身邊，替她擋住大半的陽光。

末了，輕聲解釋道：「德森的老闆。」

燕都不僅是周衍川的故鄉，也是德森的總部所在地。

這座城市固然遼闊，但意外遇見曾經認識的人，也不算一樁多麼奇特的經歷。

林晚點了下頭，心想葉敬安故意在餐廳裡邀請周衍川回燕都，不過就是刻意放點垃圾話而已，明面上是說燕都各方面環境比南江好，實際卻是暗諷他如今只能淪落到南江開公司。

其實在林晚看來，周衍川會選擇在南江創業也是情理之中的事。

南江多少算他的第二故鄉，而且近些年來科技產業日益蓬勃，政策方面也多有扶持，不少高新技術公司近來都會選擇落戶南江。

不過她相信，周衍川之所以對葉敬安表現冷淡，倒跟對方的態度沒關係。

他純粹就是討厭葉敬安這個人而已。

一個致力於改善地球生態的人，和一家只圖利益枉顧環境保護的公司，從源頭上就不可能和平相處。

上車後，林晚問：「你當初為什麼會選擇加入德森？」

這是她之前始終不太明白的一點。

周衍川自己就有技術，錢方面他更無需發愁，聽起來從一開始好像就可以選擇自己創業。

「因為少不經事，上當受騙。」周衍川說。

林晚懷疑地看他一眼，覺得「上當受騙」這四個字跟他搭不上關係，他不像那種被人三言兩語就哄去當苦力的類型。

周衍川笑了笑：「真是受騙。我大二參加比賽拿了獎，葉敬安前前後後找過我四五次。每次至少聊兩小時，談他理想中的德森會是什麼樣，跟我描繪他心中的無人機行業藍圖，最後一次他拿了張荒漠地區的衛星圖來，說『希望我們能一起把它變成綠色』。」

那時候的周衍川遠比現在青澀。

作為一個經歷過某些不幸、但依舊保持赤子之心的少年人，他對唯利是圖的資本家認識得還不夠深刻，以為自己遇到了志同道合的搭檔。

於是最後一次見面後，他答應會替德森寫飛控演算法。

當時國內無人機行業才剛起步，許多小公司都跟國外的企業買飛控來用，國內有實力和遠見願意自行研發飛控演算法的民營公司，數來數去也只有幾家。

德森是那時看起來最有前途的一家，如今回頭再看，周衍川當初的決定也不算錯誤，他確實選中了一個潛力股。

某種程度來說，剛上大二的周衍川，就已經展露出他在商業領域的敏銳眼光。

林晚看著他，問：「可惜後來發現他在說謊？」

周衍川笑著搖頭：「不能這麼說，只不過人總會變。」

德森為還是在校生的周衍川組了一支技術團隊，以他為絕對核心的團隊所研發出的飛控，一經問世便引起了多方關注，也順理成章成為德森發展初期最強大的一張王牌。

葉敬安因此喜出望外，也備受鼓舞。

某天簽下一筆大單後，還專程跑到學校請周衍川吃飯。

周衍川那陣學業工作兩邊忙得不可開交。

那天他熬完一個通宵才剛睡下，睡眼惺忪地被叫到宿舍樓下，頭髮也沒打理，直接戴上休閒衣的帽子，懶洋洋地把手放進衣服口袋裡：「不想走遠了，就吃學生餐廳吧，我請你。」

全國大專院校的餐廳都長得差不多，周衍川那時還有點少年天才的輕狂，進去後揚揚下巴示意葉敬安自己去拿餐盤，半點沒覺得他那身筆挺整潔的西裝好像不該出現在這種地方。

葉敬安那時也沒計較——他認為自己根本不是挖到寶，而是挖到了一尊大佛。

要他把周衍川供在寺廟裡膜拜都行，更何談在區區學生餐廳吃個飯。

「我打算三年後讓德森上市。」

葉敬安喝著餐廳免費供應的青菜湯，信誓旦旦地保證，「技術副總裁的位置我幫你留著，該拿的股份一分也不會少。你家在公司附近有房嗎，沒有的話公司買一間給你，今後上下班方便。」

周衍川睏得不行，又嫌餐廳的飯菜難吃，意興闌珊地吃了幾口就放下筷子：「隨便，你看著辦吧。」

葉敬安摸摸鼻子，知道他在意的不是錢，連忙保證道：「你放心，不管以後德森能賺多少，每年一個環保項目肯定不會少。」

周衍川這才抬起眼，緩聲說：「我的要求只有這一點，你記得就好。」

葉敬安認真地點了點頭。

時光荏苒，幾年後的如今，你問葉敬安是否還記得他當初的承諾？

他當然記得，只是不再重視。

正如他所說的那樣，燕都是一個充滿機會的城市。

他趕上了無人機剛剛興起的好時代，一躍實現了階層跨越，從普通的創業者成為了人人稱道的行業領軍人物。

或許他曾經有過一些高尚的情懷，但那些情懷太過縹緲，也太過脆弱，在俗世的誘惑面前漸漸變得不值一提。

到了最後，周衍川反而成為他口中「妨礙德森發展」的人。

當兩人在公司裡吵得不可開交時，葉敬安瞪著已經變得混濁勢利的眼睛，看著周衍川那雙仍然清澈的眼睛，既認為他天真，又認為他頑固，以及還有一絲不願承認的恐懼。

周衍川比他年輕，也比他聰明。

「你可以離開德森。」葉敬安說，「但你必須簽競業禁止協議，兩年內不能從事任何相關行業。」

這要求顯得不近人情，但又符合法律規定。企業，特別是他們這種涉及到研發機密的企業，要求高層離職時簽競業禁止也是一種對自身的保護手段。

周衍川眉頭都沒皺一下，簽完名俐落地走人。

林晚聽完他的講述，挑了下眉。

這次她倒沒覺得心疼，正所謂道不同不相為謀，與其讓他留在德森跟葉敬安同流合汙，她反而希望看見周衍川始終如一地堅持他的理想。

做他喜歡的事，比如環保，比如在火星種小麥。

浪漫到了極致。

「你離開德森後去了哪裡？」她輕聲問。

周衍川怔了怔：「我沒跟妳說過？」

「沒有啊。」

「出國留學了。」周衍川語氣淡定，「要不是遇到葉敬安，我本來也打算多讀幾年書。難得有兩年休息的時間，反正閒著也是閒著，不如繼續深造。」

林晚：「你一點都不擔心兩年後會被淘汰。」

「如果離開兩年就被淘汰，那只能證明我沒什麼了不起。」周衍川不假思索，坦然地回道，「怨不得別人。」

盛夏的陽光正好，灑進他的眼睛裡，讓他在這一刻顯得分外迷人。

林晚歪過腦袋，靠在他的肩頭笑了起來。

完了呀，她想，男朋友好像更帥了。

回到飯店，林晚低頭從包裡找身分證，打算去前臺辦理續住手續。

排隊時，她順便建議了一句：「要不然你也住這裡吧。」

研討會的飯店是主辦方統一定的，不算特別豪華，但各方面設施完善，交通也很方便。雖然周衍川是個少爺，但林晚一想到房間裡那堆亂七八糟的行李，就懶得陪他換更好的飯店。

誰知周衍川看她一眼，納悶地問：「妳不是來辦退房？」

「不是啊。」林晚眨眨眼睛，老實交待，「後天就要走了，我不想今天再多收拾一次行李。」

「真不收拾？」

周衍川眸色略深，看著她靜了幾秒，似乎放棄了一般，「行，本來還打算帶妳去我家住。」

林晚腦子裡「叮」的一聲響起。

她連猶豫的表現都沒有，直接轉身往電梯走去。

周衍川被她一百八十度大轉變的舉動驚了一下，跟在她身後問：「反悔了？」

「你在南江住過我家，我難得過來當然也要住住你家。」

她按下電梯，振振有詞，「這樣才算公平嘛。」

周衍川輕笑一聲，沒料到這個邀請對她居然有如此大的吸引力。

實際上，就算他不提，林晚也打算讓他帶她去參觀一下他曾經生活過的地方。

他和父母共同生活過的家、他讀過的小學、許多年前他每天經過的大街小巷。

那是他目前為止的人生裡，於她而言最為空白的一段過往。

出了電梯，林晚刷開房卡，推門的瞬間臉上流露出一絲遲疑。

周衍川在她身後垂眸，望向她突然頓住的手臂，漫不經心地問：「怎麼不進去，裡面藏人了？」

「是啊，藏了我的魚塘呢。」

林晚回他一句，片刻後轉過頭，難為情地說，「呃，裡面稍微有一點點亂，要不然你在外面等等？」

周衍川看著她沒說話，但眼神明顯流露出「妳自己想一下這種行為過不過分」的意思。

林晚乾脆一咬牙，把門完全打開。

她早上出門前根本沒想過退房，昨晚忙著演講的事又沒來得及收拾，這兩天穿過的衣服都亂扔在沙發上，乍看起來還真讓人不好意思。

周衍川走進去，第一眼就看見椅子扶手上放的一件黑色內衣。

而且還是蕾絲邊的。

林晚察覺到他的目光，蹭地竄過去，把那團布料塞進行李箱，解釋說：「昨晚太忙了，我平時不這樣的。」

這事細想起來，她簡直冤枉透了。

明明平時是個有輕微潔癖的人，難得由於工作忙碌隨便一次，就好巧不巧被登門拜訪的男朋友盡收眼底。

「妳是這樣也沒關係。」

周衍川其實並不介意，他的擇偶條件裡沒有勤於家務這一條，「也不是特別亂。」

只不過那椅子剛放過她的內衣，沙發上又大大咧咧放著她穿過的裙子——而且還是昨晚視訊時讓他心猿意馬的那條——所以害得他現在不知道該往哪坐。

林晚見他表示無所謂，心情立刻輕鬆了起來。

她指了下廁所的方向：「來都來了，幫我把洗手臺上的東西拿過來吧，兩個人收拾比較快。」

周衍川「嗯」了一聲，進去後沒過幾秒，又出來。

這一次他神色略帶困惑，靠在門邊，指向洗手臺上堆滿的瓶瓶罐罐：「全是妳的？」

「對呀，不然還能有誰的？」

周衍川朝裡看了一眼，清清嗓子，真誠發問：「妳一個人，需要塗那麼多口紅？」

「……」

林晚剎那間無比確信，以前每次她精挑細選搭配的口紅色號，在周衍川那裡全變成了過眼雲煙。

或許這就是直男吧。

她暗自嘀咕一句，默默走過去，把她眼中顏色相差甚大的各種口紅收進化妝包裡，最後還是按捺不住心中的疑惑提問：「你老實交代，每次看見我的時候，是不是都沒發現口紅的顏色不一樣？」

「我不是色盲。」

周衍川靠著門框，抬起眼皮從鏡子裡看她，「顏色有時候深點，有時候淺點，多少能看出來。」

林晚意外地挑挑眉，不知該不該誇他一句孺子可教。

緊接著，周衍川下一句話便把她的期待值打入谷底：「只不過總歸都是紅色，有必要？」

林晚這次沒客氣，賞了一個白眼給他：「怎麼沒必要。你的無人機飛那麼高根本看不清楚，不也每款都要換個外殼嗎？」

「……」

林晚這招還是跟鐘佳寧學的。

鐘佳寧在外貿公司上班，見客戶最基本的要求就是從頭髮絲精緻到腳趾甲，長此以往就被迫成了半個美妝達人。有次她男朋友看不順眼，抱怨她買那麼多支塗不完純屬浪費，鐘佳寧直接回嘴一句「你的限量版球鞋堆成山，也沒見你打進NBA啊」。

後來鐘佳寧跟林晚提起這事，表現得忿忿不平：「現在網路總說女人愛亂消費，其實他們男人也好不到哪裡去。」

林晚對此頗為認同，今天下意識回完後，才意識到她出現了一個原則性錯誤——周衍川不是狂熱的無人機消費者，跟那些排隊買球鞋的男人根本不一樣。

她心想不好，無論如何必須快點找個理由，完美地反駁回去。

誰知周衍川若有所思地靜了幾秒，後似乎認可了她的歪理邪說，忽然問：「最喜歡哪支？」

林晚從化妝包裡翻出一支來：「當然是它啊，顏色紅得特別正，晚上出去玩的時候最適合了。上次在派出所塗的就是……」

周衍川眸色一沉，她猛地截住話頭。

跟中學生打進派出所的那天，她之所以會塗這支口紅，不就是為了去酒吧見江決嗎？

眼看剛才還侃侃而談的女朋友突然不出聲了，周衍川反而笑了一下。

他走過來，從她手中抽走那支黑管的口紅，慢條斯理地擰開蓋子，垂眸看著她：「張嘴。」

林晚睫毛顫了幾下，嘴唇微張，像是預料到會發生什麼，還配合地揚起了臉。

一張明豔又乾淨的臉，在燈光下流露出期待的神色。

之前抹上的口紅顏色早就淡了，花瓣般嬌豔的嘴唇露出它原本自然的模樣。

周衍川輕輕捏住她的下巴，彷彿桃花眼裡只盛得下她一人的身影般，小心翼翼地為她輪廓精緻的唇瓣染了層新的顏色。

然後低下頭，將她擁入懷中細細地親吻。

他吻得溫柔又纏綿。

林晚心裡卻一陣陣地發癢，最後索性踮起腳尖，抱緊他高大勻稱的身體，大膽而熱情地回應著他。

牆上的鏡子成為最忠實的見證者，映出滿室綻放的旖旎風光。

最後的那個吻，林晚選擇讓它停留在周衍川的喉結上。

她含住那塊突出的骨頭遲遲不願鬆開，聽著周衍川壓抑的呼吸聲，一下又一下地吮吸著，直到一個吻痕烙印在他脖頸中間，才心滿意足地退開兩步，欣賞自己的成果。

周衍川無奈地看向她，問：「喜歡親這裡？」

「喜歡啊，知不知道你現在有多性感？」

林晚彎起眼笑，眼神直勾勾地盯著他。

忘了周衍川的襯衫鈕釦是本來就沒扣完，還是在廝磨中被她扯散開來，衣襟鬆鬆垮垮地敞開一些，透出線條清晰的鎖骨與些許結實的胸膛。

視線再往上，修長白淨的脖頸中央，就是那抹曖昧的暗紅色印記，看得人越發心癢難耐。

周衍川低笑一聲，轉過身面對鏡子，慢慢地把釦子扣到了頂，不給她看了。

林晚：「……」

嘖，小氣。

不過再怎麼遮，林晚留下的吻痕還是遮不住。

等他們收拾完行李下樓退房時，飯店前臺嬌羞的目光，總是不受控制地往男人那邊飄過去。

周衍川一臉冷淡地站在那裡，衣衫整齊，氣質禁欲。

但形狀鋒利的喉結處，卻又明晃晃地彰顯出色氣。

這種好像在房間裡發生過什麼的模樣，讓前臺辦理退房手續時，不只一遍地在心裡羨慕林晚。

大家都是年輕貌美的女孩子，她怎麼就那麼好運，能結識如此勾人的極品？

平時幾分鐘就能搞定的手續，硬生生被拖了將近十分鐘。

林晚也懶得催促對方，事實上要不是客觀情況不允許，她簡直恨不得讓全世界的人都知道，她擁有一個超級英俊的寶貝。

周衍川把她神色中那點小得意盡收眼底，等坐上回家的車後，才低聲問：「炫耀得還滿意？」

林晚糾正他：「這不叫炫耀，這叫宣誓主權。之前進飯店的時候，前臺那幾個女孩的眼睛就一直黏在你身上呢，你還無動於衷地站在那裡任她們看。」

她理直氣壯地清清嗓子，繼續說：「寶貝，別忘了我也會吃醋哦。」

周衍川微微一怔，片刻後勾唇笑了起來。

臨近傍晚，週末的燕都交通格外壅塞。

等他們終於抵達燕北衚衕，車窗外早已暮色四合。

黃昏在天空織出一張大網，將大地籠罩其中的同時，亦將白日的暑熱消散了些許。

此時正是家家戶戶吃晚飯的時候，戶外沒幾個人，古舊的衚衕靜靜瀰漫著寧靜安詳的氣氛。

林晚跟隨在周衍川身側，不時好奇地打量那些陌生的景致。

明明下車時，周遭還是一座城市最為繁華的地段。可一旦鑽進衚衕深處，那些浮躁的喧囂就好似銷聲匿跡了一般，只餘留一片鬧中取靜的愜意。

每座城市似乎都有這樣大隱於市的地段。

這裡很像林晚居住的東山路，裡裡外外卻又透露出比東山路更為金貴的氣派。

直到周衍川在一扇大門前停下，林晚看了眼大門左右兩邊的圍牆，終於得以確認——她的男朋友的確就是位家世顯赫的少爺。

可這處四合院相比來時路上看過的那些，又顯得過分寂寥。

像一個鬢髮花白的老人，靜靜等候在這裡，等待那些永遠不會回來的人。

周衍川拿鑰匙開了門，把她的行李箱提進去：「往裡面走吧，外面沒怎麼收拾。」

「你叫人來打掃過？」

「嗯，時間有點趕，訂完機票才通知他們過來。反正就住兩晚，稍微湊合下。」

林晚走馬觀花地參觀了一圈，心想如果這只算湊合，那她在飯店住了整整五天，基本可以投訴是主辦方虐待他們了。

後院整理了兩個房間出來，林晚住的那間還有個能通往屋頂的樓梯，她爬到上面看了看，遺憾於城市的光害終究比較嚴重，只能依稀看見幾顆最亮的星星。

周衍川站在樓梯下，說：「別指望能看星空。哪怕是我小時候，一年裡也難得有幾天能看得清楚。」

林晚趴在屋頂的欄杆上，散開的長髮與她的聲音一起在空氣中飄動：「不如哪天一起去觀鳥啊。我知道南江周邊哪裡能看見星星，到時候我們可以搭帳篷住一晚，天氣好的話還能看見銀河。」

「行，改天抽空去。」

林晚認為他這句回答太敷衍，認真強調道：「不能說改天，現在就把時間定下來。我知道你工作很忙，所以才更應該提前計畫。」

周衍川拿她沒辦法，只能笑著說：「現在真定不了，我的行程都是助理在安排。」

這次能趕來燕都陪她玩，已經算是意外空閒的一個週末。

「……好吧，記得回頭要問他。」

屋頂沒有星星可看，林晚待了一下就覺得沒意思了，噔噔噔地從樓梯上跑下來，「你的房間在哪裡？」

周衍川住的還是他小時候那間房。

他從小到大的審美還挺統一，幾歲的時候就不喜歡那種顏色鮮豔的兒童傢俱，因此房中的擺設放到現在來看，也不會顯得有多麼幼稚。

林晚一步踏進去，不自覺地放慢了呼吸。

這裡就是周衍川搬到南江以前住過的地方，他在這裡度過了童年的時光，或許也是他一生中最圓滿快樂的時光。

思及於此，她連腳步都慢了下來。

唯恐自己動靜大了，就會破壞他封存在這裡的回憶。

結果反倒是周衍川不習慣了，他拉開椅子隨意地坐下：「這裡不是博物館，可以大聲喧嘩，也可以追逐打鬧。」

「我跟誰打鬧，跟你嗎？」

林晚瞥見沿牆擺放的大床，腦子裡忽然浮現出某些不能描述的「打鬧」場景，下意識抿抿唇角，輕聲問，「你現在還經常回來嗎？」

周衍川側過臉，半邊輪廓沐浴在霞光之中，靜默少頃後，搖了搖頭。

林晚怔然了一瞬，很快明白過來。

她走到他面前站定，想了想又攀住他的肩膀，跨坐到他的腿上。

這是一個容易引人遐想的親密姿勢，但她的目光太過澄澈，反而容不下太多心猿意馬的念頭。

周衍川深深地看著她：「嗯？怎麼？」

「是不想回來，」她問，「還是不敢回來？」

「……不敢。」

周衍川將手搭在她的腰側，與她近距離地對視著彼此的眼睛，承認道，「每次回來都會想，那年夏天離開的時候是三個人，最後回來的卻只剩我一個。」

林晚皺了皺眉，想出聲安慰他，又覺得所有的安慰在現實面前都是惘然。

周衍川卻在此時釋然地笑了笑，反過來哄她似的低聲呢喃：「可今天妳來了，所以我想，應該會變得不再一樣。歡迎妳，林晚。」

我和我今後的人生，歡迎妳的到來。

第十五章 妳還有我

因為他這句話，林晚覺得這趟燕都之行的尾聲充滿了意義。

接下來兩天，她原本計畫的名勝古蹟一個都沒去，把時間全部交給周衍川做導遊，帶她遊覽他曾經生活過的點點滴滴。

週日下午，他們從周衍川從前就讀的小學回來。

四周的空氣像被放進鐵鍋裡炒過一般，又熱又乾。林晚適應不了這種天氣，奔進路邊小店買了一瓶柳丁汽水，拜託店員把玻璃瓶蓋打開，站在街邊就咕嚕咕嚕灌下小半瓶。

今天燕都氣溫攀升，她穿得格外清涼。後背鏤空的吊帶背心，底下是條小短裙，大方地展示出一雙筆直白皙的美腿。

整個人彷彿發著光似的，源源不斷吸引來往路人的目光。

周衍川站在旁邊，替毫無自覺的女朋友分辨那些目光的含義。凡是看見不懷好意的，他就一個個地、冷冰冰地對視回去。

林晚一口氣喝掉半瓶汽水，胃就被碳酸飲料撐住了。

她舔了下嘴唇，把玻璃瓶放在店門外的冷凍櫃上，覺得出門前紮的頭髮有點散了，索性取下髮圈重新紮一遍。

女孩纖長的手指穿過黑髮，迅速地攏了幾下，髮圈在她指尖彷彿被施加了魔法一般，靈巧地翻來翻去，漸漸紮出一個稍顯鬆垮卻又好看的馬尾。

周衍川隱約感到些不可思議。

看不懂她為何要把緊緊的幾縷髮絲扯出來，但又覺得經過她這麼一折騰，好像確實比之前要好看些。

不過就是隨著她手臂抬起的動作，本就稀少的吊帶布料又被拉上去一截，露出她平坦柔韌的腰肢。

猶豫再三，他終究沒忍住，伸手幫她把衣擺往下拽了拽。

林晚愣了一下，隨即「噗哧」笑出聲來。

她抬起被陽光浸潤得分外明亮的眼睛，笑咪咪地問：「早上誰說不介意我這麼穿？」

「我現在也沒介意。」周衍川說。

這裡靠近繁華路段，大夏天的人流量也不少，他實在討厭那些黏黏糊糊往林晚身上瞟的眼神，拿起她放在一邊的半瓶汽水，揚揚下巴示意她往衚衕的方向走。

林晚半信半疑地跟上，偏過腦袋問：「那你扯我衣服幹嘛。」

「怕妳著涼。」

「……」

你哪怕說怕我被曬傷，可信度都大一點呢。

周衍川也沒指望林晚會信他剛才那句鬼話，想了想還是說：「剛才有輛車經過，裡面的司機在對妳吹口哨。」

「嗯？我沒聽見。」

「車窗關著呢，我看見了。」

周衍川不爽地皺了下眉，要不是那人在車裡坐著，他大概會上前跟對方理論幾句。

林晚眨眨眼睛笑了起來，覺得他這樣的計較方式正好對她胃口。他的不爽全用來針對那些不禮貌的人，似乎完全沒想過像有些人那樣，冷著臉干涉女朋友的著裝自由。

根本就是神仙男友嘛。

「等下回了南江，」她與周衍川並肩走進僻靜的衚衕，斟酌著問，「你想不想跟我媽媽吃頓飯？」

周衍川腳步一頓，半點沒有準備地回望過來：「今天？」

「不是那種很正式的見面，就隨便吃頓飯而已。」

林晚解釋道，「上次你把我從家裡叫出去，我媽媽意見還蠻大的。她這個人吧，一直以來都被寵壞了，誰要是讓她不順心的時間長了，她就會在心裡偷偷扎小人。」

周衍川沒說話，不知是在緊張還是糾結。

這個想法並不是臨時起意。

剛來到這座四合院的那天晚上，林晚心裡就有了大致的打算。

周衍川沒什麼親人，還在世的只有伯父伯母，基本上還不如沒有。

這兩天住下來，林晚發現他對這座四合院的感情很深，這麼多年以來，都會定期叫人過來打掃修繕，可他偏偏又不敢回來久住。

如今她知道了原因，自然就想從另一方面，多多少少給予一些安慰。

「你別以為我媽媽是很難相處的人。」她踩著地面方磚的格子，輕聲說，「她其實人特別好也特別開明，你看我就知道了，如果不是有那樣的媽，也養不出我這樣人見人愛的女兒。」

周衍川笑了笑：「順帶誇自己呢？」

「本來就該誇嘛。不過說真的，我不想她一直對你存在誤會，而且等她認可你了，也會對你很好。你別怪我多管閒事，我只是希望能有一個長輩來疼你。」

斷斷續續的言談間，兩人回到了四合院的門前。

周衍川沒有急於開門，而是站在屋簷下，低垂著頭沉默了一下。

衚衕裡的風裹挾著熱氣，輕輕吹拂過他的心口。

過了一陣，他點頭答應：「好。」

一下飛機，林晚熟悉的悶熱天氣又回到了她的身邊。

往日裡令人叫苦不迭的氣候，此刻在她眼裡全是故鄉親切的懷抱。她邊往外走邊打電話給趙莉，告訴母親他們已經下了飛機，馬上就會趕去起飛前約定的餐廳。

周衍川落在她身後兩三步的距離推行李車。

他現在還有種不太真實的虛幻感，沒想通怎麼突然之間，就要和她的母親見面了。

林晚掛掉電話，回頭時神色十分意外：「他們在機場出口對面的停車場等我們。」

「他們？」

「就是……我媽媽的男朋友也在。」

周衍川挑了挑眉，覺得形勢莫名變得更加複雜。

與此同時，停車場內。

趙莉無語地看向自己的男朋友：「鄭老師，麻煩你拿出長輩的氣勢，不要緊張得好像見家長一樣。」

「妳不懂。」老鄭對著後視鏡整理花白的頭髮，「上次我和晚晚吃飯鬧得有點不愉快，這次她帶了男朋友來，我再不好好表現替妳爭光，今後她不同意我跟妳結婚怎麼辦。」

趙莉回憶半天，才想起老鄭指的是幾個月前他餵流浪貓的那事。

誰說天底下只有女人的心思細膩，男人細膩起來根本不輸半分。她將手肘抵在車窗，撐著額頭說：「晚晚不是那種記仇的小孩，也不是那種極端的性格。」

那天之後，趙莉花了一段時間，跟老鄭科普隨意餵養流浪貓的壞處——雖然她也全是從林晚那裡聽來的，但反正照本宣科了一段時間後，老鄭的觀念終於有了轉變。

只是他這人天生心軟，有時看見學校裡熟悉的小貓蹭著他的腿要吃的卻要不到，總感覺自己是在做一件特別殘忍的事，回家後要輾轉反側好半天才能入睡。

趙莉將視線投向機場出口，繼續說：「況且你要搞清楚，我們家的家風就是自由民主，我不會干涉她談戀愛，她也干涉不了我。自己選中的男朋友就是最好的，別人說什麼也沒用。」

老鄭聽出她話中的維護之意，感動得正要拍著胸口保證些什麼，就發現趙莉忽然坐直了身體，接著猛地轉過身，親自動手在他腦袋上抓了幾下，嘴裡還嫌棄個不停：「哎喲你這頭髮，早該去剪清爽點了，拖拖拉拉等那麼多天，難看死了。」

老鄭：「？？？」

是誰一秒前還在說「自己選中的男朋友就是最好的」？

兩位黃昏戀選手匆忙打理完行頭，出了機場的林晚也認出了老鄭的車牌號，連忙小跑幾步來到車門邊揮手。

趙莉按下車窗，擺出長輩矜持的面孔，淡淡頷首：「這就是小周？」

「阿姨好。」周衍川微彎下腰打招呼，看見駕駛座那邊的老鄭後，又笑了一下，「叔叔好。」

老鄭還他一個微笑，終於明白剛才趙莉為什麼突然噴他。

這年輕男人的模樣確實出眾，站在烈日下也沒什麼蔫蔫的感覺，彷彿完全感受不到外面的酷熱一般，看起來乾淨又體面。

最為關鍵的一點在於，他和林晚的外型很般配。

一路驅車抵達餐廳後，林晚正式將周衍川介紹給另外兩人。

趙莉還惦記著之前周衍川把女兒叫出去的事，態度拿捏得比較高傲。

倒是在數學系任教的老鄭聽說周衍川擅長寫程式後，立刻投緣地跟他聊了起來。

電腦和數學之間本就有著源遠流長的關係，周衍川沒有刻意賣弄，始終順著老鄭的話題往下接，碰上他不了解的就虛心請教，碰上老鄭不了解的就簡單解釋幾句。

林晚邊吃飯邊觀察桌上的氣氛，暗暗驚嘆周衍川在這方面真是遊刃有餘，他面對的可是南江大學的數學系教授，數學方面的知識固然遠不如對方精通，但交談下來卻始終不卑不亢，沒有半點露怯。

趙莉雖然沒怎麼說話，但也在仔細聽兩個男人的交談。

飯過半旬後，她放下筷子，輕聲問：「聽說周先生贊助了我們學校的一個研究項目？」

周衍川淡聲回道：「對，跟潘思靜老師合作的，阿姨聽說過？」

「都在同一所學校，難免會聽到點風聲。」

趙莉端起茶杯小抿一口，潤了下嗓子，「許多人對潘老師的新項目並不看好。現在科研經費審核卡得嚴，前兩年她好幾次申請經費學校都沒過，你怎麼會想到跟她合作，不擔心回不了本？」

林晚嚼著嘴裡的雞肉，心想這不明擺著會虧本嗎。

這要是一家公司研發的項目，倒可以利用「火星種小麥」做噱頭，炒炒概念騙騙投資，可放在大專院校裡面，潘思靜一門心思做研究，上哪去跟人炒概念？

她下意識想替周衍川解釋幾句，可又恍惚認為趙莉想聽的，可能並不是人類與未來之類太過飄忽的回答。

周衍川思忖片刻，神色輕鬆地笑了笑：「還好，潘老師這裡的資金虧損，我可以在其他領域賺回來。」

趙莉不置可否地點了下頭，隨即又叫林晚陪她去洗手間。

這種時候去洗手間，基本等同於「我有話要私下對妳說」的潛臺詞了。

林晚硬著頭皮站起身，邊往外走邊想等下要怎麼維護周衍川。

不料還沒進洗手間，趙莉就說：「聽他的意思，潘老師的專案他是準備長久做下去？」

「是呀，他本來就是這麼打算的。」

趙莉長出一口氣，拍拍胸口：「那就好。妳不知道潘老師前幾天找到我，說他們系裡另一個實驗室的專案遲遲沒出成果，投資的公司打算撤資不做了，可把她急壞了，擔心消息傳出來後，周先生也受到影響。」

「……搞半天妳在幫潘老師探口風呢。」林晚無奈地搖搖頭，「我就說妳今天怎麼怪怪的。話說回來，妳覺得他怎麼樣？」

趙莉推開洗手間的門：「我給妳個建議。」

「什麼？」

「看中了就抓緊別放。我看人的眼光不會錯，妳看他跟老鄭聊天就能聽出來，絕對不是頭腦空空的人，既能賺錢又願意扶持科研專案，這麼優秀的男孩子現在不多了。」

林晚深有同感地點了下頭，心裡甜滋滋的。

趙莉這番話誇的雖是周衍川，但四捨五入也是在誇她會選男朋友。

趙莉站在洗手臺前，往掌心擠了團泡沫：「當然最重要的一點是長得帥，我理解妳上次飯還沒吃就要跑出去見他了。」

她轉過頭，語氣十分認真，「換作老鄭有那麼帥，我也不想在家陪妳吃飯。」

「……」

這頓晚飯吃到最後，老鄭興致勃勃地跟周衍川交換了聯絡方式。

趙莉為了貫徹見面起就維持的嚴厲人設，始終沒怎麼說話，把審視的態度演繹得活靈活現。

「晚晚今天跟我回家住。」

買完單後，她把收據往錢包裡一塞，問周衍川，「讓老鄭送你一程？」

周衍川搖頭表示不用：「助理來接就好，不耽誤叔叔的時間。」

林晚用茶杯擋住嘴唇笑了起來。

別看趙莉如今已經是物理系的系主任，其實私底下的生活裡，她很少有機會能當個正經的長輩，這次好不容易逮到一個周衍川，明明對人家滿意得不行，卻偏要過足擺架子的癮才行。

她自以為這個偷笑無人察覺，不料一抬眼，就對上周衍川略帶困惑的桃花眼。

林晚朝他眨了下眼睛，遞過去一個示意他安心的眼神。

趙莉被小情侶的眉來眼去膩到了，忍不住拍拍桌子示意女兒停止。

四人在餐廳門外分開，林晚坐上老鄭的車，扭頭一直望著窗外，直到車輛緩緩起步，周衍川站在街邊等助理的身影看不見了，才依依不捨地轉過來坐好。

回到家裡，趙莉抱懷嘲笑她：「我叫妳抓緊別放，沒叫妳眼睛長到他身上去。如果不是老鄭在場，我簡直想把妳那副樣子拍下來。」

「哪副樣子？」林晚打開空調，很沒正形地躺在沙發上當鹹魚，「少女懷春嗎？」

趙莉嗤笑一聲：「林小姐，少女兩字離妳有點遠哦。」

「只要心中有愛，不管幾歲都可以是少女啊。男人不也一樣，只要眼神還夠清澈，那他就永遠是少年。」

比如周衍川就是這種男人，她在心中補充一句。

趙莉懶得理她的奇怪理論，坐到沙發上戴起老花眼鏡，翻看剛從信箱裡拿出來的水費帳單。靜了一下，又問：「他知道妳爸爸不在了嗎？」

「知道，我跟他說過。」

「他沒有意見吧？」趙莉放下水費帳單，語重心長，「我從不認為妳比別的孩子缺少什麼，但如果他或他的家人在這方面對妳挑三揀四，那麼這樣的家庭我們也不稀罕……」

林晚微微一怔，懷疑她媽在考慮將來的事了。

她連忙坐起身，抬手示意趙莉停下來：「大美人，妳清醒一點，我跟他在一起才多長時間，不要著急想得太長遠。而且他很小的時候父母就去世了，不會介意這些。」

趙莉有些意外：「那他還有其他親人嗎？」

「可以算沒有了。」

林晚嘆了聲氣，心想反正早晚都會交代，還不如趁今天長夜漫漫，先把周衍川的家庭情況大致跟母親講一遍。

窗外的夜色溫柔而寂靜，只剩下女孩的聲音在客廳裡輕輕迴響。

林晚講到最後，情不自禁地皺起眉：「上次我急著出去見他，就是因為他從伯父伯母家回來的關係。」

趙莉摘下老花眼鏡，抬手揉著太陽穴沉默了好半天，接著又毫無預兆地站起身，走進玄關旁邊的儲藏室。

林晚一頭霧水地望著她離開的背影，感到有點茫然，摸不清她媽一言不發到底是什麼意思。

幾分鐘後，趙莉拎了個紙盒出來，「啪」一聲放到茶几上：「喏，老鄭上午排隊買的老字號店家的雞仔餅，限購的哦，一人只能買一盒，妳明天送過去給他。」

「啊？」

「啊什麼啊！妳這孩子真是的，這些事幹嘛不早點告訴媽媽？哎喲要死，我今天對他是不是特別凶？」

「……也還好吧。」

「那妳回頭記得幫媽媽解釋幾句。」

趙莉整個人都快母愛氾濫了，難受地拍拍胸口，「不行不行，改天妳再請他來家裡吃飯。順便問問他愛不愛吃這家的點心，下次我讓老鄭再去排隊。」

林晚默默為鄭老師掬了把辛酸淚，小聲說：「點心大可不必，他又不是小朋友。」

趙莉瞪她一眼：「你們這些年輕人，在媽媽眼裡永遠都是小朋友。」

林晚哽了一下。

沒好意思問，難道林小朋友不配擁有一盒點心嗎？

次日清晨，林晚拖著行李箱搭乘地鐵上班。

尖峰時段的車廂擠得彷彿沙丁魚罐頭，她一手拉住行李箱，一手提著從燕都買來的特產和給周衍川的點心，全程難耐得彷彿正在經歷一場苦戰。

等到從地鐵站出來後，整個人完全失去了出門前的朝氣蓬勃。

她長長地呼出一口氣，看了眼手裡的點心盒，慶幸精美的包裝還算完整。

刷卡進入鳥鳴澗的辦公室後，林晚把東西放到桌上，便拿著馬克杯進茶水間倒咖啡。

鳥鳴澗的茶水間靠近門口，她還沒走進去，就遇見從電梯口急急忙忙跑進來的鄭小玲。

「嘀」一聲刷卡聲響起，鄭小玲確認沒有遲到，撐著牆喘了口氣：「早啊，累死我了。」

「早。」林晚朝她笑了笑，「今天起晚了？」

鄭小玲撇撇嘴角訴苦：「昨晚忘記把手機充電了。宋媛和徐康今天走得早，沒發現我還在房間裡睡大覺呢，幸好社畜的生理時鐘還算管用，沒讓我一覺睡到中午去。」

林晚從茶水間抽了張紙巾出來：「擦擦汗。對了，妳買早餐了嗎？」

「哪來得及呢。幹嘛，妳有多的可以投餵我？」

「從燕都帶回來的特產，就放在我桌上，隨便拿。」

鄭小玲眼睛一亮，向她做了個拱手道謝的姿勢，開開心心地進去了。

林晚進了茶水間，趁著接咖啡的時間傳一則訊息給周衍川：『男朋友早上好，中午出來吃飯嗎？我有東西要給你。』

『上午要出去一趟，應該十二點半能趕回來，行嗎？』

『行呀，寶貝說什麼都行。』

林晚笑咪咪回了訊息，端著馬克杯再回去時，臉上的笑容猛然間凝固了。

鄭小玲一臉尷尬地站在那裡，指向桌上被拆開的雞仔餅包裝盒，訕笑道：「呃，我打開準備吃的時候，發現這是南江產的，我是不是拆錯了？」

「……那邊幾盒才是。」

林晚無奈地苦笑一聲，走過去想把包裝還原，卻發現鄭小玲手法實在粗暴，哪怕再把盒子裝好，也能明顯看出被打開過的痕跡。

她心裡有點鬱悶，這可是趙莉特意囑咐拿給周衍川的，連她都沒有呢。

可歸根結柢鄭小玲也不是故意的，拆開後發現不對就停了手，此時還挺不好意思地紅著臉站在那，讓人實在說不出責怪的話。

鄭小玲吐吐舌頭：「不然妳把這盒給我吧，下班後我再去買一盒賠給妳。」

「不用啦，那家店好遠的。」

林晚索性把雞仔餅放進抽屜裡，心想到時跟周衍川解釋幾句，他應該不會把這點小小意外放在心上。

鄭小玲見她這次放得仔細，越發認定自己幹了件壞事。

鳥鳴澗的同事們都有帶零食來分享的習慣，林晚這種出手闊綽的女孩自然也不例外，平時她基本都是把東西往那一放，在群裡喊一聲招呼大家來隨便吃。

要不是這樣，今天鄭小玲也不會自作主張拆開包裝。

可林晚今天專門把被她拆開的雞仔餅收了起來，足見應該另有用途。

但是還好，鄭小玲記得剛才瞥見的店名。

她坐回辦公桌前，用手機搜索一番，發現店址確實離科園大道很遠，不過她有個朋友正好住在附近。

林晚沒有察覺鄭小玲正在悄悄展開補救行動，她照常打開電腦，登錄內部郵箱回了幾封郵件，然後翻找出之前的檔案，打算把前段時間暫時停滯的科普手冊畫完。

辦公室裡依稀傳來同事之間的交談聲：「大魔王今天怎麼還沒來？」

「你還不知道？她在燕都出了車禍，住進醫院了。」

「啊？不會吧！嚴不嚴重啊？」

「這我就不清楚了……欸，林晚，妳不是跟大魔王一起出差嗎，她傷勢怎麼樣呢？」

林晚從螢幕後露出小半張臉：「不算特別嚴重。已經做過骨折手術了，但是最近會留在燕都休養。」

「聽起來好慘啊。」

對方同情地感嘆一句，忽然想起什麼似的，提高音量，「那我手頭的工作怎麼辦，每天要向她彙報的呀！她現在方便看郵件嗎？」

林晚想起舒斐交代過的話，猶豫了一下，不知該用哪種語氣通知這件事。說隨意了，怕沒人買她的帳；說嚴肅了，又顯得狐假虎威。

就在她舉棋不定時，電腦螢幕右下角彈出一個新郵件的提示視窗。林晚下意識點開，看見寄件者是舒斐，第一時間還以為是有什麼工作要交代。

但緊接著，四周漸漸響起或是意外或是錯愕的吸氣聲。

就四五秒的時間，四面八方的目光便齊刷刷地望了過來。

舒斐發了一封群郵，洋洋灑灑幾百字，通俗的大意就是說「我在燕都養傷沒那麼多時間跟進工作，這段時間你們有事都統一彙報給林晚，讓她提煉點有用的資訊再轉告給我，省得我一個傷患還要浪費精力看你們的廢話」。

這如果放在其他公司，或許尚能看作是把林晚當工作助理使喚的意思。

但放在鳥鳴澗裡，則隱約有了些微妙的含義。

因為舒斐向來是鳥鳴澗唯一的直接管理者，各類大小事務全部需要經由她同意才能繼續推進。雖然此次事出有因，但郵件內容怎麼看，都有點放權的意思。

林晚關掉郵件視窗，低頭畫了幾筆又停下。

她能感覺到，周圍的眼神變得複雜了起來。

一整個上午，不知是不適應還是不願意，總之很少有人來跟林晚談工作的事。只有鄭小玲和宋媛問了她幾個不太重要的小細節。

林晚也沒有為此生氣。

她其實很能理解同事們那種不太接受的態度，畢竟她是在座各位中最晚來到烏鳴澗的人，突然之間卻被舒斐點名分擔工作，換了誰心裡難免都會有疙瘩。

平日裡沒有利益衝突，嘻嘻哈哈相處是一回事，真要遇到前途相關的重要時刻，由此產生的競爭心理就是另一回事了。

畢竟大家都清楚，烏鳴澗副總監的位置一直空缺。

誰知道舒斐是想臨時讓她分擔工作，還是想藉此扶她上位？

林晚忽略掉周圍那些打量的目光，專心致志幹起手裡的活，等到午休開始，才拿起手機傳訊息給周衍川，叫他回科園大道後直接來公司樓下接她。

鄭小玲得知她中午要和周衍川吃飯，也沒多說什麼，照例和宋媛下樓去覓食了。

辦公室裡的人陸陸續續離開，只剩下幾個叫了外送的男同事在露臺那邊抽菸，徐康今天難得沒和女生們行動，也混在男人堆裡插科打諢。

林晚沒去湊熱鬧，一下下地敲著鍵盤，打算無論如何先建一個表格，以便每天發郵件給舒斐彙報烏鳴澗的情況。

時間不知過去多久，鍵盤旁的手機螢幕亮了起來。

林晚以為是周衍川到了，垂眸掃了一眼，卻發現是鄭小玲打來的電話。

『妳還沒出去吃飯？那稍微等我一下哦，我馬上上樓。』

掛掉電話，林晚一頭霧水地等了幾分鐘，就見鄭小玲提著一盒雞仔餅走了過來，歉意地對她笑了笑，說：「我怕妳那盒點心是買來送人或者幹嘛的，早上特意拜託朋友排隊去買，又叫了同城速遞送過來，沒有耽誤妳什麼事吧？」

林晚意外地笑著說：「可以啊妳，居然還瞞著我呢。」

「我上網查過了好不好？發現這家店特別紅，怕萬一買不到的話，不是讓妳空歡喜一場？」鄭小玲把盒子鄭重地交到她手上，「我算是將功補過了吧？」

林晚眨了下眼睛，語氣俏皮：「當然算呀，愛妳喲！」

「我也愛妳喲，mua！」鄭小玲回她一個飛吻，「好了東西送到，我真的該下去吃飯了，宋媛還在樓下等我呢。」

林晚朝她揮了揮手，一轉頭發現手機又在響。

這次倒真是周衍川打來的。

『我馬上到科園大道，妳可以準備下來了。』周衍川說，『介意等下走遠點嗎，想帶妳去家新開的粵菜店試試。』

林晚當然不介意，她想了想，還是把鄭小玲新買的那盒雞仔餅帶上，邊往外走邊問：「你說的粵菜店具體在哪裡？」

手機那頭傳來一陣嘈雜的電流聲，應該是車輛經過隧道，訊號出現了短暫的中斷。

林晚走出辦公室，還沒等到男朋友的聲音重新響起，就先聽到了電梯口那邊傳來同事的聲音。

不是她熟悉的同事，聽不出是誰，但語氣裡帶著十足的諷刺：「鄭小玲這人平時看著大大咧咧，關鍵時刻見風使舵的本領才讓人大開眼界，那麼快就送禮物討好林晚了。」

「你也可以送，不是嗎？」接話的人是徐康，聲調平緩，聽不出他的態度。

「我才不屑阿諛奉承。話說回來，舒斐這是什麼意思，打算讓林晚做副總監？」

徐康：「你問我，我問誰？」

「嘿嘿，我說話比較直你別介意。林晚才來多久，就被舒斐帶去燕都開會，現在又成了我們和大魔王之間的傳話筒，小女生有點能耐啊。倒是你，這幾年既有功勞又有苦勞，現在心裡能平衡？還是說跟她們關係好，不打算計較？」

林晚停下腳步，屏住呼吸，想聽聽徐康怎麼回答。

徐康沉默良久，等到電梯門打開了，才忿忿不平地開口：「私交算什麼，值得用前途去換？等著吧，舒斐如果真讓她做副總監，我第一個站出來反對。」

進電梯不需要多久，沒等林晚想好要不要走出去，徐康一行人已經下樓了。

『剛才訊號不好，那家店在科園大道再往北兩三公里就能到，到時我送妳回來，不會耽誤下午上班。』

手機裡再次傳來周衍川的聲音，她的心情卻不復剛才的愉快。

林晚蔫蔫地回了聲「知道了」，走出去等下一趟電梯。

她把手機放進包裡，回味著徐康最後那句話的意思。

——他不服氣。

鳥鳴澗剛成立徐康就來了，算是這裡的元老之一。他做事細緻挑不出毛病，跟合作方對接公事也算盡心盡力，否則舒斐不會讓他負責後期與星創的交接工作。

徐康今天不服，林晚可以理解。

但她不理解大家同一屋簷下住了那麼久，有什麼話不能直接來找她說，而是選擇和其他平時走得並不近的同事討論。他明知鄭小玲不是趨炎附勢的人，卻任由別人誤會而不解釋幾句。

抑或職場上的友情，就該如此脆弱。

走進電梯時，林晚發現她有點難過。

此刻的感受和當初在研究所遇到何雨桐完全不一樣。她把何雨桐當作跳梁小丑，看完對方的表演揮揮衣袖就走；可徐康的能力遠在何雨桐之上，跟她的關係也稱得上友好和睦。

她只是沒想到，舒斐一封郵件，就讓一切美好的表象被徹底打碎。

電梯下到一樓，她先看見徐康幾人在外面拿外送，再看到周衍川的車停在路邊，猶豫了一下，決定直奔男朋友而去。

打開車門，林晚氣鼓鼓地坐進去，把雞仔餅往座位中間一放：「我媽給你的禮物……雖然這盒不是她買的，但反正差不多吧。」

周衍川意外地挑了下眉：「到底是不是阿姨給的。」

「她買的那盒被鄭小玲不小心拆開了，這盒是鄭小玲上午託人買來的。」

林晚提起這事就鬱悶，把前因後果講了一遍後，忍不住抱怨道，「你說是不是很氣人。」

周衍川一時不知該從哪裡分析。

他如今自己做老闆，根本無需哪位上司來器重。哪怕是德森時期，他從一開始就是以研發核心的地位進去，其他人或許對他的空降有過不滿，但他不是在意別人評價的人，現在回顧往事，竟對這種公司內的暗潮湧動沒有太大印象。

見他遲遲不說話，林晚扭過頭來：「你沒有意見給我？」

「真想聽我的意見？」

「你先說說看嘛。」

周衍川靠在椅背上看她：「把副總監的職位拿下來，誰不服自己走。」

他這句話說得簡短，輕描淡寫的語氣配上眼皮微闔的神色，為他整個人平添出幾分久居上位的壓迫感。

「那徐康呢？」

「在意他做什麼，萍水相逢的同事而已，」周衍川說，「公平競爭，誰輸誰認。」

林晚頓了頓，發現她可能找錯了求教對象。

徐康之於周衍川，不過是見過幾面的陌生人罷了。所以在他眼裡，哪怕她跟徐康今後交惡，也不能算作一件值得苦惱的事。

他雖然沒怎麼經歷過職場競爭，但商場上的勾心鬥角遠比職場更加複雜。

因此他沒那麼多時間，用來關注他和每個競爭者的關係。

末了，她嘆氣道：「我再想想吧。」

周衍川不解地望著她，沒想通這事有什麼可糾結，但見她已經拿出手機開始傳訊息，便沒有出聲阻止。

林晚是剛剛才想到，她身邊有個最適合探討這類話題的鐘佳寧。

外貿公司混出來的白骨精，理應最擅長處理同事之間由於利益競爭而引發的矛盾。

不出所料，鐘佳寧很快回她：『很簡單啊，團結妳能團結的力量，支持妳的、能力強的、腦子清醒的，不站妳這邊的該撕就撕，手段狠一點，這樣一來，中間派自然知道該選誰。妳那麼會跟人交際，何必怕他呢？』

林晚抿抿嘴唇，心想她會交際不假，但如今卻忽然失去了頭緒。

也可能是她的內心深處，喜歡的就是和人坦然相處，而非利用人情往來去勾心鬥角。

車輛抵達新開的粵菜店外後，林晚依舊保持著沉思狀態。

周衍川見她此時注意力不在餐桌，便點了幾道店裡的推薦菜，而後彎起食指輕叩桌面：「妳究竟在苦惱什麼？」

林晚回過神，視線對上他的眼睛：「我在想一件事。」

「嗯？」

「你和鐘佳寧好像兩種很典型的代表。你是碾壓派，用實力就足夠讓人心服口服。鐘佳寧是宮鬥派，誰跟她過不去，她就很樂意讓人過不下去。」

「那麼妳呢？」

「我是兩邊不沾派。」林晚笑了笑，認認真真地剖析自己，「雖然還算優秀，但不夠一騎絕塵。雖然不怕事，但也不喜歡惹事，可能還有點幼稚，希望大家都能和平相處。」

周衍川安靜聽完，才問：「可今天徐康的態度讓妳不開心。」

「這麼說吧，像何雨桐那樣的人，我會認為她既笨又壞，所以跟她鬧翻也沒什麼大不了。但徐康在我看來並不是一個壞人，我之所以不開心，還是因為他任憑別人詆毀我和鄭小玲。」

周衍川點了點頭，並不意外她在意的關鍵點。

雖然平日裡總愛調侃她是個海王，但周衍川其實比誰都清楚，林晚是一個很重感情的人。若非如此，她不會在知道周源暉的遺書內容後，在家裡哭得昏天暗地。

國中時認識的學長尚能讓她動容，更何況徐康還是現在和她住在一起的、說說笑笑的同事。

現代人工作壓力普遍很大，許多人也愛宣揚「職場如戰場，同事皆敵人」。

這種理論不能說完全錯誤，但仔細想來，也的確有些以偏概全。

工作場合遇見的人，歸根結柢也是一個個有血有肉、有悲有喜、有優點也有缺點的獨立個體。

既然林晚願意用她的方式去化解矛盾，那麼他就沒必要勸阻。

周衍川注意到她杯中的茶水只剩一層底，便拿起茶壺幫她倒滿，同時輕聲問：「下個月，星創和鳥鳴澗要舉辦正式的發布會，妳知道嗎？」

「知道啊，大魔王還沒宣布由誰負責呢。」

林晚的視線不由自主地被他修長白淨的手指所吸引，慢吞吞地回答道，「我有點想試試。」

周衍川說：「那就主動去跟她提，同時點名要徐康配合。這是個好機會，一來可以評估妳的調動能力，二來可以測試徐康值不值得妳重視。」

林晚抬起眼：「確定要用這麼大的場合當實驗場？」

「怕什麼，妳儘管發揮。」

周衍川笑了一下，放下茶壺後，望過來的眼神中傳遞出讓人安心的力量，「不是還有我？有任何意外，我代表星創替妳擔著。」

第十六章　意氣風發

周衍川一句承諾，給予林晚無限的信心，還有一些小小的壓力。

場子搞砸了有人擔著當然好。

但一想到這場發布會如果辦得不好，不僅會影響鳥鳴澗，還會影響到男朋友在公司的顏面，林晚心中就燃燒起熊熊烈焰，決定拚死拚活也要辦場漂亮的發布會。

下午回到公司，她先發郵件給舒斐毛遂自薦，又把抽屜裡的雞仔餅拿出來，走到鄭小玲身邊，故意用周圍人能聽見的聲音說：「中午忘記把這盒給妳了。」

鄭小玲還跟她客氣：「沒關係呀，妳自己留著吧。」

「留什麼留。妳拆了我要送人的禮物，買來一盒新的賠了，舊的這盒當然該歸妳。」

林晚不鹹不淡地掃了之前說閒話的同事一眼，轉過頭笑咪咪地對鄭小玲說，「這家店的點心蠻好吃的，妳嘗嘗看嘛。」

鄭小玲其實也很好奇它究竟有多好吃，才能引得那麼多人排隊。

她拆開包裝嘗了一口，立刻連聲稱讚，拿出一個遞給林晚，然後就抱著盒子送去給其他人。

輪到徐康時，他臉色微青：「不用了，謝謝。」

「真的不吃？那我給別人囉。」

鄭小玲根本不知道中午發生的小插曲，還傻樂傻樂地逗他，「哎呀你幹嘛眼巴巴地看著我？饞了吧，饞了就直說啊，來這塊是你的。」

徐康頓了頓，看向桌上那塊用油紙包好的精美點心，遲遲沒有伸手去碰。

他本能地覺得，林晚可能聽見中午那番對話了。

但聽見又怎樣。

徐康收回目光，盯著螢幕邊敲鍵盤邊想，他沒什麼可心虛的。

林晚心不在焉地吃掉一塊雞仔餅，坐回辦公桌前用溼巾擦手，沒等她把用過的溼巾扔進垃圾桶，舒斐的郵件就發送過來了。

她暗自驚訝，看看這回郵的速度，大魔王真的有在醫院好好靜養嗎？也不知道那位漂亮弟弟是不是守在病床邊，既擔憂又無奈地看著她。

郵件內容言簡意賅，同意林晚全權負責發布會的工作，也同意她調動鳥鳴澗的人手，可但凡出了任何差錯，她也要為此負責。

林晚沒有急著去找徐康，而是先把上午沒畫完的科普手冊拿出來收尾。

手上一邊畫，心裡一邊想需要抽調哪些人。

下午四點多，林晚畫完圖，整理了一下情緒，便走到徐康的辦公桌邊：「能來趟會議室嗎？有點事要跟你商量。」

話音剛落，數道明晃晃的打探目光就聚集過來。

徐康抬起頭注視她幾秒，才默不作聲地站起身，和她一起走進了會議室。

林晚關上玻璃門，知道徐康現在對她有敵意，也沒浪費時間拉感情，直接說：「下個月準備舉辦和星創的發布會，我希望你能加入進來。」

徐康一怔，問：「這是總監的意思？」

「嗯，我提的申請，她批准了。」

「星創那邊後期一直是我在跟，現在換妳來主導發布會，合適嗎？」

「發布會本身也是一次宣傳，宣傳本來就是我分內的事。」

林晚聽出他的潛臺詞，看著他的眼睛正面回應，「這個活給你給我都一樣，如果你有自己的想法也完全可以提出來，誰的方案好就用誰的。」

徐康皮笑肉不笑：「決策權落到妳手裡，好不好還不是妳說了算。或者星創也有一半發言權？誰不知道周總是妳男朋友，妳做成什麼樣，他都不會有意見。」

林晚語氣誠懇：「他是管技術研發的，哪有空管發布會？恐怕等到發布會當天到場，他才會知道我們安排了哪些流程。」

雖然萬一流程太爛，他也不會罵我。

這句話說出來太拉仇恨值了，林晚選擇把它放在心裡。

徐康不置可否地笑了笑，沒說願意加入，也沒說不願意配合。

舒斐對他的評價確實沒錯，徐康太過中庸，有時候辦事就會顯得拖泥帶水，就像此刻他並不想聽林晚指揮，但又沒有拍桌子跟她叫板的氣勢。

畢竟舒斐點過頭了，他現在反抗太過，擔心會引起舒斐的不滿。

林晚往椅背一靠，真到了兩人面對面對峙時，她倒完全不猶豫了，腦子裡的思緒一秒比前一秒更清晰：「我目前有個草擬的名單和時間表，先跟你通通氣。」

說著就推開椅子站起來，在會議室的白板前寫出幾個人的名字，再以週為單位把每週必須完成的工作進度寫出來。

然後用筆尖輕點著白板，轉頭問：「你有什麼看法？」

徐康終於沉不住氣了，提高幾分音量：「林晚，妳別忘了現在我們還是平級，妳沒有權力指揮我為妳做事。」

「沒有人在指揮你。」

林晚合攏筆蓋，雙手撐在會議桌上，「徐康，我不喜歡拐彎抹角地說話，你也可以坦蕩一點。鳥鳴澗的項目向來是指定一個人主導，其他人負責配合，發布會也不例外。你與其彆扭地挑刺，不如大膽地提議，讓所有人看見你比我強。」

她說這些話時，眼神明亮而專注，嘴角噙著抹淡然的笑容。

好像看穿了徐康腦子裡那些私心，又好像不懼怕與他把一切擺到明面上攤開來說。

徐康沉默一陣，許久才開口：「做經費預算前要先和星創商量，看怎麼用無人機把發布會的噱頭造出來。」

「好。」林晚在白板上新標注一項，「那麻煩你，叫大家進來開會吧。」

徐康簡直無話可說，他簡直懷疑林晚就是故意把他拉進來合作。

這女生看起來甜美可人，但相處久了就知道她不是個軟柿子。現在她表現得光明磊落，倘若回頭在他這裡遇到阻礙，別人大概還會以為是他為了一己私利故意耽誤專案進度。

一場發布會不需要調動烏鳴澗所有人。

包括林晚和徐康在內，會議室裡很快坐滿八個人。

林晚思緒很清晰，每人該做什麼、該在哪週完成哪些工作，她一項項交代下來，大家都被安排得明明白白。

頗有點舒斐那種雷厲風行的氣勢，可她全程都笑咪咪的，說話的口吻又很柔和，反而不會讓人感受到和舒斐開會時那種噤若寒蟬的壓力。

漸漸的，大家開始暢所欲言。

輪到發布會該以何種方式製造最具討論性的場面時，腦洞一個比一個還大。

林晚不得不打斷他們的天馬行空：「今天先到這裡，你們的意見我都記著呢，回頭我跟徐康再討論一下。」

說完還微笑著看向徐康，「可以吧？」

徐康咬牙切齒：「可以。」

臨下班前，林晚又問徐康要了一份與星創相關的匯總檔案，打算趁著今天晚上把該看的內容全部看完，明天開始就要正式投入準備。

徐康冷著臉傳過去給她，等下班時間一到，就關上電腦鬱悶地走了。

「這人今天怎麼回事，午飯不和我們吃，回家也不跟我們走。」

鄭小玲沒察覺出風起雲湧的苗頭，還在傻乎乎地奇怪，「他該不會交女朋友了吧？！」

倒是宋媛坐在辦公椅上滑過來，輕聲問：「晚晚，妳跟徐康沒事吧？」

「沒事呀，」林晚笑著說，「今晚我要去見男朋友，妳和小玲組隊吃飯吧。」

宋媛羨慕地點點頭：「有男朋友真好，祝妳約會順利哦。」

林晚朝她眨了下眼，把筆記型電腦塞進包裡，跟隻花蝴蝶似的晃到鄭小玲那去寒暄了幾句，就拎著包包飛快下樓了。

夕陽緩慢下沉，暮色拂過腳步匆匆的人群，為每個走出辦公大樓的男男女女臉上，平添了一絲工作後的疲憊。

林晚腳步輕快，與那些趕往地鐵站的人群逆流而前，穿過三個路口後，來到了星創科技的樓下。

她一手提著電腦包，另一隻手艱難地從皮包裡摸出手機打電話給男朋友：「我到星創樓下了，你現在有空下來嗎？」

中午吃飯時，她就和周衍川商量好了。

下午無論如何要跟徐康要到他手裡的資料，然後帶過來給周衍川看一眼。

周衍川今晚要在公司加班，只有吃晚飯的這點閒置時間。

他在手機那頭跟什麼人交代了幾句，才輕聲回道：『我讓許助下去接妳，直接來我辦公室。』

林晚在微熱的晚風中愣了愣，突然有種打入星創大本營的感覺。

許助很快出現在星創一樓。

上次他深夜在南江等了林晚和周衍川好半天，回去就因為周衍川那天心情好漲了薪水，他思來想去，都認為林晚在其中起到了很大的推動作用。

因此如今他再看見林晚，態度好得彷彿林晚才是發薪水給他的人。

許助露出八顆牙齒，笑得燦爛：「林小姐，您跟我來。」

說著還伸手幫她把電腦包接了過去。

林晚一時不太適應這種周到的服務——畢竟那電腦包也沒多重。

她笑了一下：「麻煩你啦。」

「不麻煩。」許助正色道，「以後有需要，隨時可以聯絡我。」

林晚心想才不要，她寧願許助多替周衍川分擔點工作，以免她的男朋友總是成天加班。

電梯抵達最頂層，許助畢恭畢敬地擋著門：「您請。」

林晚道了聲謝，出去後眼睛不由自主地往四周打量。

以前她雖然來過星創幾次，但都沒有來過周衍川辦公的這一層。

小說裡都愛寫霸道總裁和美豔祕書的故事，她雖然不至於懷疑周衍川會在辦公室裡發生什麼曖昧小故事，可難免會好奇，想知道他平時都在和哪些人工作。

結果越往裡走，林晚就越失望。

她該不會來了座和尚廟吧，這層樓怎麼連個女孩子都沒有！

許助一路為她介紹完和尚廟的各個部門，然後帶她來到走廊靠裡的一扇門前：「周總的辦公室到了。」

林晚拿回她的電腦包，轉身在光滑的門板上看了看，眼角餘光掃到門邊一個黑色的小按鈕。她試著按下按鈕，很快就聽見不知安裝在哪裡的通話設備裡，傳來一道清冽的男聲：「進來。」

隨即便是「滴」一聲輕響，大門在她眼前自動打開。

首先映入眼簾的，是一個足有天花板高的展示架。

上面擺放的不用說，全是星創歷年以來研發的無人機。

林晚繞過展示架往裡走，終於看到了坐在辦公桌前敲擊鍵盤的男人。

周衍川抬起眼，笑了一下：「來了？」

「你在幹嘛？」林晚不確定她該不該看，腳步停在辦公桌邊，「我還以為你會找家餐廳幫我看資料呢。」

周衍川說：「鳥鳴澗專用的飛控系統需要做些調整，剛好有了思緒，先寫下來。」

他淡淡地看向林晚，挑了下眉，「站那麼遠做什麼，過來吧。」

「可以過去嗎？」林晚下意識問，「不會看到你的商業機密吧？」

周衍川似乎怔了怔，漂亮的桃花眼中掠過一絲不解的意味。

他慢條斯理地解開袖釦，輕輕揉了下手腕，然後再次把視線落在她一本正經的明豔臉蛋上，輕聲說：「沒關係，看就看吧。」

「嗯？」

「反正妳也看不懂。」

「……」

林晚把筆記型電腦往他桌上一放，覺得男朋友欠收拾。

她抿了下嘴唇，走過去藉由站立的高度，低頭注視渾然不覺的周衍川。

他上午出去見合作方，穿得比平時正式，襯衫領口間繫了條深色的領帶。

林晚拉住他的領帶往上輕輕扯了下，讓他微微揚起了頭。

周衍川一半思緒還放在代碼上，抬眼望向她：「嗯？」

聲音很輕，毫無防備的語氣，聽得她熱血沸騰。

林晚另一隻手撐在他的椅子扶手，感覺自己像個仗勢欺人的女霸總。

她沒怎麼遲疑，直接彎下腰湊過去吻他的嘴唇。

周衍川呼吸亂了一拍，然後仰靠在椅背上，眼神散漫地帶著笑，任由她的舌尖靈巧地闖進來。

辦公室裡只剩下唇齒相依的細碎聲響。

氣氛熱烈地升溫，可熱烈沒有持續太久，林晚就隱約扛不住了。

用這個姿勢接吻還挺費體力的，可見霸總並不好當。

周衍川稍側過臉，蹭了下她的鼻尖：「要我扶著妳嗎？」

「……不要！我可以！」林晚凶巴巴放完狠話，自己沒忍住先破功笑了出來。

曖昧的氣氛被她這一笑盡數破壞，強吻眼看是進行不下去了。

周衍川在她唇間回親了一下，當作這次深吻的結束信號。

他拍拍林晚的腰：「把資料拿過來吧。」

林晚心裡還有些不服，站直身後喘著氣警告他：「寶貝，以後說話先想清楚哦，小心下次我讓你看鳥腳猜鳥名，你這個連小鴉鵑都不認識的凡人。」

周衍川看著她，輕聲笑了笑：「別下次了。」

「啊？」

他把桌上的手機推過來：「幫我測試一下軟體。」

林晚一頭霧水地解鎖密碼，看見手機桌面有個沒見過的APP，名字倒是取得通俗易懂，叫鳥鳴澗識別系統內測版。

「配合保護區巡邏做的軟體，」周衍川那邊則打開了她的筆記型電腦，點開放在桌面的檔案，「加入了動態識別模式，正好妳在這裡，試著用用。」

這種識別軟體並不稀罕，林晚記得趙莉手機裡就有一款專門認花的APP，方便她逛花市時辨認每家店裡的品種。

可是動態識別，聽起來倒比較新鮮了。

林晚不可能憑空變出鳥來，此刻窗外剛好也沒有鳥經過，她想了想，問：「你的電腦借我用用？」

「行，妳坐過來。」周衍川抱著筆記型電腦讓開。

林晚坐到星創CTO的辦公桌前，本來還想玩玩角色扮演，結果一眼瞥見他螢幕上那些如同天書般的代碼，就只能在心裡承認，男朋友沒有說錯，她確實看不懂。

她用瀏覽器登錄「林子大了」的社群軟體帳號，不用費力搜索，就在自己的社群軟體主頁找到不少以前拍過的鳥。

把測試軟體打開，鏡頭對準照片，兩三秒的時間，系統就會辨認出鳥的名字與科屬資訊。

林晚又點開在山林間拍到一段影片，發現這次辨認的時間稍久一點，但也順利認出了影片中同時拍到的幾種鳥類。

「不試下鳥腳？」周衍川拉過來一把椅子，在她身旁坐下。

「只看鳥腳也太難了吧。」林晚坦然道。

雖然平時大家都愛拿這當玩笑話說，可其實除非鳥長得很有特色，否則哪怕是鳥類學專家，也不敢憑藉一張局部照片就斷定是哪種鳥。

周衍川卻說：「試試看。」

林晚半信半疑地將取景框放低集中在一隻牛背鷺的跗蹠處。

軟體果然沒有給出正確的名字，但卻顯示出了好幾種可能的判定，其中正好就有牛背鷺這個正確選項。

「有點厲害啊，科技果然改變生活。」

這次她認真地佩服起來，笑著說，「你不知道我每天上社群軟體，收到的大多數@都是拍鳥讓我認的，如果能拿出去讓他們用，我能省掉好多麻煩。」

周衍川骨節分明的手指輕敲鍵盤，點開下一頁，淡聲問：「有修改意見嗎？」

「唔，能不能加上瀕危和保護級別呢，還有主要分布地區和遷徙地點，要是能加上亞種的介紹就更全面了。」

「要求這麼多？」

林晚眨了下眼睛，扭頭看他：「你是不是不會。」

「……」

周衍川與她對視幾秒，眼睛被螢幕光暈染出抹清淺的顏色，讓他看起來有些冷淡的禁欲感，可下一秒，他眼底就掠過一絲無可奈何的笑意。

他勾了下唇，輕聲問：「妳當它是什麼？」

林晚一頓，反應過來。

這是星創開發給鳥鳴澗及其下屬的保護區工作人員的，用途是方便大家了解保護區內的鳥類族群分布，哪裡需要那麼詳盡的內容。

換句話說，林晚提出的想法很容易實現，但鳥鳴澗沒給人家那麼多錢。

在商言商，哪有讓星創免費提供增值服務的道理。

她遺憾地嘆了聲氣，小聲辯解：「我就是覺得它做得蠻好，只內部使用的話有點浪費。」

周衍川視線掃過她眉眼間的失落，緩聲回道：「舒斐不介意公開就行。可以再做進一步的完善，反正在現有基礎上多加幾組而已，不是什麼麻煩事。」

「會加收費用嗎？」

周衍川看著她亮晶晶的眼睛，幾乎沒有遲疑：「這版本是公司其他人幫鳥鳴澗做的。至於妳想要的那些功能，我免費做。」

林晚歡呼一聲，再也不氣周衍川說她看不懂代碼了。

看不懂又怎樣，反正她的需求男朋友都能滿足啊。

她腦筋轉得飛快，立刻想到如果可以在發布會召開當天，同時宣布以後將提供這款鳥類識別APP給需要的人使用，應該會掀起不少討論的熱度。

與此同時，周衍川也看完了資料：「徐康給的資料沒問題。」

林晚鬆了口氣，同時心裡又湧上一陣沒看錯人的欣慰。

她今天帶來的都是星創發給徐康的專案資料。萬一徐康想從中作梗搞砸發布會，完全可以給她錯誤的內容，冷眼旁觀等著她在發布會丟人。

但還好，他沒有選擇那樣做。

「徐康雖然有點不樂意吧，但整體來說態度還不錯。」林晚笑咪咪地說，「那我不耽誤你啦，先回去跟他商量發布會的大場面該怎麼做。」

「什麼大場面？」

「無人機和鳥類保護區合作嘛，當然要配合兩邊的主題來做噱頭啊。現在我們卡在表現形式這一點上了。」

周衍川關了筆記型電腦，看她一眼：「和無人機有關的事，妳不問問我的意見，卻跑去跟徐康商量？」

「……我這不是看你忙嘛。」

林晚莫名心虛了一秒。

「不差這幾分鐘。」周衍川說，「你們現在想了哪些方案。」

林晚回憶了一下：「好幾種呢。目前支持率最高的，是在發布會現場用無人機做瀕危鳥類的表演秀，徐康認為呈現效果很酷，有科技感。」

「妳的意見呢？」周衍川不置可否，轉過身來面對她。

林晚拿不準他的看法，只能坦然交代：「我覺得這種……有點傻。」

周衍川沒說話。

「保護區巡邏總歸是件嚴肅的事吧。用無人機在空中飛來飛去，可能當時的效果看起來會很壯觀，但總感覺像用電子玩具哄小朋友。」

她剛說完，周衍川就笑了一下。

不知是不是辦公室的光線作祟，他這個笑容裡莫名彰顯出幾分傲氣。

林晚很少見他笑得如此張揚，但又很喜歡他此時流露出的那種笑意。

有點狂，又很自信。

周衍川斂了笑意，認真地看向她：「幸好妳提前跟我說了。徐康要是在我面前拿出這種提案，我可能會建議舒斐換個人跟我們打交道。」

「有那麼嚴重？會讓你感覺被冒犯嗎？」

林晚不解地歪了歪腦袋，她雖然不喜歡徐康提出的點子，但以前也在新聞裡看到過類似的宣傳方式。

周衍川輕叩桌面，緩聲道：「沒那麼嚴重，但我不喜歡。星創為了研發無人機耗費的人力物力，不是那種專做表演的公司可比，同樣的話妳問星創任何一個人，比如郝帥，他肯定也不願意飛這一趟。」

他的潛臺詞並不難理解，實際上就是星創上上下下都很為他們的無人機技術感到驕傲，讓星創配合一次發布會去做花裡胡哨的表演，是在看輕星創所代表的真實價值。

林晚不禁好奇：「那如果我想看呢？」

「也不行。」他回答得十分果斷。

林晚用手托著下巴，眼睛在燈光下顯得格外明亮，如同有萬千星辰住進她的眼中，讓她注視著周衍川的視線都描上了一層燦爛的光芒。

她沒有為周衍川的拒絕而生氣，反而覺得正因為這一點小小的、固執的堅持，讓他變得更有魅力了。

周衍川有不肯輕易退步的原則，哪怕在別人眼裡看來，這些原則或許顯得不夠圓滑變通，但他卻始終堅守著那條底線，無論是誰都不能跨越。

這份堅持，來源於他對星創的信任與驕傲。

無人可以撼動。

「我們還有另一個方案，但不確定技術層面能不能實現。」

「說來聽聽。」

林晚緩緩道來：「想在發布會現場做一個類比巡邏的演示，既能向大家介紹鳥鳴澗和星創具體是以什麼方式展開合作，又能展示你們的技術水準。可那一瞬間的現場氣氛，大概不如無人機表演秀轟動，簡單來說就是不夠好玩。」

周衍川沒有急於答覆，而是湊過來點開自己的電腦，確認過接下來的行程後，才問：「想做模擬巡邏？」

兩人的視線在空氣中碰觸，傳遞出彼此統一的想法。

林晚問：「能做嗎？」

「之前舒斐在南江的時候，定了先在南江選一個保護區做測試。下週我們會派人過去搭建鏡頭，妳可以帶人過來參觀。」

周衍川垂眸看著她，笑得像個意氣風發的少年。

「到時讓妳看看，無人機究竟有多好玩。」

接下來的一週，林晚忙得不可開交。

她把科普手冊畫完，發給舒斐審核通過後，就一邊確認各個保護區周邊需要的手冊份數，一邊聯絡印刷的事。

這批科普手冊主要面對的人群是小朋友，林晚特意和同事加班做了些精巧的裝幀設計，以便讓小朋友翻看手冊時，能夠產生自發探索的興趣。

科普手冊的印量以千起算，加上具備一定的工藝製作要求。如此一來，相比遍布大街小巷的快印店，當然還是設備更為齊全的專業印刷廠性價比更高。

經過幾番對比，林晚最終選擇了一家位於南江周邊城市的印刷廠。

雖然遠是遠了點，但勝在印刷廠老闆是個講究人，不僅在紙張選用方面提供了不少好建議，聽說他們這是公益項目，還豪爽地打了個折扣。

某天晚上，印刷廠打來電話，告訴他們明天可以看打樣。

第二天清晨天剛亮，林晚就和負責設計與採購的同事出發前往印刷廠。她開了車來，接到同事後就讓出駕駛座，換到後排打開筆記型電腦處理其他工作。

以前她還沒發現，如今接手舒斐的部分工作後才意識到，為什麼舒斐躺在病床上都不能安心靜養。

烏鳴澗每天需要處理的事務太多，不僅是各個保護區有層出不窮的問題需要解決，與基金會總部和其他合作方的溝通也會占據大量時間。

而這還不算舒斐為了維持專案運轉，私底下需要抽空去維護的人際關係。

經過最初兩三天的僵持後，大家慢慢適應了大魔王不在的模式，開始習慣每日填寫工作彙報時發送一份給林晚。

這一路過去要兩個多小時，林晚不打算把時間用來睡大覺，仗著自己不暈車，專心致志地瀏覽起來。

車程行至一半，郝帥突然找到她：『徐康剛才問我，辦一場無人機表演秀需要多少成本。

我跟他解釋了幾句，他好像還不想放棄，妳能不能勸他打消這個主意？』

『他怎麼跟你說的？』林晚打字回覆。

『倒也不是多麼正式的打聽，就說月底那個發布會，烏鳴澗有這樣的想法，讓我先跟他透透底，說如果費用太高就再換。』

『我們最終方案還沒定下來，他應該是因為在星創認識的人裡跟你比較熟悉，就私底下打聽打聽，別介意。』

『沒事，我只是個卑微的飛手，真要做方案也輪不到我發言。我就是想讓妳跟他提個醒，星創不接那種馬戲團一樣的表演，他問我也就算了，回頭萬一問到設計部那幫心高氣傲的工程師，萬一人家態度強硬起來，那就尷尬了。』

林晚回他一句「OK」，無聲地嘆了口氣。

她轉過頭，望向高速路外層巒疊翠的山脈，藉著鬱鬱蔥蔥的自然景觀休息眼睛，順便思考該怎麼和徐康說。

那天林晚離開星創回到雲峰府，當晚就建議徐康放棄表演秀的想法，為了防止他不理解，還特意將周衍川的態度跟他說了一遍。

現在看來，徐康大概對她的說法存有疑慮。

可能是怕她搶功勞出風頭，也可能是怕她和周衍川聯手騙他，否則他不至於找到在星創比較熟悉的郝帥，彷彿想要確認說法是否一致似的，偷偷套人家話。

考慮了一下，林晚傳訊息給徐康：『這週四上午，跟我走趟寧坪湖？』

過了十幾分鐘，徐康問她：『這週星創在寧坪湖溼地保護區安裝鏡頭，我們有必要去監工？』

『不是監工。』

畢竟我們又看不懂，林晚在心裡默念了一句，回覆他說，『聽說會有很好玩的事情發生，不如一起去看熱鬧呀。』

『……』

哪怕隔著螢幕的距離，林晚也能想像，徐康現在肯定在他的辦公桌前翻了個大大的白眼，大概覺得她很無聊，安裝鏡頭有什麼可看。

但周衍川既然承諾會讓她看到無人機有多好玩，那麼林晚就願意賭一把。

賭到了週四那天，徐康會心悅誠服地改變想法。

出發當天，林晚起了個大早，吃過早餐就跑回樓上，關上房門化了個清新又自然的裸妝，紮了個突顯精神的高馬尾，又從衣櫃裡選出一套方便活動也襯托身材的衣服，才總算收拾妥當了。

她上下打量了一番鏡中的自己，暗暗感嘆：林同學，妳現在越來越矯情了，以前去保護區那種荒郊野嶺的地方，哪次不是隨隨便便就出門了。現在想到男朋友會在場，居然開始耍小心機了，連口紅都挑了如此少女的一款。

嘖嘖嘖，戀愛果然使人脫胎換骨呀。

到了樓下，徐康才剛起床，睡眼惺忪坐在餐桌前吃早餐。

鄭小玲和宋媛不必去保護區，本來有心想打聽幾句，但見徐康跟林晚沒怎麼交流，也只能扮作「早餐真美味」的投入模樣，在沉默的氣氛中默默進食。

自從舒斐住院以來，別墅裡的氣氛差不多都是這麼微妙。

林晚對同住的兩個女孩還挺愧疚，心想哪天等她和徐康重歸於好了，必須要請她們兩位出去吃頓大餐。

當然了，如果她跟徐康的關係繼續變差，那該考慮的就不是吃大餐，而是要不要搬出去住了。

林晚坐在一旁玩手機，順便打聽周衍川那邊的進展。

等男朋友告訴她一切順利的時候，徐康也吃完早餐洗完碗，走過來朝她點了下頭。

兩人跟演默劇似的，一前一後走出大門，分別坐上自己的車。

寧坪湖溼地保護區離南江市市區不遠，離開城區後再開半個多小時就到了。

棲息在此地的鳥類多為涉禽，也就是大家常說的水鳥，大多喜愛吃魚。住在附近的漁民祖祖輩輩習慣了牠們的存在，有時捕魚歸來看見幾隻膽大靠近的，還會順手拋幾條小魚餵牠們吃。

鳥鳴澗其實並不提倡人和鳥類接觸過於頻繁，但寧坪湖一帶的民風如此，他們也不好過度干涉。畢竟凡事都有兩面性，雖然生活在這裡的鳥類對人的警惕性不高，可與此相對，寧坪湖的民眾也會習慣愛護牠們，最近十幾年，此地都鮮少發生盜獵或傷害的情況。

林晚在村口的停車場下車，沿著湖畔往保護區走去。
徐康跟個悶葫蘆般跟在後面，讓她一路感覺都很不自在。
好在沒過多久，前方就出現了人影。
星創有幾個人穿著統一的迷彩服，恨不得跟大自然融為一體，在湖邊與林間有條不紊地安裝著鏡頭，見到他們來了，也只是小聲地寒暄幾句。
林晚輕聲問：「你們周總呢？」
對方給她指了方向。
林晚回頭看了徐康一眼，示意對方跟上。
周衍川和四五個人站在湖邊一處空地，旁邊有兩名飛手模樣的人正在擺弄無人機。
今時不同往日，林晚再看到略顯粗糙的測試無人機，已經不會再嘲笑它的簡陋，而是能猜出這就是星創為鳥鳴澗設計的新機型。
她加快腳步走到周衍川身後，拍了下他的肩膀。
周衍川回過頭來，看見她有些意外：「直接上手拍，不怕認錯人？」
今天出來野外工作，他當然沒再像在公司那樣穿襯衫搭西褲，而是和大家一樣，換了件印有星創logo的白色T恤，下面則是一條看起來很普通的黑色長褲，褲管紮進短靴裡，襯得雙腿長度逆天。
林晚覺得他心裡沒數，不知道自己的背影和後腦勺，都比周圍的甲乙丙丁還出眾很多。
「反正就是能認出來。」她往他身上看了一眼，「這件T恤有賣嗎，我也想要一件。」

周衍川笑了笑：「家裡還有新的，不嫌棄尺碼不合的話，今晚就能給妳。」

林晚才不嫌棄呢，男朋友T恤有哪裡不好？

她轉頭朝其他人笑著打過招呼，不知為何又感覺T恤穿在他們身上，好像又沒那麼好看了。

周衍川注意到始終一言不發的徐康，朝他頷首說：「稍微再等等，鏡頭調試成功，馬上就能試飛一次。」

當著合作方的面，徐康也拿出了工作的態度：「辛苦你們了，今天要測試什麼？」

旁邊有人接話道：「類比巡邏，順便測試螺旋槳的噪音干擾情況。」

「能現場看到巡邏的結果嗎？」徐康問。

對方點頭：「當然能。」

幾分鐘後，架設鏡頭的小分隊回到湖邊，朝兩位飛手比了個OK的手勢。

林晚第一次圍觀試飛，心中難免好奇，眼神不由自主地就往他們那邊飄了過去。

周衍川低下頭，在她耳邊輕聲為她講解：「他們需要先在手機上利用地圖設定巡邏路線，包括飛行時的高度與機身搭載感測器的拍攝清晰度。」

「只有俯視的平面圖？」

「垂直和傾斜影像都能拍，再結合剛才安裝的鏡頭定位，最後能給出一個立體的模型。」

林晚眨了下眼睛，感到有些神奇。

她以前玩3D遊戲時，就很喜歡那種身臨其境的代入感，只是不知道透過無人機巡邏最後呈現出來的景象，是不是跟她想像中的一樣。

飛手準備完畢後，兩人隔開一段距離開始操控。

兩架無人機的螺旋槳同時轉了起來，機械轉動的噪音難免會有，卻比預料中還小很多，隨著無人機迅速升空遠去，林晚下意識看向徐康，從對方臉上找到同樣驚訝的神色。

星創的硬體設計師欣慰地撓撓頭：「不錯不錯，這次用的輕型材料可以。」

周衍川走到臨時搭建的簡易電腦桌前，垂眸看著螢幕，低聲開口：「記錄下飛行時間和耗電量。今天南江沒風，以後記得在有風環境再測幾次。」

林晚站到他身後，看見螢幕顯示的地圖裡，有許多一閃一閃的紅點，心想那些或許就是地面安裝的鏡頭。

她轉身問徐康：「覺得怎麼樣？」

徐康想了想，說：「要等看到實際效果再說。」

兩架無人機來回飛了幾次，將整個寧坪湖溼地保護區的影像全部拍攝下來。緊接著周衍川又在電腦裡點開一個3D成像軟體，把無人機和地面鏡頭拍到的影像導入進去，然後回頭看向林晚：「過來。」

林晚乖乖邁出腳步，靠近他的身邊。

男人清瘦修長的手指在 enter 鍵敲了一下，軟體彈出一個新的全螢幕視窗。

起初是一片默認的灰色格線，然後漸漸的，一層疊一層的色彩，出現在了螢幕之中。

茂密幽深的樹林、碧波蕩漾的湖面，棲息在大自然裡愜意覓食的白鷺，一幀幀場景如同魔法一般，在林晚眼前栩栩如生地展現開來。

隨著螢幕中的景象越來越清晰，行行深色小字也開始浮現，被鏡頭捕捉到的鳥類名稱準確指向畫面中的鳥兒。

周衍川隨便點中一行，漂浮的視窗便顯示出擴展資訊。

竟然全是林晚那天在他辦公室裡，提過希望能增加的內容。

林晚不自覺地睜大了眼。

原本面無表情的徐康也不禁愣在當場，他甚至懷疑地看了周衍川一眼，以為自己看到的難道是一段事先做好的影片。

周衍川說：「以後幫妳配個VR眼鏡，效果能更逼真。」

「真的？」林晚星星眼地望向他。

「真的。」周衍川勾唇笑了笑，「好玩嗎？」

要不是擔心驚飛林中的鳥兒，林晚簡直恨不得大聲喊出來：「好玩呀，像科幻電影一樣。」

「稍等一下，再給妳看個好玩的。」

周衍川示意她先別著激動，從工具箱裡又拿出一架無人機，看起來打算自己操作。

林晚的好奇心全被他吊起來了，根本顧不上徐康在一旁逐漸流露出的驚豔目光，起身跟過去，想看他究竟要幹嘛。

不料周衍川居然側過身不給她看：「等一下。」

「小氣。」

林晚嘀咕一句，只好按捺住性子，看周衍川控制無人機重新飛了出去。

其實如果此時她仔細留意其他星創眾人的表情，就會從他們臉上看出不屑與羨慕混合的複雜表情。

周衍川沒讓無人機飛太久，十幾分鐘後就像剛才那樣，再次往軟體裡導入了圖像。

然後又敲了下 enter 鍵：「欠妳的，現在給妳。」

「？？？」

林晚一臉茫然，眼睛一眨不眨地盯著螢幕，腦子裡還在納悶地想，周衍川欠她什麼了？

片刻過後，軟體像剛才那樣，呈現出了一個立體的模型。

然而和剛才不同的是，新模型由於特意設置的飛行路線，呈現出來的並非保護區的地貌，而是一隻展翅欲飛的小鳥。

林晚一愣，隨即捂住臉笑了起來。

萬萬沒有想到，他居然真的拍了一隻「鳥」給她。

周衍川懶散地靠著桌沿，輕笑著問：「送給妳的，喜歡嗎？」

林晚把臉埋在掌心裡，滿心的歡喜如同潮水般源源不斷地湧出來。

誰說理工男不浪漫呢？當著眾人的面，堂而皇之地帶她回憶他們相識的最初，這就是獨屬於周衍川的浪漫了。

而在他們身後，徐康依舊沉浸在對科技力量的震驚中，他愣愣地抓住星創某位工程師：

「你們建模的水準太強了吧，那可是一隻鳥啊，隨便飛飛就能建得這麼細緻？」

「什麼隨便飛飛。」

工程師冷哼一聲，表達出單身狗的憤懣，「你們沒來之前，周總在那琢磨了整整兩小時，我都不稀罕吐槽。」

徐康：「……」

第十七章　表現出來

星創需要留下來繼續調試設備，林晚他們先走一步。

到了村口停車場，她叫住打開車門的徐康：「你覺得模擬巡邏有意思嗎？」

徐康在烈日下瞇了瞇眼：「還行。」

明明剛才眼睛瞪得比誰都大，此刻他又舉棋不定了，「但妳也看見了，他們才剛開始測試，誰能保證發布會那天能順利完成？」

「可至少夠特別吧。」

林晚沒有計較他出爾反爾的態度，耐心勸說，「我不贊成表演秀有兩個原因。一半是因為星創不願意做表演，當然了，或許你有辦法能打動他們。但換個角度來說，每年有多少場無人機表演秀，我們要怎麼做到脫穎而出？」

這種表演說白了，和大家熟悉的燈光秀、煙火秀極其相似，以前無人機比較少，大家還能看個新鮮，現在卻未必能引起多少討論。

哪怕整個場面做得再盛大，過段時間回想起來，也只剩下「鳥鳴澗那場發布會還挺好看」的印象而已。

徐康皺了下眉：「至少不會出錯。」

「出了任何差錯，責任全部由我一個人擔，降薪或者開除我都接受。這樣說的話，你願意一起玩個特別點的嗎？」

「……林晚，我不討厭妳，但我的確認為妳不適合做 leader。」

或許模擬巡邏還是讓徐康轉變了某些觀念，他把車門關上，走到陰涼點的大樹下，隔著一段距離與她對視，「發布會不是妳用來出風頭玩刺激的場合，至少在我看來，這是一個正經的宣傳途徑，讓它圓滿結束才是我們該完成的任務。」

林晚看著村口那條泛起白光的柏油路，把被汗水濡溼的髮絲捋到耳後：「半年前我的想法可能跟你一樣。因為那時候我在研究所工作，不論活動無聊還是有趣，每年照樣有學校、有社區、有單位邀請我們去做科普宣傳活動。」

有句話說來或許太過現實，但現在全世界的主流聲音都是愛護動物保護環境，所以哪怕有些人對此並不感興趣，卻也只能硬著頭皮邀請研究所的科普人員到場，以方便自己完成每年一次或幾次的「政治」任務。

林晚從上次被舒斐全面否定了宣傳稿開始，有了一些觀念上的轉變。

追求穩妥不是壞事，但大家的生活每天都充滿不同的聲音，要想你的聲音真正進入到別人心裡，千篇一律顯然是最不應該採取的措施。

既然要發聲，不如敞開嗓子喊到最大聲，哪怕有些瑕疵也不必懼怕。

林晚將目光轉向徐康：「我想做一場能引起大家思考的發布會。萬一有人看過模擬巡邏後能受到啟發呢？比如透過定位的溫度監測預防山林火災，比如透過分析土壤成分預測植被病害，還有很多我一時想不到的可能性，它們加起來，難道不比一場絢爛的表演更有意義？」

此時正是中午，四下無風，陽光耀眼而滾燙。

停車場周圍的樹影靜止不動，樹葉在高溫下蔫蔫地捲起了邊。

徐康彷彿跟身後的樹幹融為一體般，沉默了許久。

長達幾分鐘的安靜後，他終於點頭：「好，用妳的方案。」

回到公司，林晚再次召集大家開會，針對模擬巡邏做進一步的發布方案。

雖然中途經歷過一些周折，但徐康改變主意後，配合度明顯比之前提升不少。

他是個執行能力很強的人，只要雙方達成了一致，他就願意負擔起該做的工作，認真仔細地投入進來。

黃昏時分，雲層像撕開的棉花糖，染上霞光油畫般的色彩在天空中游走。

會議室裡開了燈，討論已經接近尾聲。

林晚揉了揉痠脹的後頸：「那麼就按目前的安排去做，目前擬邀的嘉賓名單我會跟總監做最後的確認，大家還有其他問題嗎？」

眾人搖了搖頭，林晚一拍手掌：「ＯＫ，散會。」

等其他人相繼離開了，落在最後的徐康才慢悠悠踱步過來，滿臉不情不願的表情：「那什麼，我還算認識些人，可以邀請來參加發布會，名單要不要？」

「可以嗎？」林晚彎起眼笑了笑，「正好我手裡也有一份名單，不如我們再坐下來討論一下？」

徐康嘴角一抽：「明天再說，妳沒權力要求我加班。」

「那就明天再說。謝謝你，徐康。」林晚仰頭靠著椅背，嘴角彎起的弧度更大。

徐康當作沒聽見，大步流星地走出了會議室。

林晚抱著筆記型電腦回到自己的辦公桌前，傳訊息詢問周衍川：『寶貝，出來吃晚飯嗎？』

『加班，寶貝兒。應該會到很晚，妳先吃。』

行吧。

她遺憾地抿了下嘴唇，用外送APP點好晚餐，在電腦裡新建了一個文檔，劈里啪啦地打起字。

發布會當然不能說開就開。

前期的媒體造勢都需要鳥鳴澗自己準備通稿，這部分是林晚分內的工作，她打算今晚加班把它完成。

晚上九點多，林晚把寫好的初稿發到舒斐的郵箱，忍不住又去騷擾周衍川：『加完班了嗎？』

先回覆她的人是舒斐。

大魔王最近對她越來越放心，直接回覆一行字：『妳自己定奪。』

林晚盯著這行字思考了一下，還是不敢掉以輕心。

這就像小朋友學走路一樣，旁邊有大人跟著的時候當然隨便怎麼走都行，反正快摔跤時大人會伸手拉住防止跌倒。

可等到大人決定放手讓他獨立行走了，反而需要比之前更小心一點，畢竟不小心踉蹌一下，摔下去疼的可是自己。

她又花了近半小時，把宣傳稿從頭到尾潤色了一遍，確認沒有任何問題後，才把它發給了與鳥鳴潤合作的相關媒體。

周衍川應該正忙，遲遲沒有回覆。

林晚起身把便當盒扔進垃圾桶，進廁所洗了把臉，抬頭看向鏡子時，花了幾秒鐘來可惜今天精心的妝扮。

就上午跟他共處了一個多小時，也不知道他看出那些小心機沒有。

多半沒有吧，她想，誰叫她的男朋友是個不理解口紅為什麼要買那麼多種顏色的直男呢？

林晚回到座位，剛好看見手機螢幕亮了起來。

周衍川：『大概還要一個小時，妳回家了嗎？』

『沒有啊，在公司陪你加班呢。』

『不在同間辦公室，也能算陪？』

『怎麼不算，雖然我們人不在一起，』林晚手速飛快，『但我們的心在一起啊！』

周衍川似乎被她的腦迴路震住了，好半天後才回覆：『太晚了別一個人走，我等下去接妳。』

林晚笑咪咪地傳一個賣萌貼圖，另開一個文件檔案，開始寫明天鳥鳴澗粉絲專頁需要更新的內容。

整個過程裡，工作郵箱不斷收到媒體方的回覆郵件，大多是告知將於哪天在哪個平臺發布的訊息，不需要費神處理，但光是查看郵件竟也耗費了不少時間。

林晚越發能夠體諒舒斐往日的辛苦，也更理解她為何總是那麼風風火火。

那麼多的工作量，倘若不抓緊時間加快速度，堆積下來恐怕永遠不會有完成的那一天。

不過與此相對，林晚完全不覺得疲累。

基金會對此次發布會還算重視，主動給了些平時與鳥鳴澗不太往來的媒體資源，加上林晚以前本就認識的媒體朋友，加起來幾十家媒體，將會在接下來幾天統一為發布會造勢。

光是想像發布會召開當天，能吸引多少人關注他們與星創的此次合作，渾身的倦怠便在瞬間消散開。

十一點半，同樣繁忙的周衍川終於抵達鳥鳴澗樓下。

林晚懶得開車回去，乾脆直接下樓坐進他的車裡，一進去就沒忍住打了個呵欠，語調含糊地說：「晚上好啊，寶貝。」

前排的許助打了個寒顫。

他真不適應有人叫周衍川寶貝。

同樣是加班到深夜，周衍川看起來就清醒許多——大概他更習慣這種忙碌的狀態——他側過臉，桃花眼在月色中彷彿被水洗過般明澈，嗓音一如往日的清冽：「今天忙到這麼晚？」

「接下來一段時間可能都會這樣。」

林晚用手背擦了下因為呵欠而變得溼潤的眼尾，好奇地問，「你呢，又在忙什麼？」

「各種各樣的事。」

周衍川簡短回道，倒不是他不願意交代清楚，而是他需要主導整個星創的技術研發，一晚上經手的事項太過繁雜，三言兩語根本說不完。

林晚沒再追問，而是歪過腦袋軟軟地靠在他身上：「等忙完這陣，你陪我出去觀鳥吧，上次說好的，找個能看見星星的地方。」

周衍川點了下頭，便輕輕揉了下她的腦袋，溫聲道：「睡吧，到了我叫妳。」

車輛在夜色中疾馳過寬闊的馬路，林晚靠著他的肩膀，漸漸闔上了眼睛。

到達雲峰府後，許助為難地看了眼後視鏡，發現周衍川根本沒有叫醒女朋友的意思。

他暗想不好，難道今天又是一個注定晚歸挨老婆罵的夜晚？

還好很快，周衍川使低聲開口：「你先回家吧，我在這裡陪她。」

許助應了一聲，推門下車時又回頭看了一眼。

白日裡矜持冷漠的男人，現在眼中全是濃得化不開的溫柔，好像依偎在他身上的不是一個女孩，而是世間價值連城的絕世珍寶。

關門的輕微聲響稍稍驚擾到林晚，她抱住周衍川的手臂蹭了蹭，接著又嫌脖子不太舒服，搖搖晃晃地往另一邊倒過去。

眼看腦袋就要撞上窗戶的瞬間，周衍川連忙伸手護了一下。

「嘭」的一聲輕響，林晚的額頭隔著他的手掌撞上玻璃窗，她是半點沒感覺到痛，繼續呼呼睡得香。

倒是苦了周衍川，疼得皺了下眉。

他手掌本就生得骨節分明，此刻不經意地撞上車窗，手背便猛地傳來一陣鈍痛。

「睡著了也不老實。」

他無奈地低笑一聲，轉過頭藉著窗外淺淡的月色，凝視她毫無防備的睡臉。

林晚不知夢到什麼，迷迷糊糊地抿了下嘴唇。

她睡著後的模樣比醒來時還乖巧些，讓她整個人看起來都小了幾歲，像個涉世未深的學生。

周衍川記得，她今天塗的口紅不算很紅，說不清是偏粉還是偏橙，但就莫名有種清純的吸引力。他不自覺地放輕了呼吸，稍稍靠近。

林晚卻在此時睜開了眼。

明明意識尚在混沌之中，看見男朋友近在眼前的英俊面容時，卻稀里糊塗地來了句：「你幹嘛，想占我便宜？」

周衍川一頓，分不清她究竟徹底睡著沒有。

看眼神尚且惺忪，聽語氣又很清醒。

林晚得意地笑了一下，腦子不知怎麼想的，緊接著又來一句：「說吧，覬覦我的美色多久了？」

周衍川定定地看了她幾秒，問：「那妳又覬覦我多久了？」

他比較矜持，沒學林晚直接說「我的美色」。

林晚被他一問，朦朧睡意總算消散了大半，她揉著眼睛調整坐姿：「很久呢，從玉堂春那一眼開始，我就覺得你很帥，有點想要你的聯絡方式。」

周衍川感到有些意外。

他記得林晚當時誇他襯衫好看，卻半點沒有覺察出她淡定語氣下蠢蠢欲動的小心思。

「你那時候對我什麼印象？」她又問。

周衍川：「一個莫名其妙的漂亮女生。」

「然後呢？」

「沒有然後了。」

林晚笑了一下，知道男朋友沒有撒謊。

按照周衍川的性格來說，這的確是句再真實不過的感言。承認她漂亮，可漂亮又不足以打動他。

「所以你根本沒有覬覦我的美貌囉？」但她偏要逗他，裝出一副受傷的心碎模樣，做作地捂住胸口。

周衍川笑著看她演戲，久到林晚覺得獨角戲演起來沒意思了，剛要撤掉渾身戲癮的瞬間，忽然俯身親吻過她的嘴唇，低聲傾訴：「但我現在覬覦妳整個人，行嗎？」

林晚陷在舒適的座椅裡，笑得如同明亮的春光。

她既喜歡聽周衍川誠實地說出情話，也很喜歡與他接吻的感覺，好像不用刻意發出什麼信號，兩人就默契地知道，對方此刻正在期盼與自己唇齒糾纏。

林晚下車時，周衍川拿了個紙袋給她。

裡面裝著幾件星創的T恤，黑白兩色都有，男女尺碼也有。

明顯是下午剛從公司拿回來的。

「嗯？不是說家裡有新的嗎？」她奇怪地問。

周衍川下車走到駕駛座那邊，打開門看她一眼：「男款太大，妳沒辦法穿出去。」

誰說我要穿出去了？

林晚在心裡嘀咕一句，接著反應過來：「寶貝，想約會的時候跟我穿情侶裝呀？」

「可能吧。」周衍川再次坐進車裡，漫不經心地回了句，「妳不想？」

林晚眨了眨眼，用眼神代替語言給出肯定的答案。

回到家裡，室友們都窩在自己房間裡休息，別墅裡靜悄悄的。

林晚進房間洗完澡，裹著浴巾出來，拆開了男朋友新送的禮物。

星創的T恤設計感很足，沒有那種傻傻的文化衫感覺。如果不說的話，外人肯定會以為是哪家品牌的新款潮T恤。

她解開浴巾站到穿衣鏡前，套上男款的黑色T恤。尺碼確實偏大，穿在她身上稍顯鬆垮，玲瓏有致的身材曲線全部被遮掩了起來。但領口露出了精緻的鎖骨，還有胸口小片雪白的皮膚，下擺垂在她的大腿中間位置，往下是漂亮的膝蓋窩與勻稱細瘦的腳踝，看起來又平添幾分天真肆意的性感。

林晚把頭髮吹到半乾，特意撥得凌亂，然後才拿起手機對鏡自拍了一張。

把照片傳給周衍川時，她還附贈了一行文字：『像不像我洗完澡穿了你的衣服？』

周衍川收到訊息時剛運動完。

他每日工作時長並不固定，生活習慣卻很規律。除非回家後累到睜不開眼，否則每晚回家後必定要去地下室的跑步機報到。

氣息尚未恢復均勻，就猛地又亂了一拍。

無論是林晚傳來的照片或者文字，都在這一刻給予他極強的刺激。

周衍川把汗溼的T恤扔進洗衣機裡，赤裸上身靠著洗手臺，喉結不自覺地上下滾動了幾次。運動後的汗水順著他肌理流暢的身體線條滾落，滑過他起伏不止的胸膛和小腹，最後順著兩條深凹的人魚線漸漸隱沒。

取而代之的，是一股燒得很旺的燥熱。

周衍川繃緊了下頜，片刻後問她：『故意的？』

林晚點開語音後，耳朵彷彿觸電一般，被男人低啞的嗓音電了一下。她半躺在沙發上，半小時前攔都攔不住的睏意不知去了哪裡，神經在深夜裡反而一點點地清醒過來，她放軟聲音，拖著腔調說：『故意的呀，被勾引到啦是不是。』

周衍川沒有回她。

林晚又問：『寶貝，你在幹嘛？』

依舊沒有回覆。

想到手機那頭可能正在發生的事，她的耳垂不禁染上一層羞澀的紅，可再按住說話按鈕時，語氣裡卻帶著十足的誘惑：『視訊嗎？讓我看看。』

第二天早上，林晚差點遲到。

昨晚跟周衍川視訊結束後已經很晚，可她躺在床上翻來覆去根本睡不著。

手機螢幕傳送過來的影像與聲音像刻進大腦裡似的，讓她只要一閉上眼睛，就能想起他動情時的模樣。

微蹙的眉，低垂的眼，還有壓抑而克制的呼吸聲。

林晚是第一次在這種情況下與男朋友視訊。

大學時她交往的男朋友也提過這樣的要求，她想都沒想就拒絕了，覺得兩人都不在一起，她在這邊乾巴巴地看著，一點意思都沒有。

直到凌晨時分的一幕在她眼前展開，林晚才終於意識到，這樣的周衍川有多性感。

不需要太多的言語互動，只需要他偶爾抬起深情的桃花眼看她一眼，就能讓她的靈魂為之顫慄，為之沉淪。

匆匆忙忙趕到公司後，林晚還有點回不過神，走進電梯就呆在裡面主動罰站，等到電梯門合攏都沒有按下樓層。

買完早餐回來的宋媛一進電梯，就被林晚嚇了一跳。她按好要去的樓層，一頭霧水地問：「晚晚，妳發什麼呆呢，昨晚沒休息好嗎？」

「嗯？……啊，哦。」

「妳在想什麼呀？」宋媛以為她工作壓力太大，開始思考怎麼安慰幾句。

不料林晚幽幽嘆了口氣，回答道：「我在想一首詩。」

「什麼詩？」

林晚轉頭看著她，語氣認真：「春宵苦短日高起，從此君王不早朝。」

宋媛：「？？？」

等到電梯門再次打開，林晚總算收好沉迷男朋友美色的旖旎心思。

戀愛歸戀愛，該做的事還是要好好完成才行。

畢竟愛妃那麼努力工作，她也不能真的當個昏君。

昨晚寫好的通稿陸陸續續有媒體發了出來，鳥鳴澗和星創這次合作，本身也是一次極有實驗性質的合作。宣傳一經鋪開，不僅吸引到動保人士的關注，也有不少科技媒體不請自來，紛紛轉發表示關注。

林晚和徐康商量好嘉賓邀請名單，經過舒斐同意後，就把名單與聯絡方式傳給了專門負責外聯的同事，拜託他們盡快和嘉賓確認是否參加發布會。

下午她又接到印刷廠的電話，得知科普手冊已經全部印好，便又藉著讓鳥鳴澗的平面設計確認的機會，跟對方商量發布會的相關設計該怎麼做。

期間還不斷有同事跟她詢問一些日常事務的處理方式，忙得她直到下班時，才發現早上倒的那杯咖啡早就涼了。

接下來的一週多時間，這種忙碌而充實的狀態始終伴隨著時間前行，林晚也一天比一天更得心應手。

某天下午，她好不容易抽空到露臺休息，坐在樹下傳訊息給周衍川：『明明住得那麼近，我怎麼感覺五百年沒見到你了，晚上要出來吃飯嗎？我大概有一小時空閒。』

沒等周衍川回覆，身後傳來的腳步聲就引起了她的注意。

實在是這腳步聲太急切了，要不是露臺面積有限，簡直令她懷疑那人是想來個一百公尺衝刺跑。

林晚回過頭，看見徐康一臉陰沉地朝她快步走來。

「出大事了。」徐康劈頭蓋臉直接扔下一句結論，然後才左右看了看，發現有其他幾名同事正在露臺抽菸，便壓低聲音說，「妳跟我過來一下。」

林晚見他神色凝重，便沒有遲疑地跟了過去。

會議室裡都有人，徐康不得不把她帶到安全梯，一關上門就說：「我一個朋友剛收到了消息。林晚，我們必須馬上停止和星創的合作。」

林晚茫然地看著他：「為什麼？」

「德森要告周衍川，他們已經開始準備網路輿論造勢，等律師函擬好馬上就會發給他。」

林晚一怔，心中沒來由地升起一股無名火。

她雙手抱懷，用詞也不客氣：「德森還敢告他？還要不要臉了！」

「先聽我說完！」

徐康也低聲吼了一句，焦急道，「周衍川離開德森時簽了競業禁止協議，按理說他兩年內不能參與跟無人機沾邊的任何工作，可兩年結束後不到一年時間，星創第一架無人機就問世了。」

「有什麼問題嗎？他開公司是在協議結束之後啊。」

「當然有啊。你知道自主研發一個專業的飛控系統需要多久嗎？至少也要一兩年！他周衍川就算再神，也不可能幾個月就從無到有，順順利利讓無人機被生產出來。他違反了競業禁止協議！」

徐康的聲音在樓梯間內帶起輕微的回音，震得林晚耳廓發麻。

彷彿一盆冷水當頭澆下一般，手腳傳來一陣陣冰涼的感覺，讓她的思緒也變得遲鈍起來。

靜了幾秒，她堅持道：「也許還有別的可能。」

「確實有，德森也想到了。」

徐康神色複雜地看她一眼，「那就是周衍川離職前盜走了德森的代碼，兩年後隨便改改當成星創的東西投入市場，妳願意看見這種可能嗎？如果他真這麼幹了，等在前面的路只有一條，就是他從今以後身敗名裂。」

林晚下意識搖了搖頭，不是不願意，而是根本不相信。

她太了解周衍川。

這個男人冷淡的外表之下有一身傲骨。

哪怕德森的飛控就是他做出來的，但既然按照行業規定它已經是屬於德森的東西，那麼他就不會也不屑於再去動它的主意。

「你稍等一下，」林晚握緊手機，「我打電話問問他。」

徐康急得差點想搶她的手機，他嘆了聲氣，語氣越發嚴肅：「現在的關鍵不是周衍川或者星創要怎麼辦，而是鳥鳴澗要如何從這場風波中全身而退。基金會本來就是公益項目，牽扯到錢的事最容易說不清楚，等事情爆出來，別人認為我們跟這種品行不端的人混在一起……」

話還沒說完，林晚忽然抬頭瞪他一眼。

徐康被她眼中的怒意震懾到，下意識後退了半步。

他吞嚥幾下，考慮過後放緩了語氣：「好，我們都知道他是妳男朋友，妳要護短沒關係。但是麻煩妳理智一點，不要在這種時候拖鳥鳴澗下水。他沒了星創還有大把的錢用來養妳，我們這些普通人如果丟了工作，那可是要等著喝西北風的。」

林晚深吸一口氣，收到消息後的錯愕逐漸被身體中源源不斷傳來的勇氣所取代。

她剛才是有些衝動，特別是聽見徐康直接說周衍川「品行不端」後，她險些想跟他當場吵起來。

沒別的原因，就是受不了這種詞彙跟周衍川連結在一起。

就算他不介意別人如何評價自己，林晚也不允許。

短暫的沉默之後，林晚按了按太陽穴：「我建議鳥鳴澗繼續和星創合作，我們前期已經投入了許多時間與資金成本，發布會馬上就快召開，如果這種時候中斷合作，巡邏專案就會變成一個爛攤子。」

「及時止損妳懂不懂！」

徐康徹底暴躁了，他懶得再聽林晚的解釋，打開樓梯的防火門，直接做出判斷，「妳的決定不算數，我現在就飛去燕都，和舒總監當面談。」

林晚欲言又止，最終只能沉默地任他離開。

直到樓梯間裡徹底安靜下來，她才低低地垂著頭，獨自整理思緒。

不論周衍川是否無辜，德森這次注定都是來勢洶洶。

她不會傻乎乎地問「為什麼偏偏等到現在才來提起控訴」。

原因太過簡單，稍微想想就能明白。因為德森一直在等，對付一家剛剛起步的小公司很容易，但沒有意義。他們要的就是等星創發展壯大，這樣無論是話題轟動性或者勝訴後的賠償，都能得到讓他們更為滿意的結果。

林晚想到在燕都的那天，葉敬安笑裡藏刀地過來攀談，又想到周衍川跟她提起他與德森的那些過往，眼睛突然一酸。

曾經意氣風發的少年，為此浪費了兩年時間，難道還不夠嗎？

手機在此時收到了新訊息。

周衍川：『晚上有點事，改天行嗎？』

女人的直覺在此刻無比精準，林晚問他：『跟德森有關？』

周衍川直接打來電話，熟悉的聲音在手機裡聽來更顯磁性，語氣倒是和平時並無異樣：『消息這麼靈通，可以啊。』

林晚抽了下鼻子：「你還有心情開玩笑，德森這次是想害死你啊。」

『死倒不至於，沒那麼血腥。』周衍川溫柔地低聲哄她，『倒是妳，聲音聽起來怪怪的，急哭了？』

「沒有，有什麼好哭的。」

林晚清清嗓子，沒好意思承認自己離心疼哭就剩那麼一丁點的距離，她看著眼前灰色的臺階，問，「處理起來會很麻煩嗎？」

周衍川安靜片刻，承認道：『有一點。他們最近在談一個荒漠治理巡邏的項目，那邊一直沒定下來，想看我們跟鳥鳴潤合作的結果，如果星創做得好，可能會優先考慮我們。』

難怪了，林晚想，原來還有這層競爭關係。

『德森大名鼎鼎，確實不好對付。』周衍川繼續說，『所以接下來我可能會特別忙，沒時間陪妳吃飯，別不開心。』

明知他看不見，林晚還是乖乖點了下頭。

此時此刻，她有一種奇妙的感覺，彷彿周衍川將要披上鎧甲騎上戰馬，去打敗他注定需要與之一戰的敵人。

而她要做的，不是哭哭啼啼問他該怎麼辦，而是留在屬於自己的地方，安心做好該做的事。

既然相信他，那麼多餘的話也不必再問。

結束通話前，她只補充了一句：「不過如果你特別難受，還是記得要來找我。」

『好。妳也是。』

掛掉電話，林晚把手機塞進口袋裡，轉身時馬尾在空中甩出俐落的弧度，輕輕蕩開了沉悶的空氣。

傍晚八點，燕都雲層靉靆，空氣低低地壓下來，暴雨隨時都會落下。

已經可以下床活動的舒斐站在住院樓層的露臺花園，靠著電線桿，單手幫自己點了支菸。煙霧嫋嫋升騰而起，模糊了徐康緊張的面容。

徐康一邊心想舒斐都住院了怎麼還抽菸，一邊又覺得這個女人很神奇，分明貌不出眾，一舉一動卻又能引人注意。穿著病人服歪歪扭扭靠在那的樣子，竟然也半分不顯弱勢。

良久過後，舒斐撣了下菸灰，問：「你的意思是，盡快中斷與星創的合作？」

「這事傳出來，在科技界肯定算椿醜聞。我們的合作才剛剛起步，應該當斷則斷，避免之後幾年的合作期間，始終被這件事影響聲譽。」

舒斐挑眉：「德森既然要鬧，肯定就不會善罷甘休，場面絕對會鬧得很大。萬一最後澄清周衍川沒有任何過失，我們卻提前解約，豈不是白白錯過一次最佳的曝光？」

徐康抹了把額頭的汗水，露出嚴謹的表情：「目前看來德森勝訴的機率很大，我個人認為公益項目追求的不應該是曝光度，而是盡職盡責地向社會傳遞出積極向上的觀念，絕對不能和這些商業醜聞牽扯到一起。」

舒斐考慮了一下，說：「能滿足專案需求的合作公司就那麼幾家，不用星創的話，你覺得找誰合適，德森嗎？」

「德森不行。」徐康搖頭道，「解除合約是正常選擇，但選了德森就是明擺著和星創過不去。」

「顯得做人不夠厚道，是嗎？」舒斐莫名笑了一下，看穿了他內心的真實想法。

徐康尷尬地點點頭：「但可以聯絡其他幾家無人機公司，我在飛機上已經想好了如何跟他們談，但……」

舒斐表現得十分爽快：「可以，給你一週時間，你代表我出面去談。」

接下來的一週，林晚過得跌宕起伏。

德森律師函還沒寄到，輿論公關就先行。

明面上是指責周衍川違反規定，在競業禁止協議存續期間就替星創研發飛控系統，暗裡又找來各路人馬，隱晦地暗示周衍川盜取了德森的代碼挪為己用。

本來頂多是科技圈內部的事，不知怎的卻在網上引起了不小的討論，好像一夜之間但凡知道無人機是什麼東西的人，都能站出來對這件事點評幾句。

「全是收了德森的錢！」

週六晚上，林晚難得約鐘佳寧出來吃飯。

鐘展非要厚著臉皮跟過來，提起這事就氣得猛拍桌子。

林晚筷子一抖，納悶地問：「你不是喜歡德森嗎？」

「我喜歡德森是因為周衍川。」鐘展推了下眼鏡，眼中閃爍著對偶像的崇拜之光，「他們用這種方法打壓他，我看不起德森。」

鐘佳寧吐出塊雞骨，萬分費解：「那你這種沒收到錢的無人機愛好者，對此事有什麼看法呢？」

鐘展說：「德森粉絲多，黑粉也多，反正大家就混戰互掐唄。像我這種理智點的，就是安安靜靜等結果就好了。」

「還互掐？」鐘佳寧提高音量，「你們是追星的小女生嗎？」

鐘展乾咳一聲，沒有理會堂姐的嘲諷，轉頭看向林晚：「林晚姐姐，我打聽他不要緊吧？」

「應該不要緊，我沒聯絡他呢。」

林晚這兩天手頭要顧及的事太多，徐康跑去燕都又一直沒回來，害得她每天忙完都已經是深夜，實在不想再為了她這點小小思念再去打擾周衍川。

鐘展是個正經的母胎單身，聞言驚訝地張大嘴：「哇，你們社會人士交往這麼瀟脫的嗎。我還以為這種時候妳會跟他緊緊抱在一起，說『哪怕全世界的人都不相信你，我也會永遠站在你這邊』。」

林晚被直男的想像力肉麻到了。

她把剛上的一整籠流沙包換到鐘展面前：「吃吧，把你的嘴堵上。」

鐘展打聽偶像近況未遂，只能挫敗地化悲憤為食欲。

反倒是鐘佳寧邊聽他們討論邊吃飯，這時已經填飽了肚子，便放下筷子問：「話說回來，妳真打算事情解決之前不跟他見面？」

「我們沒有這種奇怪的約定。」林晚輕聲解釋，「但這樣跟妳說吧，我想保住兩家公司的合作，可徐康擺明了要唱反調，其他人的意見也沒辦法統一，所以這兩天許多事推進起來都不太順利。」

鐘佳寧：「人心不齊難辦事。」

「是呀，可越難辦我就越想要辦好。」

林晚抿了口茶，「我現在都不在乎什麼副總監之類的鬼東西了，我就是不想別人牆倒眾人推，所以發布會無論如何也要風風光光地做好，至少哄他高興高興。」

鐘佳寧：「發布會而已，不要講得好像是辦婚禮一樣啦。」

「……」

林晚哽了一下，一時不知該如何反駁。

「不過呢，工作要緊，談戀愛也要緊啊。」鐘佳寧俏皮地笑了一下，「妳整晚吃飯都在談他，既然那麼想見他，就乾脆點約他出來嘛。」

林晚不經意被好友說中心事，忍不住捂臉哀嘆道：「好嘛我就是想見他，但之前我表現得那麼深明大義，現在該用什麼理由來打自己臉呢？」

「不如我幫妳拿手機傳訊息給他，說妳出來跟朋友玩喝多了，需要他來接。」

林晚猶豫道：「他如果實在走不開就算了。」

「放心，我懂的。」

鐘佳寧傳完訊息，靜候幾分鐘，手機「叮」一聲響，吸引了桌上三人的目光。

「他怎麼說？」林晚問。

鐘佳寧點開一看，整個人愣在當場，好半天才支支吾吾地念道：「他說『我不在她不敢喝多，讓她說實話』。」

話音未落，林晚感覺左右兩邊鄙夷的目光望了過來。

鐘氏姐弟眼中明晃晃地寫滿「原來妳被男朋友管得這麼嚴」的意思。

林晚抿了下唇，乾脆奪回手機，親自傳訊息給他：『實話就是我想你想得受不了，行了嗎？』

很快，新的訊息躍上螢幕。

『在哪裡？我過來。』

周衍川說他過來，林晚吃完飯便站在路邊等。

可她無論如何也沒有想到，男朋友居然不是隻身赴約，隨行的竟然還有爭分奪秒與他討論案情的星創法務團隊，以及另外請來的專攻版權糾紛的律師。

浩浩蕩蕩三輛車停靠在路邊，驚得林晚半天說不出來話來。

她好像，挑了個不太恰當的時機撒嬌。

非要留下來見見周衍川真人的鐘佳寧圍觀完這架勢，再看著一個矜貴英俊的男人下車走過來，不由得默默掃了林晚一眼，徹底明白她為何如此寶貝周衍川。

鐘佳寧有充分的理由相信，光憑這張臉，哪怕周衍川是個大腦空空的傻子，也會有大把女人願意排隊包養他。

至於本就崇拜周衍川的鐘展，此刻已經進入捂嘴無聲尖叫環節。

望向男人的目光，跟小女生見偶像沒什麼區別。

周衍川徑直走到林晚身前，稍彎下腰：「想我了？」

眾目睽睽之下，林晚罕見地矜持了一下，她抬手指向鐘展：「這是我朋友的堂弟，很喜歡玩無人機，他特別崇拜你。」

周衍川語氣淡然：「你好。」

「你好你好。」當代男大學生鐘展腆著臉裝嫩，「我是看你做無人機長大的。」

鐘佳寧翻了個白眼，對自己的傻瓜堂弟無語了，人家沒比你大幾歲好不好？

周衍川卻並不介意，反而問道：「喜歡無人機？」

「超級喜歡，升學考專門報了電腦系，就想以後能像你一樣自己寫飛控。」

「嗯，有興趣的話，」周衍川笑了笑，「以後可以來星創試試。」

鐘展幸福得要暈過去了。

恨不得現在馬上穿越到兩年後，拿到畢業證書就衝進星創辦公大樓當碼農。

車上那麼多人等著，現在並不是坐下來慢慢寒暄的好時候。

林晚眼看聊得差不多了，就朝鐘佳寧揮了揮手：「那我先走啦。」

「去吧。」鐘佳寧心領神會，「我們也回去了。」

林晚原以為周衍川會帶她回星創，誰知車輛起步沒多久，就在隔壁那條街的一家飯店門前停下。

周衍川輕聲解釋：「今晚本來在開會，趕過來再回去太浪費時間，乾脆讓許助訂了間套房繼續。等等妳睏了就先睡。」

「好，不打擾你們。」

林晚點了點頭，從見面起就沒有挪開過的目光望得更深。

周衍川看起來似乎並無異樣，彷彿置身於漩渦中心的人並不是他一般。

但如果仔細多看幾眼，就能看見他眼中有些許血絲，是連續幾日沒有休息好的表現。

一行人快步進入電梯，許助走在最前面，刷開套房的門。

另外幾人立刻把筆記型電腦拿出來，隨時準備繼續中斷的會議。

套房共有三間臥室，周衍川把她帶到最靠裡也最安靜的那間，問：「妳想在外面旁聽，還是自己在裡面玩？」

「我隨意，你不用管我。」

林晚把房門關上，踮起腳尖親他，「對不起啊，我就是太想你了。」

周衍川背靠著房門，單手環過她的腰，低頭回吻了一下：「不用道歉，我也很想妳。」

「現在看見你，我就滿足了。」

林晚在他懷裡蹭了蹭，真情實感地說道。

就因為一則訊息，他就願意百忙之中趕來與她見一面。

儘管只有短短幾分鐘的時間能夠單獨相處，但這短暫的片刻也讓她感到了莫大的幸福。

星創的法務尚且不談，另外兩名律師的時間比黃金還要珍貴。

周衍川沒有耽誤太久，安頓好女朋友後，就轉身走到了外面的會客室。

「不好意思。」他坐進沙發，同時緩聲開口，「繼續吧。」

林晚把門打開一條縫，聽見外面的聲音源源不絕地傳進來。

有人問：「再確定一次，周先生用於星創的這套飛控演算法，是你認識葉敬安之前就已經開始寫？」

「對。葉敬安對德森的飛控有些建議，和我的第一套想法邏輯存在出入，我乾脆就根據德森的需要帶人寫了一套給他。」

「除了必須的常規代碼以外，其他地方有複用德森的飛控嗎？」

「沒有。」周衍川說，「我在競業禁止協議結束之後，才著手準備建立星創，也是在那時候才重新拿起之前的代碼修改。中間兩年一直在深造，許多技術和想法也跟當初不同，給德森的那套已經有點過時了，沒有參考價值。」

林晚聽到這句時，忍不住彎起嘴角笑了一下。

你聽他多驕傲，寧可把學生時期的練習作品拿來大刀闊斧地改動，也不稀罕碰一下屬於別人的東西。

律師思考片刻，又問：「有能證明時間線的證據嗎？」

「每次修改都有提交日誌紀錄。」

這律師顯然是個懂行的，誇張地「哇」了一聲：「周先生工作習慣這麼細緻，到時候好幾萬條日誌有得慢慢查了。」

後面的內容超出了林晚的知識範圍，她聽得雲裡霧裡，睏意也慢慢席捲而來。

她進廁所洗完澡，裹著浴袍倒在床上，不知不覺進入了夢鄉。

再醒過來時，窗簾的縫隙透出點微弱的天光。

分不清具體是幾點，但外面已經沒有人再說話。

林晚迷迷糊糊地翻過身，還沒摸到床頭的手機，房門就傳來從外面打開的聲響。

周衍川只開了盞小燈，在昏黃暗淡的光線中走到床邊：「醒了？」

林晚反應有些遲鈍，她沒有說話，手卻下意識地伸出去，碰了碰他垂在身側的手指。

「嗯？」周衍川聲音很輕，細聽還有些沙啞，「還想睡？」

「你通宵了？」她含糊地問。

「沒，睡了一下。現在準備回公司，還有些事要處理。」

他俯下身來，薄唇在她光潔的額頭上吻了一下，「太早了，不用送我。」

林晚一聽他要走，掙扎著想起來。

她雖然嘴上沒說，其實這段時間都擔心得要死，加上烏鳴澗的事務也很繁雜，她已經好多天沒有睡個好覺。昨晚聽周衍川和律師的交談還算順利，知道官司問題不大，心裡的石頭落了地，連帶著四肢也變得沉重起來。

明明是想起床的，哪怕陪他吃頓早餐也好。

可身體仿若產生了獨立的想法，拚命拽著她拖回去，一個勁地暗示她「妳需要休息」。

林晚不想跟身體抗爭了，乾脆倒回去閉上眼睛：「寶貝，跟德森打官司，你難受嗎？」

周衍川安靜地看她一下，才低聲說：「嗯。」

林晚心想，是啊，他怎麼可能不難受呢？

那既是與他恩斷義絕的前公司，也是他在最純粹年少的時光裡付出全部心血的公司啊。

「可你看起來一點都不難受。我剛認識你的時候，根本不知道你經歷過那麼多不好的事，你可以表現出來的，不會有人怪你，幹嘛非要忍著呢？」

林晚的聲音漸漸哽咽起來，她拉過周衍川的手掌，讓眼淚落在他的掌心裡，「我好心疼你啊。」

周衍川怔了怔。

他沒來由地想起很小的時候，某次學校秋遊途徑一座寺廟，有個神神叨叨的人非要幫他看手相。

「小朋友啊，你這手長得好，又長得不好。」

那人捻了捻山羊鬍，故弄玄虛似地看著他，「將來會有大成就，一輩子不缺錢花。可惜就是這裡的掌紋很亂，又短了點，容易跟身邊的人起糾葛，也容易留不住他們。」

周衍川那時還在上小學，但已經培養出堅定的唯物主義思想。

他冷淡地抽回手，沒把那人的話當回事。

後來的十幾年裡，他曾經三次想起過那個漫山楓葉紅遍的秋天。

一次是父母去世，一次是周源暉自殺，還有一次就是與德森鬧翻。

可此時此刻，女孩溫熱的淚水沿著他的掌紋蔓延開來，將那些雜亂空缺的部分，一點點地填滿了。

他蹲下身來，指腹輕輕擦過林晚淚溼的眼角。

再開口時，語氣裡帶著前所未有的溫柔：「乖，別哭了。」

林晚止不住地抽泣：「你先走吧。」

「妳這樣我怎麼放心走？」周衍川眉頭輕蹙，下頜咬出緊繃的線條。

「我就是、就是情緒上來了，你當我，在鬧起床氣就好。」

林晚斷斷續續地說道，「真的沒事，別不開心呀。」

讓他難受就表現出來的人是她，讓他別不開心的人也是她。

周衍川靜默片刻，聽見手機震了一聲又一聲，應該是許助忍不住提醒他該回公司了。

最後，他只能稍稍抱了她一下：「下週發布會見。」

林晚睜開眼，淚眼朦朧地點點頭：「到時候見。」

週一上班時，徐康回來了。

他沒解釋自己消失這一週幹嘛去了，只默默去人事部填了個註銷出差的單子，就像無事發生一樣，繼續和林晚跟進發布會剩下的工作。

而且一反常態，表現得比之前更加積極，也更加配合，好幾次出現分歧時，他還會放棄原有的想法，轉為贊同林晚的意見。

林晚心中滿是問號，私底下讓鄭小玲去打聽過幾次。

結果鄭小玲也無功而返：「他說在燕都出差，具體問他幹什麼，他就不理人了。不過好奇怪啊，妳覺不覺得他這次回來，經常露出很沮喪的表情。唔，說沮喪也不太對，就是好像認命了一樣？他在燕都受什麼打擊了？」

林晚當然不可能知道答案。

反正徐康沒再提過換掉星創的事，她也樂於等發布會結束之後，再關心關心同事的遭遇。

週六傍晚，南江會展中心燈火通明。

此次發布會的前期宣傳鋪得很廣，邀請的嘉賓也幾乎盡數到場支持。

舒斐從燕都趕了回來，撐著拐杖一瘸一拐地在會場內穿行。有大魔王坐鎮，鳥鳴澗上上下下更是不敢掉以輕心，唯恐哪裡稍微沒做對，就要被久違的訓斥一頓。

晚上七點，嘉賓們開始入場。

為了突顯動物保護的主題，會展中心前面的廣場整齊擺放了兩列瀕危鳥類的介紹圖片，嘉賓抵達後需要穿過長長的宣傳廊，才能來到位於大門前的簽到處。

林晚和徐康一左一右，陪著舒斐站在靠近入口的位置。

「布置得還挺漂亮，也有意義。」舒斐點評道，「就差兩邊再召集點觀眾和媒體，就跟電影節開幕式差不多了。」

沒等他們回話，舒斐又自我糾正：「哦算了，嘉賓們的臉還是不能跟明星比。」

話音未落，星創一行人到了。

作為本次發布會的合作方，星創今晚來的人不少，周衍川和曹楓都穿著正裝走在最前面。兩人都是拿得出手的長相，特別是周衍川一身深色西裝穿得禁欲又搶眼，人高腿長地遠遠走來，一時間竟然還真有種電影節明星到場的氣氛。

簽到處的禮儀小姐臉都紅了，握筆的手微微顫抖。

林晚不經意地挑了下眉。

她的寶貝，真是走到哪裡都能招女孩子喜歡。

可沒等她欣賞夠男朋友登場的帥氣，一道人影不知道從哪裡突然竄了出來。

那人抬手高舉著自拍桿，手機鏡頭對準周衍川，很沒禮貌地問：「周先生，談談你對德森的官司有什麼看法？」

要不是舒斐和徐康攔住，林晚氣得差點衝出去：「會展中心的保全呢！什麼髒東西滾進來了！」

「冷靜點，沉住氣。」舒斐單腳跳了一下，收回拐杖重新拄著地，「我也想聽聽他怎麼回答。」

周衍川還不知道女朋友在裡面抓狂。

他淡淡地垂下眼眸，看著趕來的保全把那人往外拖，隨後輕描淡寫地笑了一下。

「你是問，我告德森的官司嗎？」

第十八章　占用時間

擅自闖入的人並非今晚邀請的媒體記者，而是一個做自媒體的科技博主。

他今天受誰指使而來，自然不言而喻。

近段時間多虧德森砸錢，星創和周衍川在科技圈的討論度極高。這人看準今天發布會關注的人多，直接用手機開了直播。眼看直播人氣創下新高，他本來還在暗自竊喜，不料聽完周衍川的回答後，一時竟然愣在那裡，連事先準備好的臺詞都忘了說。

劇本不是這樣寫的啊？

被保全拖離現場時，他還舉著自拍桿百思不得其解。

尚未關閉的直播間內，滿螢幕的彈幕更是刷得飛快——

『是我沒睡醒還是他沒睡醒？明明是德森告他才對吧。』

『意思是說雙方互告吧。哇，這算不算今年科技圈最大的八卦？』

『確定這人是周衍川？是的話我無條件站星創了，帥哥說什麼都對（嘲諷.jpg）。』

『有些人能不能別什麼都看臉，等他輸了官司，能不能留在星創都未必。』

『唉，別提了，陪我八卦的女朋友已經尖叫五分鐘了。』

彈幕的話題顯然已經徹底歪掉，發布會現場的諸位依舊沉浸在驚訝之中。

舒斐挑眉看向林晚：「喲，還有這事？」

林晚搖頭：「我不知道。」

那晚在飯店時，她分明記得周衍川和律師一直在討論德森告他的案子。

難道是在她睡著之後才聊到的？

可惜發布會馬上就要開始了，否則林晚真想抓住周衍川，叫他一五一十地交代清楚。

剛才的意外並沒有影響到周衍川，他在簽到處接過筆，鐵畫銀鉤地寫下自己的名字，隨後便與曹楓一行人走了進來。

曹楓鮮少在和鳥鳴澗召開的各項會議露面，但這時見舒斐在那站著，立刻熱情又不失關懷地詢問起舒斐的傷勢。

他為人爽朗健談，應付社交環節最為合適。

周衍川偶爾才簡短地寒暄幾句，大多時候都安靜地站在旁邊。

可他哪怕不開口，那雙漂亮的桃花也像會說話似的，目光時不時掃向林晚。

她今天同樣打扮得正式。

長髮挽成溫婉的髮髻，黑色修身連衣裙搭瑩白的珍珠首飾，落落大方的儀態看著就很舒服，像隻優雅迷人的黑色天鵝。

林晚留意到他的目光，轉過頭來挑了下眉，眼神中寫滿「怎麼回事」的含義。

周衍川極淺地勾了下唇，還給她一個「別緊張」的暗示。

林晚好奇得要死，礙於場合不便詢問，只能佯怒地瞪他一眼。

心裡想的卻是，愛妃現在膽子大了，竟敢偷偷瞞著她幹大事，回頭必須跟他好好「理論理論」。

兩人在這眉來眼去，舒斐不知是沒看見還是見慣了大場面，反正全程表現得很淡然。反倒是曹楓這種剛結婚不久的年輕人，終於沉不住氣，用最快的速度禮貌結束了攀談。

往提前安排的座位走去時，曹楓劈里啪啦開始了：「太讓我失望了！原來你談戀愛的時候一點都不高冷，虧我以為你冰山人設永遠不崩！」

跟在兩人身後的星創眾人聽見曹楓的吐槽，忍不住面面相覷。

終於，有沒見過林晚的人小聲問：「老大談戀愛啦？」

「我靠，你家還在撥接上網嗎？他女朋友就是剛才那個穿黑裙子的小姐姐。」

「哇，那個女生很好看啊，老大不愧是老大。」

「說實話，如果我的女朋友有那麼漂亮，我也不忍心冷著臉不理她啊。」

「醒醒，你並沒有女朋友。」

「……」

周衍川回過頭，沒什麼表情地看向嘀嘀咕咕的員工。

大家一瞬間全部乖乖閉嘴，假裝四下尋找自己的位子。

周衍川跟曹楓身分特殊，被安排在第一排入座。

等到周圍沒有閒雜人等後，他才淡聲開口：「我本來就不高冷。」

曹楓哽了一下，沒想到這人居然從源頭開始否定。

不過他仔細一想，周衍川的確不能算作冰山款，許多時候他通常只是不想理會而已。以前只有聊起無人機相關的話題，才能有幸聽他多說些話。

說白了，就是遇到喜歡的事，才會對其投入極大的熱情。

以前只有無人機，現在恐怕還要多出個林晚。

「但我真的沒想到，原來你那麼喜歡她。」

曹楓翹起二郎腿，看向臺上不斷變換畫面的大螢幕，「這算不算衝冠一怒為紅顏？」

周衍川沒說話，默認了。

德森對他一直有所虧欠。

不是說感情上的虧欠，而是實打實的物質虧欠。可能因為他對金錢表現得不在意，久而久之，葉敬安也變得不在意起來。

當他離開時，許多早該兌現的利益，德森一直沒給，他也懶得費神去要。

可那天清晨，林晚的眼淚讓他改變了主意。

他要把這些年的帳，一筆一筆地跟葉敬安算清楚。

嘉賓全部到場後，發布會正式開始。

林晚安排的發布會流程很順暢，沒有什麼讓人昏昏欲睡的冗長環節。

開場半小時後，笑容甜美的主持人就邀請舒斐作為鳥鳴澗代表上臺。

舒斐拄著拐杖上去，臺下的掌聲格外熱烈。

「不用這麼客氣地鼓勵我，只是一個小手術，我本人並不是身殘志堅的勵志代表。」

她笑了笑，看向臺下，「不過接下來，希望大家能以最熱烈的掌聲，歡迎鳥鳴澗最可靠的合作夥伴，星創科技的……」

話還沒有說完，臺下部分女士已經開始激動鼓掌。

舒斐挑眉，繼續道：「星創科技的CEO，曹楓先生。」

林晚發誓，她絕對聽到身後好幾人發出了失落的嘆氣聲，應該全在遺憾上臺的居然不是周衍川。

雙方代表都上了臺，也就意味著本次發布會最重要的模擬巡邏環節即將開始。

林晚坐在臺下緩緩深呼吸幾次，片刻後抬起眼，目光穿過重重人影，從縫隙中望向坐在第一排的男人的背影。

彷彿心有靈犀一般，周衍川在此時轉過了頭。

兩人的視線在空氣中碰觸到一起，林晚忽然就不緊張了。

大螢幕投射出戶外的場景，有熟悉地形的人馬上認出，那應該是距離會展中心不遠的一處公園，因為環境綠化得很好，所以經常會有鳥兒在此出沒。

郝帥作為飛手之一出現在螢幕之中，聽見曹楓示意開始之後，還擺了個自認為很酷的pose，看起來有點傻，又很熱血。

今天到場的嘉賓大多比較年輕，對這種輕鬆的表現接受度很高，不少人都忍俊不禁地笑了起來。

可等郝帥和另一名飛手站在事先設定的起飛點後，那些玩笑般的表情都從他臉上消失了。取而代之的，是一種更為明亮且堅定的神情。

林晚在溼地保護區已經看過一次模擬巡邏，此時比起好奇，她更多的是希望接下來一切順利。

然而其他人卻是第一次目睹。

特別是有些動保界的嘉賓，在來之前根本沒有想過無人機要如何與鳥類保護結合起來。他們和曾經的林晚一樣，深信鳥兒和無人機不共戴天，從來沒有想過去探索另一種合作的可能性。

當大螢幕清晰展示出從公園到會展中心一帶的3D模型時，接連不斷的驚嘆聲從四面八方一聲疊一聲地響起。

在那短短的十幾分鐘內，正如林晚事先預料的那樣，已經有人開始討論，這種巡邏模式能否應用在更多也更廣泛的場合。

等到模型全部顯示完畢，曹楓攙扶著舒斐站到場內的電腦前，共同按下enter。

模型畫面切到近景，將會展中心的全景一絲不差地展現出來。

同時出現在螢幕中的，還有一行特別定義的識別文字——

『共同守望，從此啟航。』

雷鳴般的掌聲剎那間幾乎掀翻會展中心的天花板。

林晚用力地拍著手，看見周衍川也和其他人一樣站了起來。

只不過他轉過身，微笑著遠遠地望向她。

他的掌聲，只送給她一人。

與周遭熱烈的反響形成鮮明對比的，是獨自陷在座位裡黯然失神的徐康。他看著身旁笑得眉眼彎彎的林晚，想起上週自己在燕都遭遇的種種。

得到舒斐的許可後，徐康與好幾家無人機公司的商務都有過接觸。

然而奇怪的是，大家彷彿約定好了一般，要麼態度不冷不熱，要麼就是開出讓他難以接受的價格。

最後還是某個資歷尚淺的新人一時傲慢，不小心說漏了嘴：「誰都知道鳥鳴澗的專案不可能中斷，現在你們尋找新的合作公司，那就是你們求著我們辦事。這種情況下，你覺得談判對誰有利？」

離開燕都的前一晚，徐康精疲力盡地去醫院向舒斐彙報結果。

令他驚訝的是，對於他此行的失敗，舒斐完全沒有意外。

她像是早就預料到了一般，坐在病床淡然地看著他：「我知道，你很不服氣，也不認為自己比林晚差在哪裡。」

「……她跟您說的？」

「不用她說，我看你的樣子就能猜到。」

舒斐搖了搖頭，語氣裡帶著點恨鐵不成鋼的意味，「林晚來之前，我給過你許多次表現的機會，你完成得確實不錯，但也就不錯而已。」

徐康詫異地抬起頭，說不出話來。

「謹慎細緻是你的優點，也是你的缺點。缺乏想像力，不敢挑戰未知，所以你注定只能是一個優秀的執行者。但是啊，你還有一個更讓我失望的缺點，關鍵時候沉不住氣，哪怕有丁點風吹草動，就能讓你方寸大亂。」

那次交談的最後，舒斐當著徐康的面，發了一封郵件給曾楷文。

「林晚身上有你欠缺的品行，以後多跟她學學。我會向理事會推薦由林晚擔任鳥鳴澗的副總監，你如果實在嚥不下這口氣，可以把辭職報告交上來。」

發布會結束後，還有一場小型的慶功宴。

參加慶功宴的全是年輕人，特別好養活。舒斐自掏腰包，豪爽地包下一家自助餐廳，任由他們一群人折騰。

郝帥今天出盡風頭，正是興致高漲的時候，一進店裡就吃開了。

他往盤子裡裝滿肉，看見徐康從身邊經過，就非得拉著人聊天：「跟你說，我爸媽為了今天，專門買了個新的智慧電視，還叫來住得近的親戚，十幾個人圍在客廳看我飛。」

徐康覺得他把自己形容得像隻鳥，吐槽的話剛到嘴邊，又略微苦澀地嚥了下去。

今晚的發布會圓滿結束，所有人都很興奮，唯獨他眼睜睜看著這場成功，心中百感交集。

郝帥問：「你看到我擺的那個pose沒，帥不帥？」

「帥的，兄弟。」

「我怎麼覺得你很敷衍？」

郝帥不清楚這段時間鳥鳴澗內部的風起雲湧，神經粗得堪比電線桿，還在傻乎乎地問，「難道是高興過頭了？」

徐康嘆了聲氣，拍拍他的肩：「我去找總監，你自己玩吧。」

他嘴上說著要找舒斐，可等走到附近了，腳步卻漸漸變得躊躇起來。

拿不定要跟舒斐聊什麼，辭職嗎？或者告訴她，他想留下來？

沒等徐康決定好要不要過去，林晚就端著餐盤從他身邊經過，見他站在餐臺邊發愣，還順手遞給他一個空盤：「那邊新上了一份小龍蝦，快點，再晚就被他們搶沒了。」

徐康接過盤子，往她手裡看了一眼：「妳怎麼沒去搶？」

「因為男朋友在啊，」林晚慢條斯理地往盤裡夾火腿片，「我也是有包袱的好不好。」

徐康哽了一下，拿起另一個夾子心不在焉地還著菜，眼神卻不由自主地往舒斐那邊飄去。

確切來說，他看的其實是跟舒斐同坐一桌的周衍川。

跟員工們風捲殘雲般的景象不同，那桌的大神們顯然矜持許多。

周衍川此時沒動筷，正稍偏過頭聽舒斐說話。

彷彿察覺到徐康打量的目光般，男人下意識回望過來，四目相對之時，禮貌地笑了一下。

那個笑容很淡，看不出情緒。

一時讓人猜不出，他是否知道徐康這段時間的所作所為。

「我沒告訴他。」林晚忽然出聲，「不過你放心，就算他知道了也沒關係。」

徐康喉嚨發緊：「妳就那麼確定？」

林晚：「他不介意這些，更何況你提議換掉星創，說到底也是為了鳥鳴澗，周衍川不是那麼小心眼的人。」

她轉過頭來，在明亮的燈光下笑了笑，「說起來，我還要謝謝你。」

徐康自嘲道：「謝我什麼。」

「謝謝你為發布會做了許多事，」林晚眼中沒有一絲陰霾，坦然地望著他，「雖然中途我們有過不少分歧，可能你也不太情願，但無論如何今天發布會能夠取得成功，還是應該多謝你幫忙。」

徐康沉默半拍，放下餐盤：「上週我在燕都聯絡過幾家無人機公司。」

「嗯？」

林晚並沒有流露出太多意外，畢竟結合徐康離開前說的那些話，他在燕都做了什麼也並不難猜。

徐康緩緩呼出一口氣，頹喪整晚的身姿慢慢挺直了：「抱歉，妳是對的。」

就像某種詛咒被解除了一般。

話音落下之後，這段時間內堆積在胸口的鬱悶也隨之煙消雲散。

徐康笑了一下：「行了不跟妳聊了。」他扭頭對另一邊喊道，「郝帥，小龍蝦還有嗎？」

「要吃自己搶！」

徐康頭也不回地舉著餐盤，擠進了嗷嗷待哺的人堆裡。

舒斐剛從燕都回來，工作狂的狀態也隨之徹底復甦。

一場慶功宴的時間也全被她用來聊公事了。

林晚見周衍川抽不出身，索性跟其他人坐了一桌，說說笑笑地吃完了飯。

十點半之後，陸陸續續有人開始退場。

等到舒斐終於離開，她才假借拿甜點的機會，向周衍川的位置靠近。

周衍川正在接電話，抬眼見她故意在自己面前繞了一圈又走遠，不由得勾了勾唇角，起身邊聽手機那頭的人說話邊走到她身邊站定，然後從冷凍櫃裡選了一小杯霜淇淋給她。

林晚笑咪咪地接過來，也沒再走遠，就站在充滿奶香味的甜點區，吃著霜淇淋等他。

她今晚的妝容化得精緻，捲翹的睫毛在燈光下一顫一顫，宛如蝴蝶的翅膀般引人注目。

「好，您把文件發到我工作郵箱就行，回頭見面再談。」

周衍川掛斷電話，垂眸掃過她沾著點霜淇淋的嘴唇，「剛才怎麼不過來找我？」

林晚舔了下嘴唇：「工作場合，當然不能打擾你啦。」

「妳難道不是我的工作夥伴？」周衍川笑了一下，低聲在她耳邊問，「走嗎？」

林晚把霜淇淋杯放到一旁：「去哪裡？」

「找個地方隨便逛逛吧，」周衍川說，「感覺好久沒聽妳說話了。」

餐廳就在會展中心附近的公園內，林晚想了想，不想大晚上的捨近求遠，乾脆就跟他一起在公園裡散步。

臨近十一點，殘餘的高溫已經不算難耐。

許多住在周邊社區的居民總算得以出來跑步，三三兩兩地穿梭過公園的健身步道，一時之間竟比烈日炎炎的白天還要熱鬧。

林晚散步沒什麼目的性，哪裡風景好就往哪裡去。

此刻她看中了公園的人工湖棧道，便挽著周衍川的手，慢悠悠地繞湖踱步。

湖畔的地燈藏在草叢裡，暗淡地散發著可有可無的光線。

倒是天上的圓月毫不吝嗇地撒下一片清輝，替他們照亮前行的路。

「對了，你告德森是怎麼回事？」林晚終於想起困擾她整晚的疑問。

周衍川緩聲開口：「我在德森期間，有些技術分紅一直沒兌現。其實並沒有多少，但真要算的話，也能要求他們賠償一筆。還有他們現在不承認德森的飛控跟我有關係，這事深究起來，同樣有文章可做。」

「這樣才對嘛。你堂堂正正做過的貢獻，本來就該一分不差地拿回來。」

林晚點點頭，又問，「這是你一開始就計畫好的？」

「什麼？」

「就是等葉敬安把輿論炒起來後，再反手將他一軍？」

周衍川頓了頓，才說：「不是，上週才有的主意。」

無論資金實力如何，打官司都是件極其費神且浪費時間的事。

他起初的想法，不過只是想證明自己的清白而已。

「上週……」

林晚納悶地重複了一遍，忽然聽見湖中不知哪條小魚調皮地冒了個泡，一聲輕響打破了湖面的靜謐，也在她腦海中蕩開了一圈圈的漣漪。

她抿抿嘴唇，輕聲說：「我現在有個可能很不要臉的想法。」

「多不要臉，說來聽聽。」

「該不會是那天早上我哭了一場，」她停下腳步，靠著湖岸的欄杆，慢吞吞地問，「所以你才決定收拾葉敬安吧？」

周衍川轉身面對她，眼神似笑非笑地低垂下來。

湖邊的棧道狹窄，大多數人不愛深夜裡往這邊過來。

林晚在清冷月光的注視下與他對視片刻，然後從他眼中尋找到了答案。

「哇，原來我哭起來這麼有用呢。」

她有些意外，又有些歡喜，刻意裝出做作的腔調，「那豈不是今後我想要什麼，只要哭一哭，你就願意給啦？」

周衍川伸出修長的食指，捲了捲她垂在耳側的髮絲，輕聲回道：「嗯？有什麼想要的，先說來聽聽。」

林晚就是隨便說說，猝不及防被他一問，一下子又想不起來有什麼需要。

她靈機一動，抬手指向天空，嬌聲嬌氣地說：「寶貝，人家想要天上的月亮。」

話才剛說出口，林晚就後悔了。

剛才的表演好像誇張了點，搞得她特別像個三流言情劇裡的傻白甜女主。

「等下……」她清清嗓子，試圖重來。

然而周衍川根本沒給她補救的機會，他抬起眼皮，很不走心地看了看皎潔的月亮。隨後低下頭，深情款款地望向她，似乎考慮了一下，才溫柔地問：「想要月亮？」

「……嗯。」

林晚硬著頭皮點了下頭，想看他能不能說出點讓她的少女心怦怦直跳的臺詞。

誰知周衍川看她一眼，笑了笑：「自己去水裡撈吧。」

林晚覺得周衍川如今越來越不像話了。

「看見水裡那條魚沒有？」她胡亂地指了一下。

黑燈瞎火的地方，全靠月亮照亮一方天地，周衍川的眼睛好看歸好看，但畢竟沒練出火眼金睛的功力。他當然看不見，但為了聽她下句要說什麼，還是配合道：「看見了，然後呢？」

林晚冷颼颼瞥他一眼：「然後你看牠，長得像不像你的新女朋友。」

「……」

周衍川笑了一下，湖光粼粼散落在他的眼周，將他眼尾那顆淚痣襯得更加分明，他鬆開手指，看那幾縷調皮的髮絲捲捲地垂下去，「這多不合適。」

林晚：「你讓我去水裡撈月亮就合適了？」

「沒辦法啊，月亮是真摘不了。」

他低下頭，讓人臉紅心跳的呼吸盡數落在她的頸側，邊細細吻過她的皮膚邊問，「不然把我給妳吧，能抵一個月亮嗎？」

林晚簡直服了。

她現在感覺自己像個上當受騙的無知少女，以為撩了個清心寡欲的性冷淡男神，當初還大言不慚地說要教他如何接吻，結果課還沒上過幾堂，他的成長速度就快到讓她應接不暇。

偏偏她還很喜歡。

別說月亮，哪怕全宇宙所有的星星加起來，他都能抵。

夜幕低垂，公園樹林那頭隱約傳來人聲，驚飛枝頭一隻停歇的夜鶯。

夜鶯撲搧翅膀，鳴囀著掠過湖面，飛向無邊無際的天空。

而他們在湖畔親吻彼此，遲遲不願結束片刻難得的私會。

直到蔣珂的電話打斷了此間的纏綿風光。

林晚按下接聽時氣還有點喘：「喂，親愛的？」

周衍川把她抱在懷裡，冷哼一聲。

「……」

林晚清清嗓子，語氣嚴肅，「晚上好，蔣珂。」

蔣珂難得遲疑了一下：『妳跟周衍川在一起？我沒打擾妳幹正事吧。』

本來平平無奇的一句話，林晚不知哪根神經短路，突然認為那個「幹」字用得非常色情。

她的假正經撐不了幾秒鐘，就開始習慣地跟對方插科打諢：「千萬別胡說，我們還在公園呢。」

『哇，大半夜在公園，這麼刺激的嗎？』

四周太過寂靜，蔣珂的聲音從手機裡清晰地傳出來。

林晚感覺周衍川把她抱得更緊了些，下巴有一下沒一下地摩挲過她的髮頂，猜不透是不高興她跟蔣珂講話這麼隨便，還是被她那句話開發出了其他的想像力。

「散步，我們在散步！」林晚提高音量，欲蓋彌彰地強調，「妳有事就快點說，我差不多該回家了。」

蔣珂這才想起打電話的目的：『也不是什麼大事，就想問妳下週六有空沒……我暫時不在酒吧唱了，準備辦個告別演出。』

「那妳幹嘛去？」

『唔，可能有機會出道？』

「啊？！」

『別激動別激動，只是有機會而已。前幾天有人找到我，說想推薦我去參加一個唱歌的比賽，還蠻正規的那種，名次好的話能直接跟唱片公司簽約。』

林晚原本還懶洋洋地靠在男朋友胸膛前，聽完後便不由自主地站直了身：「挺好的呀，下週六我過去給妳捧場啊，記得幫我多簽幾個名。」

『……是好事？』不知為何，蔣珂語氣裡完全沒有該有的激動。

「嗯？」

『因為聽那邊的意思，就算最後能簽約，也只簽我一個人。』

林晚恍然大悟，終於明白她在苦惱什麼。

只簽一個人的話，就代表蔣珂必須離開她心愛的樂隊。

這種音樂圈裡司空見慣的事，忽然之間發生在朋友身上，讓她頓時不敢隨便亂出主意。

勸蔣珂拒絕吧，能站在更大的舞臺唱歌是她的夢想。

勸蔣珂答應吧，她對樂隊的感情又很深。

林晚一時想不到該如何回答，最後只能說：「下週見了面再聊吧。」

這通電話聊得不長，但或許是深夜已至的關係，等她把手機放回包裡，才驚覺之前還不時傳來的人聲已經完全消失了。

「回去嗎？」她問。

周衍川「嗯」了一聲，陪她離開湖邊棧道，轉回通向公園出口的林蔭路。

靜了片刻後，問：「下週要去酒吧？」

林晚腦海中「叮」的一聲，莫名生起一股旺盛的求生欲，連忙保證：「我滴酒不沾。」

「想喝的話，也不是不行，我陪妳去。」

林晚半信半疑地看著他：「你有時間嗎？」

「打官司需要的資料準備得差不多了，之後就是等著開庭而已。」

他意味深長地回望過來，彷彿想起什麼，慢條斯理地問，「怎麼，擔心我去了，妨礙妳跟妳『親愛的』？」

林晚笑出聲來：「你居然還吃女孩子的醋呢？」

周衍川不置可否地挑挑眉，見她在月光下笑容燦爛，明眸皓齒的模樣招得人心癢，終究忍不住伸手捏住她的臉頰，低聲逗她：「妳說這怪誰？」

林晚也沒掙扎，任他輕輕捏著，坦然承認錯誤：「怪我。居然讓寶貝需要對女孩子提高警惕，真是天大的罪過。太不應該了，早知道今天我該上臺搶走麥克風，當眾宣布我有多喜歡你。」

周衍川一怔，鬆開手側過臉，拿她沒辦法似的，無可奈何地笑了笑。

轉眼到了週一，又一個讓廣大上班族叫苦不迭的日子。

和其他死氣沉沉的同事相比，林晚心情倒是相當不錯。

她搞定了發布會、知道周衍川會告德森、而且週六還約了男朋友出去玩，無論哪樁都是能讓她心情愉快的好事。

上午十點半，舒斐叫林晚通知大家開會。

鳥鳴澗的會議室久違地迎來了大魔王，連空調吹出來的風好像都變得更冷了些。

說來很有意思，林晚剛替舒斐分擔的時候，有些人不拿她當回事，看她坐在會議桌的最前面還看不順眼。

結果現在舒斐回來，他們又不禁開始懷念過去的那段日子。

畢竟林晚的性格實在討喜，雖然工作起來絕對是認真負責的態度，但跟她說話並不會產生沒必要的壓力，有種天然就讓人想要親近的魔力。

不像向舒斐彙報工作，總是需要時刻提心吊膽，唯恐哪句話沒說對，就要被大魔王訓斥到恨不得當場去世。

不過幸好，今天舒斐只是簡單了解了一下大家手頭各個專案的進度，然後似乎對這段時間以來的工作情況還算滿意，淡然地點了下頭：「可以，各位繼續加油。」

大家紛紛鬆了口氣，又聽見她說：「以後有什麼事還是先知會林晚。」

林晚抿抿嘴唇，拿不準舒斐繼續放權究竟代表什麼意思。

倒是身旁的徐康彷彿早就知道些什麼，神祕莫測地對她笑了一下。

會議結束後，舒斐把林晚單獨留下來。

「這段時間辛苦妳了。」她開門見山道，「坦白說妳入職以來的表現很不錯，特別是上次在燕都的演講，還有這次發布會的籌辦，如果不是有妳在，我不敢想像其他人會把差事辦成什麼樣。」

林晚適當地表示謙虛：「大家也幫了我很多。」

「嗯，能使喚他們是妳的能耐。」

舒斐調整了一下坐姿，讓尚未完全康復的手腳擺得更舒服點，「我現在想知道，妳以前在研究所參與過保護區籌備的工作嗎？」

林晚搖了搖頭。

舒斐沒有馬上再開口，而是手指緩慢敲擊著桌面，陷入了沉思。

那封推薦信發出去有好幾天了，曾楷文昨天才特意打來電話，說不贊成那麼快就讓林晚升為副總監。

『她是我引薦的人，又是妳看好的人，要做副總監當然沒問題。』

「那為什麼……？」

『可有件事，我原本沒打算太早告訴妳。今年我們幾個老人家一直在討論，希望明年年底的時候，能把妳調來燕都總部做基金會理事。既然現在妳提到了，我就多問一句，妳認為鳥鳴澗能完全交給林晚嗎？』

舒斐瞬間就明白了曾楷文的意思。

等她離開南江的時候，鳥鳴澗的總監職位勢必會空出來。

曾楷文勸她：『難得見妳對手下的人滿意。既然如此，不如多給她機會磨練幾次，倘若能辦下來，讓她當當總監也沒問題，倘若辦不下來，那她走到頭最多也只能是個副總監。』

舒斐抬起狹長的眼眸，目光漸漸染上一層審視的意味，靜了半晌，突然直接問：「妳知道副總監的位置還空著嗎？」

林晚愣了一下，但很快回答：「知道。」

「覺得鳥鳴澗裡有誰能擔當這個位置？」

這句話問得太過尖銳，林晚一時分辨不清她的真實意圖，不由得短暫地猶豫了一下。

然而她並沒有猶豫太久，黑白分明的杏眼中便流露出了自信且篤定的眼神：「既然您問的是烏鳴澗內部，那麼我認為我最適合。」

舒斐笑了一下，覺得這女生是真的膽大，想要什麼就敢毫不掩飾地說出來。

如果坐在這裡的人是徐康，她敢打賭，徐康絕對會羅列出好幾個人的名字，然後詳細地把每個人的優點缺點都分析一遍，再在最後補充一句「還有我也比較合適」。

「那麼自信啊。」舒斐靠著椅背，輕笑著說，「我的確有過這樣的想法，但就像剛才說的那樣，妳沒參與過籌備新的保護區，多少還是欠缺這方面的經驗。」

話說到這裡，林晚聽懂大魔王的意思了，反正就是她暫時還當不了副總監。

她不知道舒斐其實另有安排，只以為自己近期的表現還是不夠讓舒斐完全滿意，心中難免失落了一瞬。

不過她這人有個優點，就是知道哪裡不足，就會從哪裡彌補。而且她相信舒斐把她留下來，絕對不是說兩句廢話這麼簡單。

果然下一秒，舒斐就說：「最近又有不少保護組織申請撥款合作，妳準備準備，下週幫我跑一趟，看看哪些是真的需要錢，哪些又是在打著動保的名義弄虛作假。」

託舒斐最近不在南江的福，林晚對近期收到的保護組織申請表都有印象。大大小小加起來有好幾十個，基金會再怎麼有錢，也不可能一一照應過來。

她爽快地答應下來，離開會議室後，才躲到茶水間裡獨自沮喪。

可能還是太過自信了，老天爺認為需要潑盆冷水讓她清醒清醒。

得出這個結論後，林晚幽幽嘆了聲氣。

這種沮喪當然不方便向同事訴說，她只能拿出手機，跟周衍川嘀咕了幾句。

周衍川那邊也剛開完會，回到辦公室後看到她的訊息，索性打來電話：『難過了？』

「有一點點吧。不過也還好，總歸是我能力有所不足嘛，難過一兩天就好啦。」

周衍川翻開助理提前擺好的檔案，聽出她語氣裡的失落，隔著電話都能想像到她愁眉苦臉的小模樣，肯定像隻漂亮的小鳥被打溼了羽毛一般。

他把文件放到一邊：『要不然，送妳件禮物？』

「什麼禮物？」林晚被他吊起了好奇心，「我這次還蠻受打擊的，普通的禮物可不一定管用哦。」

周衍川仔細想了想，然後緩聲開口：『等官司打完、德森的賠償給到了，辦個基金會給妳，行嗎？』

「……」

林晚被他平淡的語氣與爆炸的言論驚得差點平地摔，她勉強穩住身形，腦子裡的千言萬語只想匯成一句話。

——你認真的嗎？

周衍川並不是臨時起意想，反而是近幾年一直有在考慮，做個生態發展和保護的基金會。

他手頭閒錢不少，除了星創以外也做了些理財投資。可錢放在那裡增長的不過是數字而已，而他對生活品質的要求雖高，但說到底一個人也花不了太多。

雖說大筆閒錢也能用於星創擴張，但這方面他和曹楓意見一致，不想走得太激進。

星創的公司理念擺在那裡，在這個利益至上的年代算是小眾觀念。他們寧願走慢點，等些志同道合的人加入進來，也不願意像德森那樣，短短幾年飛速發展為行業老大，卻在爾虞我詐之中忘記了成立之初的願景。

所以周衍川想，既然如此，那麼類似於潘靜思研究的火星種小麥，明擺著短期內無錢可賺、長遠來看特別非凡的項目，他都可以扶持一把。

林晚聽完他的解釋，輕聲說：「你的想法倒是蠻好，我也支持你把錢花在感興趣的事上，但是把它交給我就不合適。」

她轉到鳥鳴澗還沒多久，連個副總監都沒混上，怎麼敢直接管理一個基金會。

如果連這點自知之明都沒有，那麼她的自信就不是自信，而是自負了。

周衍川：『找人幫妳呢？』

「也不行。」林晚很有原則地拒絕道，「這份禮物太重，我現在還收不起。」

見她主意堅定，周衍川也沒再多勸。

送禮物這事講的不是排場多大，而是收禮人是否開心。林晚不是欲擒故縱的性格，她說現在不敢，那就是真的不願意要。

既然如此，他當然不能勉強。

反正錢在那裡不會少，什麼時候能收了，再送也不遲。

經過周衍川這麼一刺激，林晚心裡那點失落也蕩然無存了。

她收拾好心情，掛斷電話後順便抽空看了眼社群軟體。

林子大了每天照例會收到不少留言，今天也不例外。

只不過和往常相比，今天留言區裡不少人都在問她，是否關注過鳥鳴澗昨晚的發布會。

林晚在社群軟體沒有公開過身分，別人只知道她是個鳥類保護從業者，具體在哪工作、叫什麼名字、長什麼樣，這些與現實掛鉤的資訊網友一概不知。

她昨天回家太晚，沒來得及更新發布會的話題，不少人因此猜測她會不會反對鳥類保護和無人機牽扯到一起。

為了避免大家繼續誤會下去，當晚下班後，林晚回家就更新了一篇文章，和網友們談了談對巡邏專案的看法，既是表示支持，也是向某些像從前的她一樣對無人機抱有偏見的鳥類愛好者普及。

她發文向來注重排版，圖文並茂是最基本的要求。

手機裡有不少昨晚拍到的現場照片，她挑選幾張後一併放了上去。

誰知道文章一經發出，底下的網友卻關注起了別的細節。

『第五張照片裡那個男人好帥，三分鐘內我要知道他的全部資料。』

『報！周衍川，星創科技CTO，未婚。』

『未婚？那有女朋友嗎？』

『原來林子也在現場啊，不過這張照片的角度……』

『其他人都虛化成背景了，只有周衍川拍得特別清楚，難道這就是傳說中的女朋友視角？』

『啊？我一直以為林子是個四十多歲的大哥。』

『？？？不是年輕小女生？』

林晚哭笑不得地刷了一下留言，眼睜睜看著她的形象忽男忽女忽老忽少，也懶得跳出去說明真相。

反正她的網路身分是科普博主，哪怕別人把她誤會成七十多歲的老學究也無所謂。

然而林晚萬萬沒有料到，沒過多久，居然有個網友留言說：『你們不知道林子是漂亮小姐姐嗎？她來我們學校做過科普講座，我見過真人的！』

說完怕大家不信，還直接傳了張照片上來。

照片就是林晚去南江一中開講座時，因為何雨桐耍心機，害她不得不打開社群軟體講故事的時候拍的。

不得不說這位同學拍照的水準還挺不錯，照片中的林晚面帶笑容，整個人看起來美豔不可方物，而且投影幕上還明明白白顯示著社群軟體帳號的畫面。

留言區直接炸了。

會關注林子大了的網友，通常都是鳥類愛好者，相比起博主的顏值，他們更關心這人更新的內容專不專業和實不實用。

但這並不代表，他們看鳥看久了就不會欣賞美人。

等林晚洗完澡再刷社群軟體，才驚覺大事不妙。

她趕緊刪掉那則留言，又私訊放出照片的學生，提醒對方以後不許再發她的照片。

那學生連連道歉，完了又問：『姐姐，妳有男朋友嗎？』

『幹嘛？』

『嘿嘿，我覺得妳長得好看又聰明，如果不介意我比妳小幾歲的話，等我考上大學了，能不能去研究所找妳啊？想讓妳做我女朋友。』

林晚：「……」

這年頭的小朋友腦子裡究竟都在想什麼？

此事可大可小，她義正辭嚴地表示了拒絕之後，想了想又把私訊截圖傳給周衍川：『寶貝你看，有弟弟想追我呢。』

『弟弟算什麼。』

周衍川反手甩她一張留言截圖，『不是還有別的哥哥當場跟妳求婚嗎？』

他傳的竟然是社群軟體底下的留言。

有好幾個網友用半開玩笑的語氣介紹完自己的情況，問她能不能考慮一下。

看這情形，愛妃的醋罈子應該是打翻了。

本來是該哄幾句的，可林晚挑了下眉，低頭打字：『被我抓到把柄了吧，你果然偷偷關注我社群軟體了！』

『……睡了，晚安。』

周衍川這則訊息一傳過來，林晚怔了一下，撲倒在床上哈哈大笑。

她的男朋友，太可愛了呀。

接下來的一週，日子依舊忙碌而充實。

周衍川還是經常加班，但相較前段時間，他稍微能空閒一點，每天駐紮在公司裡監督給鳥鳴澗使用的無人機的研發進展。

林晚經常中午和晚上都跟他約出來吃飯，有天晚上還跑去看了場電影，其餘時間就各忙各的，見不到面的時候也不會空虛，只要專注於自己的工作，便不會覺得時間漫長而無聊。

到了週六那天，兩人便開車去酒吧給蔣珂捧場。

林晚專程在花店訂了一大束鮮花，女孩子單手都很難抱穩的那種，到了酒吧一進後臺，就把它送給了蔣珂。

蔣珂驚喜地抱住她又蹦又跳，說等等上臺時一定要把鮮花拿上去，好讓臺下的觀眾們都知道她的小姐妹有多愛她。

「以後妳開演唱會，第一排的位了留一個給我。」

林晚撩起妹子也很上道，甜言蜜語張口就來，「妳開多少場，我送多少束花給妳。」

周衍川看她一眼，覺得當初說她是海王還真沒說錯。

這不，簡簡單單一句話，已經快把蔣珂感動哭了。

此時正好有電話進來，周衍川拿出手機，邊接邊往門外走。

剛才還抱著蔣珂卿卿我我的林晚突然回頭：「你去哪裡？」

「接電話。」

他揚了下手機，懷疑她腦袋後面裝了個雷達，否則怎麼會明明背對著他，也能發現他正在往外走？

電話是朋友打來的，約他出去打球，美其名曰運動一下，發洩心裡的不愉快。

周衍川最近心情其實還不錯。

他不是瞻前顧後的人，既然已經決定要跟德森硬碰硬，就不會再顧及舊情黯然失神。

「不用了，今晚陪女朋友。」他淡聲回絕道。

『可以，女朋友大過天。』朋友非常理解，『電話裡聊幾句也行。主要我這邊有好用的公關公司，你要想跟德森打輿論戰的話，可以幫你牽線。』

周衍川從後臺的通道走到外面，轉過幾個彎後，就看見了當初林晚繞柱的那處藝術裝置。

往事浮上心頭，讓他不經意地笑了笑：「行啊，回頭約出來聊聊。不過最近應該用不上，德森那邊也沒怎麼鬧了。」

葉敬安大概沒想到，有朝一日，向來與世無爭的周衍川會因為一個女孩，寄出一封律師函給他。

這個反擊超出他的意料，同時也引起了他的注意，使他決定改變策略小心為上。

德森前期那些抹黑，多少還是讓星創造成了一點損失。

星創除了與政府和公益組織合作以外，還有一筆很重要的營收來源就是賣他們的飛控演算法。現在飛控版權存在爭議，有些原本有意購買的公司就進入了觀望狀態。

對於這一點，周衍川並不介意，畢竟誰都不希望自己花高價買回去的東西是出售方偷來的。

「前期打嘴仗沒意思，」周衍川來到露臺邊，手肘撐在欄杆上，俯瞰腳下的城市夜景，「我喜歡把錢留著用在刀刃上。」

朋友一愣，聽出他的弦外之音，『你打算開庭之後，再慢慢給德森施壓？』

「嗯。他們想翻舊帳，我就陪他們翻，」周衍川輕笑一聲，「看誰先撐不住，誰就先低頭。」

既然都鬧到法庭相見，就沒必要手下留情。

一次官司不至於讓德森傾家蕩產，但至少……要讓他們掉一層皮。

跟朋友聊完後，周衍川原路返回。

到了後臺的化妝室，他敲門進去，結果卻沒看見林晚的身影。

蔣珂正在化妝，見他來了，莫名手抖了一下：「我朋友找她有點事，把她叫出去了。」

「彈貝斯的那個？」周衍川問。

蔣珂忐忑地點點頭，心想早知如此，當初她就不把江決介紹給林晚了。

本來兩人之間沒什麼過界之處，可就因為她的多此一舉，搞得現在總擔心周衍川會不會誤會他們。

周衍川沒什麼表情地「嗯」了聲，停頓數秒後，忽然問：「能問問嗎，離開這支這樂隊，妳最捨不得的人是誰？」

蔣珂茫然地眨眨眼，一時不知該好奇他為何會關心這種事，還是該思考她最看中的樂隊夥伴是誰。

此時此刻，林晚正在吧檯那邊，擔當戀愛諮詢師。

一段時間不見，江泱看起來比以前更酷了。

他單手拎著個酒瓶，仰頭灌下幾口，放下酒瓶時眼睛不知看向哪裡，眼中帶著幾分痛苦的頹喪感。

「你打算跟她表白嗎？」林晚喝著飲料問。

江泱低聲笑了笑：「本來有這個打算的，可現在怎麼跟她說。她好不容易決定一個人出去闖了，現在我跑過去說『我挺喜歡妳』，這不是平白給人增加煩惱嗎。」

「樂隊已經確定解散了？」

「他們幾個想再找女主唱，我是沒興趣奉陪。來這就是為她，現在她走了，我留下來沒意思。」

江泱懶洋洋地倚著吧檯，雙手朝向舞臺比出取景框的手勢，「等等幫我們拍幾張照吧，留個紀念。」

林晚明白，他說的「我們」，並不是指樂隊的所有人。而是更狹義的，他和蔣珂，只有他們兩個人。

她頓了頓，問：「那你以後打算怎麼辦呢？」

「她那比賽在燕都，贏了的話也是跟當地的公司簽約。」說起將來的計畫，江泱眼底掠過一絲笑意，「她去哪，我去哪。她失敗了，我陪她再組樂隊；她成功了，我就陪她站上巔峰的舞臺。」

林晚被他眸中的堅定一震，還想再說什麼，就意外地看見周衍川從遠處走來。

江泱還記得他，挺客氣地說：「不好意思，耽誤了你女朋友幾分鐘。」

「嗯，我就過來傳個話。」周衍川走到林晚身邊，很自然地把手搭在她肩膀上，「蔣珂剛才說，一想到要離開樂隊，她最放不下的人是你。」

江泱一怔，隨即俐落地翻過吧檯，直奔後臺而去。

林晚目瞪口呆地看著這齣反轉：「你沒騙他吧？」

「沒。我問蔣珂了，她自己說的。」

「你突然問她這個幹嘛？」林晚這下更迷惑了，他看起來不像關心這種事的人啊。

周衍川在她身邊坐下，長腿微屈，膝蓋抵著吧檯，側過臉安靜地注視她幾秒，終於緩聲開口：「因為我不想他占用妳的時間，懂了沒？」

第十九章　此生盡興

蔣珂的告別演出氣氛熱血極了。

她混樂隊圈有些年頭，多少也積累了一些粉絲，男的女的都有，最後一首歌前奏剛起，臺下就跟著了魔似的，齊聲高喊她的名字。

今晚酒吧特意挪開礙事的桌椅，把舞池拓寬了些。

烏泱泱的人群在燈光下隨著音樂揮舞雙手，蔣珂一身黑色長裙站在舞臺上，張開雙臂迎向最亮眼的燈光放聲歌唱，像個即將君臨天下的女王。

林晚沒去舞池中央跟蔣珂的粉絲們擠，她挑了二樓一張視野很好的桌，不知道是被現場的氣氛感染，還是純粹為朋友的美好未來高興，反正兩杯酒喝下去後，全身的神經就跟著興奮起來，促使她站在欄杆邊手舞足蹈。

她其實沒怎麼正經學過跳舞，但架不住節奏感不錯，隨便扭扭居然也別有一番風情。

旁邊幾桌的男人頻頻望過來，要不是顧慮到旁邊還有個周衍川，他們是真的很想衝上來搭訕。

周衍川始終沒看舞臺的表演，他的眼睛始終停留在林晚身上，彷彿她就是個價值連城的寶貝，稍微磕著碰著都不行。

可是看久了，他的目光漸漸就有了熾熱的溫度。

林晚向來到什麼場合就穿什麼衣服。

今晚來酒吧給小姐妹捧場，她就穿了條孔雀藍的魚尾裙。掛脖式的一字領，性感地露出肩頸與後背的大片肌膚，收腰設計貼合地裹出凹凸有致的腰臀線條，哪怕站在那裡不動就足夠誘人，更何況此時她還在隨著音樂輕輕扭動。

周遭的空氣升了溫，在躁動的鼓點聲中，悄悄融化了玻璃杯中的冰球，在杯壁上氤氳出一片潮溼的水霧。

直到音樂聲徹底空白下來，林晚才在滿場歡呼中轉過身，笑盈盈地走向周衍川，沒怎麼猶豫，就扭過身坐到了他的腿上。

周衍川往後仰了一下：「嗯？」

「你今天吃醋的樣子好帥。」她攀住他的肩膀，穠纖合度的身體親密地與他貼在一起。

「又喝多了？」他問。

林晚沉默了一瞬，覺得自己喝酒這事應該讓周衍川造成了不小的心理陰影。她假裝氣鼓鼓地捶他一拳：「誇你帥還不好！氣死我了，我去找蔣珂玩！」

周衍川笑了笑，跟她一起下樓去後臺。

樂隊幾個人正又哭又笑地在後臺圍著蔣珂，不知道的還以為明天開始她就要被發配到西伯利亞。

江決倒沒湊這個熱鬧，安靜地靠牆站著，看到他們進來時，眼神微妙地看了周衍川一眼。

他們打算去吃宵夜，邀請林晚兩人也一起去。

周衍川見她一臉期待的樣子，便也點頭應允了。

到了樓下，蔣珂一路抱著林晚不撒手，好像沒意識到自己變成了電燈泡似的，非要上周衍川的那輛車走。

等到上了車，蔣珂才猛拍胸口，一副驚魂未定的樣子不斷感嘆：「嚇死我了妳知道嗎？上臺前江決突然衝過來跟我表白了！我的天，他居然喜歡我，妳敢信？」

林晚哽了一下，抬眼看向坐在駕駛座的始作俑者。

周衍川跟沒事人一樣，淡定地設好導航，一言不發地把車開了出去。

「可妳不是說，離開樂隊最不放下的人是他嗎？」林晚陪蔣珂坐在後排，不得不擔當起陪聊的重任，小聲問，「難道其中有誤會？」

蔣珂愣了愣，立刻明白過來。

她今天的舞臺妝化得很濃豔，假睫毛好似刷子般顫了顫，語氣認真：「我的意思是說，作為樂隊成員的那種放不下。江決很有才華的，既會寫曲又會寫詞，試問哪個女主唱不想擁有這樣的搭檔？」

「……」

林晚在心中默默為江決掬了把辛酸淚，這是什麼「我想做妳男朋友妳卻只想跟我談工作」的悲情戲碼，她硬著頭皮問，「那妳怎麼回答他？」

說到這裡，蔣珂臉上的哀怨更濃：「當時我本來是想拒絕的，可是看他那麼高的個子低下頭來看我，腦子一下子就短路了，傻兮兮地來了句『我們現在應該好好做音樂，還不到談戀愛的時候』。妳都不知道江泱看我的那個眼神，簡直像在看個小學雞。」

林晚沒忍住，「噗哧」一聲笑了出來。

恐怕現在的小學生都不會說「我們應該好好念書」這種話了吧。

蔣珂被自己傻到無地自容，嘆了聲氣，單手捂住臉：「結果被他這樣一鬧，我上臺就特別不自在，眼睛總是往他那邊看。真的，妳別說，他彈貝斯的時候好帥。」

林晚有些理解蔣珂的說法。

她不怎麼追樂隊，以前隨緣看過點樂隊現場演出的影片，除了主唱以外，最受關注的通常都是吉他手。貝斯手一般都如他們手中的樂器一樣，低調地起個陪襯的作用。

可江泱這人不一樣，明明沒什麼誇張的舉動，但只要他一站上臺，那種酷到骨子裡的感覺就出來了，輕而易舉就能吸引大家的目光。

蔣珂遲遲沒有等來她的回應，下意識問：「妳不覺得他很帥嗎？」

林晚剛要點頭，忽然就感覺有道目光若有似無地從前面掃了過來。

不用抬頭她也能猜到，是周衍川在看她。

求生欲剎那間蓬勃而生，她清清嗓子，故作嚴苛：「也就那樣吧。」

蔣珂：「？？？」

到了吃宵夜的燒烤店，蔣珂張羅著要了個包廂，讓大家隨便吃，這頓她請客。

現場演出是項很費體力的活動，樂隊的人沒跟她客氣，喊著「就宰最後一頓」的口號，往菜單上洋洋灑灑地勾了一大堆東西。

林晚在酒吧點了份果盤吃，此時不覺得餓，更何況她就是純粹過來跟蔣珂玩而已。她規規矩矩坐在一邊，喝著燒烤店每桌贈送的鮮榨西瓜汁，有一句沒一句地跟人閒聊。

人多的時候，周衍川向來話少，加上樂隊其他成員看出他身上有股矜貴感，也就沒有強行拉他加入話題。

進店之後，剛好曹楓有事找他，兩人便在通訊軟體上溝通起來。

直到一箱箱的啤酒送進包廂，江決問他：「喝酒嗎？」

「謝謝，不用。」周衍川指了下林晚，「我還得開車送她回去。」

江決揚眉：「這麼護著女朋友？」

周衍川「嗯」了一聲，用只有兩人能聽見的音量，低聲說：「你不也護著她？」

說完視線往江決旁邊的蔣珂那裡一瞟，帶著點大家都懂的意味。

江決坐得離放酒的角落近，自然順便負責幫大家倒酒。

別人都是滿得啤酒沫都快漫出來的一大杯，唯獨蔣珂的玻璃杯還剩下近乎一半的空白。

「不一樣，她得保護嗓子。」

江決沒有勉強，轉身把倒光的酒瓶放回箱中，重新拿了瓶新的，輕輕在桌角一嗑，想了想問，「你是不是看我特別不順眼啊？」

江決又不傻，告白沒有成功後就反應過來了。

今晚周衍川就是故意把他從林晚身邊支開，好讓他這個閒雜人等別再繼續待在女朋友身邊。

周衍川：「你不跟她在一起，我對你就沒別的意見。」

「我跟林晚真沒什麼，」江決喝了口酒，解釋道，「那天在派出所被你撞見就是個意外，而且在進派出所之前，我跟她就說清楚只做普通朋友而已。不過話說回來，我看你也不太順眼。」

周衍川抬起薄薄的眼皮：「怎麼？」

江決指向正忙著跟人划拳的蔣珂，語氣冷颼颼的：「她不是跟你搭訕過？」

周衍川看他一眼，靜了幾秒後，兩人同時笑了笑。

這些整天活得肆意又爛漫的女孩子，大概永遠都不知道，她們隨隨便便的一舉一動，總能在不經意間，惹得人想要計較，卻又無從計較。

這頓宵夜的最後，林晚還是讓服務生再拿了個杯子過來，往裡面倒上啤酒，然後繞到蔣珂身邊，跟她碰杯：「祝妳前程似錦。」

「謝謝。」蔣珂還她一個颯爽的笑容，「祝妳春風得意！」

兩個玻璃杯輕輕一碰。

林晚喝完酒就把杯子放到一邊，特別自覺地回到周衍川身邊坐下：「喏，今晚只喝了兩杯半，不算多吧。」

周衍川點頭：「不多，真乖。」

最後那個字的尾音落下之時，他那雙桃花眼借了室內的燈光，帶著讓人目眩的笑意，深深地回望著她。他的襯衫鈕釦不知何時解開了兩顆，稍顯懶散地貼合著他胸膛肌理的輪廓，比入喉的美酒還要勾人。

林晚抿了下唇角，心想春風未必時時得意，但只要有周衍川在，春光倒能永遠燦爛而蕩漾。

凌晨時分，一場小雨不期而至。

路燈高高地投射昏黃的光暈，在微涼的空氣中，將那些隨風舞蹈的雨絲映得格外清晰。

林晚與蔣珂在店門外來了個大大的擁抱，然後才依依不捨地告別她心愛的小姐妹，小跑著來到馬路邊上車。

頭髮被雨打溼了點，她不甚在意地捋到耳後，覺得剛才淋的那半分鐘雨，似乎什麼都沒能澆滅。

車內隱約瀰漫著潮溼的水氣，周衍川抽出兩張紙巾幫她擦拭，接著繫好安全帶，輕聲問：「直接回家？」

「好呀。」

半小時後，周衍川將車停在林晚租住的別墅門外。

窗外的雨越下越大，密密麻麻的聲響籠罩在四周，如同織下一張密不透風的網，想把人留在今晚的雨夜裡。

誰都沒有說話，在無聲中用目光試探著彼此。

短促的沉默過後，林晚轉身攀住他的肩膀，嘴唇貼在周衍川的臉側，往他耳朵裡輕輕吹了口氣：「怎麼辦，突然不想進去了。」

周衍川呼吸一滯。

片刻後，他側過臉，喉結滾動幾下：「去我家？」

因為林晚這句話，周衍川又把車開出雲峰府，在路邊找到家二十四小時營業的便利商店。

林晚留在車上，等他把保險套買回來了，就貼過去親他。

外面雨大，兩人今天出來都忘記帶傘。

沒過多久，彼此的衣服都傳染了對方身上的潮氣。

欲望的火焰就這麼燒了起來，從身體到靈魂，每一處都如此滾燙，恨不得從此再也不分你我。

林晚在昏暗的車內摸索到他的胸膛，把第三顆鈕釦也解開了。

她想看他衣衫不整的模樣。

周衍川捉住她的手腕，啞聲說：「別碰。」

「幹嘛不讓我碰？」她停住動作，微涼的手掌貼在他皮膚上，「寶貝，你心跳得好快。」

周衍川因為她的主動和坦然笑了笑，深呼吸幾次，勉強把某種不可言說的悸動壓下去些，然後垂眸看著她：「至少讓我先把車開回去。」

林晚不知哪根笑神經被戳中了，收回手靠在椅背哈哈大笑。

周衍川懶得再扣釦子，只稍微扯了下衣襟：「妳再笑下去，我會以為妳喝醉了。」

「喝醉了就不做嗎？」她歪過腦袋問。

「嗯。」他低低地應了聲，「妳醉了就是我欺負妳，那怎麼行。」

林晚今天喝得不多，意識足夠清醒。

然而當聽見周衍川的回應後，那點理智也像暫時被燒斷了一般，讓狹窄空間內的春光變得更加明媚。

一進門，比智能燈光更先圍攏過來的，是女孩溫熱的體溫。

兩情相悅，沒什麼可害羞，也沒什麼可隱藏。

林晚貼上他結實勻稱的身體，雙手勾住他的脖子，踮起腳尖去咬他的嘴唇。周衍川配合地低下頭，隔著那層單薄的布料摟住她的腰，與她在暖黃色的光線下擁吻。

他摸到她裙子的拉鍊，稍稍往下一拉，便在曖昧的聲音、在唇齒糾纏的間隙裡響了起來。手指往裡觸碰到的，是她細膩光滑的皮膚，令他想用力在上面留下屬於自己的痕跡，又不忍心真的讓她疼。

矛盾之下，他索性放棄思考，專注於逗弄她的舌頭。

林晚很快就感到一陣暈眩，全身的毛孔都在這一刻舒展開來，她軟軟地放鬆了身體，把主動權交給周衍川，任他換了個姿勢，把她抵在門上密密地吻著。

玄關壁燈將兩人重疊的身影映在牆上，看那些礙事的衣衫一層層褪去，只餘下乾淨而熾熱的靈魂坦誠相對。

到了這時，林晚總算羞怯起來。

她把臉埋在周衍川的肩窩裡，說出來的話卻挑逗到了極致：「一起洗澡嗎？」

周衍川的家比舒斐那間別墅面積更大，主臥的浴室寬敞而明亮，在嘩嘩作響的水聲中漸漸瀰漫出一層濾鏡般的水霧。

林晚赤腳踩在地板上，越發感到男人的身影格外高大。

她自己本身已經算高挑的身材，平時穿高跟鞋也就選個四五公分左右的高度，因此她原本以為，這點小小的差距不算什麼。

可此刻等她離開了高跟鞋的幫助，才終於發現在周衍川的襯托下，她竟然整個人都莫名嬌小了幾分。

淋浴間在設計之初，並沒有考慮過雙人共浴的情景。

周衍川極具存在感地站在那裡，單手撐著牆面，就能輕而易舉堵掉她所有的退路。

事實上，林晚也並不想退。

她太喜歡周衍川現在的模樣了，他眼中有燃燒的情欲，亦有止不住的愛意。

往日裡總是打理得整齊的短髮凌亂地往後抹去，熱水順著髮絲流淌下來，滑過他繃緊的下頜線，在清晰且鋒利的喉結處停了停，而後又被他隱忍的喘氣聲震得四散開去。

林晚不是第一次看見他動情的時刻，卻是第一次與他面對面，感受著彼此身體的溫度。

「告訴你一個祕密。」她說，「在玉堂春看見你的第一眼，我就很想睡你。」

周衍川眸色更深，他抓過她的雙手，按在她的頭頂上方，彎下肌理流暢的背脊，一邊輕咬她泛紅的耳垂，一邊低聲回道：「早知道這樣，妳那時候就該睡了我。」

平時斯文禁欲的人，說起這種話來，性感得讓人春心蕩漾。

林晚兩隻手都被他挾持住，想摸摸他都不行，只好承受著他激烈的親吻，像條被人捉出水面的小魚般大口大口地呼吸。

殘存的一點思緒還在無邊無際地蔓延。

她想，換作那時候，就算有機會，她恐怕也不會和周衍川做到這一步。

只有當她了解到周衍川英俊的外表下，深藏著怎樣一身頂天立地的脊骨後，她才會願意不顧一切地淪陷在他深情的眼神裡。

皮囊與靈魂，缺一不可。

但是恰好，周衍川能滿足她全部的渴望。

窗外的雨不知下了多久，也不知還要下多久。

淅淅瀝瀝的雨聲從浴室蔓延到臥室，遮住了床單摩挲的細碎聲響，卻也遮不過濃情交錯的時候，那些甘甜的歡愉之音。

突如其來的大雨下到天明才停。

連日高溫的酷熱暫時收斂了起來，室內室外的空氣中染著淡淡的花香，好似滿園春光，都在這一夜盡數綻放。

林晚一覺睡到下午才醒。

醒過來後的第一反應，就是翻身想去抱和她同床共枕一整夜的人。

結果先不提那半邊床上根本沒人，意識朦朧時猛地翻了下身，一下子就把她從昏昏沉沉的餘韻裡扯了出來。

就一個字，疼。

全身上下像五百年沒運動過的人突然被拉出去跑了馬拉松似的，哪都傳遞出盡興之後的疼脹感受。

「啊……」

她輕輕嘆了聲氣，把臉埋在枕頭裡小聲罵道，「周衍川你這個混蛋，睡完就跑不是人。」

「誰不是人？」

身後忽然響起一道慵懶的男聲。

林晚一愣，這才想起把眼睛往更遠的地方看。

周衍川坐在窗邊的沙發裡，膝蓋上放著筆記型電腦，手指還在一下下地敲著鍵盤，視線卻似笑非笑地遞了過來：「我是不是該迴避一下，等妳罵完了再進來？」

不知道他起了多久，反正只穿了條黑色的褲子，露出昨晚被她摸了個遍的上半身。

仔細看肩膀那還有個清晰的咬痕，不用他提醒，林晚也記得那是什麼時候被她咬上去的。

她尷尬地清了下嗓子，眨眨眼睛問：「你什麼時候醒的？」

「八點多。」

「……你是魔鬼嗎？」林晚這下是真的震驚了，「敲一行代碼能增加一行體力值是不是？」

周衍川輕聲笑了笑，把筆記型電腦拿開，起身走過來，單膝跪在床上。

他彎下腰，溫柔地撫過她的髮頂：「還疼嗎？」

「現在還好了。」

林晚沒好意思說，其實昨晚後來就不怎麼疼了，取而代之的是一種難以言喻的舒服。

周衍川親了她一下：「起來洗個澡吃飯？我煮了點吃的放在冰箱，熱一下就能吃。」

「好呀，我要吃男朋友的愛心料理。」

林晚嬌聲嬌氣地發完嗲，剛要坐起來，又想起自己還是一絲不掛的狀態，於是只好慢吞吞地躺回去，拉高被子蓋住下半張臉，「你先出去，我沒穿衣服。」

周衍川笑著看她幾眼，直到她即將惱羞成怒之時，才慢條斯理地退出了房間。

林晚窩在床上鬆了口氣。

大早上，哦不，大下午的，一睜眼就近距離看到男朋友的腹肌，這種體驗簡直太刺激了，要不是她此刻實在還沒緩過來，差點就想把他拉到床上再繼續一次了。

周衍川到廚房打開冰箱，把提前準備的飯菜拿出來。

他本來沒打算這麼早起床，但常年累月鍛鍊出來的生理時鐘不聽話，八點剛過就催促他快點醒過來。

他不知道林晚幾點能醒，又怕她醒了之後肚子餓，只好做了幾道簡單又拿手的菜準備著。

幸好手藝發揮得還算正常。

把餐盤放進微波爐時，周衍川慶幸地想，否則就只能叫外送了。

可他今天一點都不想看到除了林晚以外的人。

林晚不知在樓上磨蹭什麼，過了大半個小時才慢吞吞地下來。

她無比感謝周衍川當初裝修的時候幫別墅安裝了一部小型電梯，不然她真的沒信心能從三樓一步步走下來。

「都是你自己做的？」她指著餐桌問。

「嗯，隨便湊合一下吧，今天總不好叫阿姨來家裡做飯。」

「沒關係，看起來比我做的好吃多了。」林晚誠懇地誇獎道，「至少看樣子，能把我媽媽糊弄過去。」

周衍川端來杯果汁給她：「妳不用在這方面違心地誇我。」

林晚：「其他方面我也沒有違心過，每次誇你我都是認真的。」

「……」

「……」

周衍川勾起唇角笑了一下：「好，我知道了。」

你知道什麼你就知道了！

林晚惱怒地紅了臉，坐下來後咕嚕咕嚕喝掉了大半杯果汁。

「喝慢點。」周衍川又幫她倒滿了，「先吃飯。」

平心而論，周衍川的廚藝不算特別好。

但放在家裡和自己人吃，絕對屬於上得了檯面的級別。

林晚的確也餓了，全程表現得非常捧場，為此還額外多添了一碗米飯。

吃飽喝足後，懶勁就上來了。

她往後靠著椅背，有一句沒一句地跟周衍川聊著天，莫名又有點想睡覺。

「沒睡夠就再去睡一下。」周衍川看她眼皮開始打架，出聲提醒，「不然明天上午請假休息半天？」

林晚掩唇打了個呵欠，搖頭說：「不行，明天我要出差。」

「又出差？」

「是啊，大魔王任命我當欽差大臣，去外地看看那些保護區的情況。十幾個省市，每個地方去兩三天，回來休息一下再走，前前後後加起來，恐怕需要兩個多月呢。」

周衍川靜了幾秒，放下筷子，把手放進口袋裡，沒什麼表情地看著她。

「怎麼啦？」她茫然地問。

「沒怎麼。」

周衍川忽然嘆氣，模仿她之前的語氣，平緩而低沉地念道，「啊，林晚妳這個混蛋，睡完就跑不是人。」

林晚：「……」

玩笑歸玩笑，周衍川終究不會攔住林晚不許她去。

畢竟當初決定在一起的時候就說好了，誰都不能干涉對方的事業。

更何況他和德森的官司開庭在即，雙方互訴的案子打起來本就麻煩，除此以外他還要繼續負責星創的相應事務，各種繁瑣的事堆在一起，接下來一段時間基本不可能有什麼空閒。

吃過晚飯後，林晚不能繼續留了，她還得回家收拾行李。

周衍川送她到花園外，在路燈下站著，沒怎麼說話，大多數時候都在用他那雙能蠱人的桃花眼安安靜靜地看著她。

肌膚相親之後，一個眼神都能變得纏綿起來。

林晚主動抱住他：「你別這樣看我，再看下去我會捨不得走的。」

「捨不得也要走，不是嗎？」

周衍川替她理了理頭髮，指尖擦過耳廓時，順手親昵地捏了下她的耳垂，「舒斐願意給妳機會是看重妳，以後她再派妳出差，還是得答應下來，別顧慮到我就放棄機會。」

林晚在他懷裡點頭。

這種情況仔細說來有點雙標。以前周衍川出差或加班不能見面，她自己就特別能理解，但可能是她每次出差的時機都不太好，接連兩次離開前，她心裡都有些愧疚。

總感覺每次都在他需要的時候，撇下他跑出去拚事業了。

「我中途會回來幾次，一回南江就來見你。」

說出這句話後，她感覺自己像個亂給承諾的渣男。

周衍川笑了一下，胸膛微震：「別說得這麼肯定，我也不是隨時都有空。能見面就見吧，見不到的時候就視訊，也不用總往這邊跑，我可以陪妳回家見阿姨。」

林晚用下巴在他胸口蹭了蹭：「好。官司有進展記得告訴我。要是被我先在網上看到消息，回來有你受的。」

周衍川低低地「嗯」了聲，心裡有些唏噓。

他暗自想著，等林晚忙完這兩個月後，自己也放個假，無論如何要陪她去觀一次鳥、看一次星星。

他想跟她在滿天星辰的注視下接吻。

第二天清晨，天剛濛濛亮，林晚就起床出發了。

這次出差舒斐還另派了三人跟她一起，剛好兩男兩女，住標準套房都不用愁怎麼分配房間。

接下來的一個月，就是天南海北四處奔波的一個月。

自然保護區大多在人煙稀少的地方，別說過去的路況不好，附近住宿的條件也不好。林晚自幼養成的潔癖差[illegible]都磨沒了，經常半夜醒來看著牆角發霉的痕跡，還能鎮定自若地用完廁所回來倒在床上呼呼[illegible]

中途她回過南江幾次，結果正如周衍川預計的那樣，幾次都沒能見上面。

不過這一個月裡，倒是發生了一件讓她高興的事——趙莉和鄭老師領了結婚證。

領證那天林晚剛好在南江，晚上鄭老師親自下廚張羅了一桌好菜，當作是自家人第一次正經的吃飯。

鄭老師早年結過婚，老婆生孩子時難產，兩人都沒救回來。

他以前孤家寡人一個過習慣了，沒養過孩子，卻在那晚喝了幾杯酒後，神色微醺地拿出一個大紅包送給林晚，說如果不嫌棄的話，他願意拿她當親女兒看待。

趙莉藉著盛湯的機會，偷偷跑去廚房抹眼淚。

林晚想了想，把紅包收下了：「鄭叔叔，我現在工作比較忙，一個月回來不了幾次。我媽媽吧，以前被寵慣了，有時候會有點小脾氣，就麻煩您多照顧了。」

「應該的，應該的。」見她收了紅包，鄭老師咧開嘴笑得很開心，「我們打算過段時間辦一場婚禮，到時妳一定要趕回來參加。」

「記得幫我選婚紗！」趙莉在廚房喊了一聲。

林晚爽快地答應下來，從此出差時又多出一項任務，就是時不時被母親大人在通訊軟體裡呼喚出來，幫她選完婚紗又幫她參謀婚禮流程。

晚上有時也跟周衍川視訊。

房間裡有同事在，她當然不方便幹些出格的事，次次都把衣服穿得特別整齊，彷彿跟人開視訊會議似的，就差放筆記型電腦在面前，邊說話邊記下當天的談論內容。

周衍川反倒一次比一次過分。

他仗著偌大的別墅只有他一人居住，經常慵懶地坐在那裡，襯衫鈕釦解到讓她浮想聯翩的位置，故意深情款款地注視著她。

某天晚上他變本加厲，洗完澡沒穿上衣，就直接接通了她打來的視訊通話。

螢幕一亮，林晚就要瘋了。

寶貝清晰流暢的肌肉線條近在眼前，可她卻連他的一根手指頭都碰不到。

「周先生，我鄭重警告你別太過分。」

她把耳機翻出來戴上，咬牙切齒地小聲說，「小心見了面，讓你下不了床。」

『嗯？可以試試。』他把手機放到茶几上，漫不經心地笑了一下，『林小姐既然這麼說了，到時我會好好表現。』

林晚沒來由地怵了一下，莫名又有些期待。

她看見室友拿著換洗衣物進了廁所，等到裡面的水聲嘩嘩響起了，終於開始放飛自我：「以後視訊也別穿衣服好不好？我喜歡你的腹肌。」

周衍川垂眸看向螢幕，冷笑一聲：『然後妳就給我看這？』

林晚：「沒辦法呀，我跟人一起住嘛。」

周衍川沒說話，起身走到一邊不知幹什麼，手機裡依稀傳來一陣窸窸窣窣的聲音。等他再回到鏡頭前時，林晚一口血差點吐出來。

他把T恤套上了！居然不給她看！

『別誤會，剛洗完澡沒來得及穿衣服，現在覺得有點冷，不想感冒。』他看著她氣鼓鼓的模樣，還慢條斯理地緩聲澄清。

林晚簡直不想理他，可視線瞟到他眼尾淡淡的笑意，小心臟就撲通撲通地不停亂跳。她眨眨眼睛，故意放軟聲音，哄他似的：「寶貝，脫掉嘛，讓我看看呀，說不定我一個激動，明天就跑回南江來睡你了。」

『叫愛妃都沒用。』周衍川端起水杯喝了一口，放下時問，『寶貝兒明天幾點的飛機？』

林晚笑得直接倒在了床上。

好半天後，她擦了擦笑出來的眼淚，清清嗓子：「好了說正經的。明天雖然回不來，但下週肯定會回去一次。你有時間嗎？」

周衍川說：『有，我去機場接妳。』

「這麼體貼嗎？德森的官司怎麼樣了？」

『還在打。』周衍川說，『他們一直在補充提交證據，拖時間。』

德森這兩年有消費級無人機領域做到了頂尖，如今想回過頭來塑造良好的企業形象，參與民用級無人機的市場爭奪，矛頭不可能不對準已經扎根於此的星創。

對付星創，最方便也最直接的方式，就是把他拉下水，所以他們千方百計也想往他身上潑髒水。

「葉敬安有完沒完，屬蒼蠅的嗎？」

林晚聽完後，瞬間忘了要看男朋友的腹肌，同仇敵愾地罵了起來。

周衍川淡然地笑了笑：『他現在其實已經改變想法了，就是無論如何把星創拖住，給他們的民用無人機部門爭取時間。』

至於這場風波裡星創會遭受何等損失、周衍川會招來多少誤會，根本不在葉敬安的考慮範疇之內。

林晚撇了撇嘴角，有心想說什麼，又不知從何說起。

相比她的沮喪，周衍川的神色反而輕鬆許多：『沒事，他得意不了多久。』

兩天後，周衍川告德森的案子開庭。

據說那天庭審結束後，葉敬安在回去的車上發了很大一通脾氣。

周衍川拿出了多年前的郵件和簽署的部分合約證明，他加入德森屬於技術入股，按照雙方約定，在德森年盈利額達到當初承諾的數字後，他每年應該享有一定比例的分紅。

早年德森剛起步，還沒那麼規矩，葉敬安也還不如現在這麼世故，為了拉攏周衍川，當然是能給的好處一個勁地給，雖然他心裡認為那些都是空頭支票，但萬萬沒有想到，周衍川會有選擇要求他兌現承諾的一天。

律師認真分析完周衍川提供的證據後，只能硬著頭皮告訴葉敬安：「他勝訴的機率很大，我建議選擇庭外和解，爭取一個對我們有利的賠償金額。」

「他做夢！」葉敬安怒摔手機，眉間的疤痕隱隱浮現出戾氣，「德森發展到今天全是我的心血，他一個早就滾出去的人，沒有資格回來跟我要這筆錢！」

然而葉敬安的狠話放出去還沒多久，一則關於德森早年造成山林蟲害爆發的舊聞，就聲勢浩大地在網路上鋪開。

這幾年德森內部高層幾經變動，公司內部知道這樁黑歷史的人已經不多。如今舊帳突然被翻出來，而且針對的還恰好是德森今年剛想大力發展的公共領域，一下子掀起的討論度自然可想而知。

形勢在一瞬間反轉。

現在不是葉敬安願不願意和解的問題，而是德森內部開始有人向他施壓，提醒他不要為了一個周衍川，打亂了德森長遠的發展目標。

葉敬安這幾天心情如何，周衍川懶得關心。

他讓律師不要理睬德森那邊提出的商談要求，成天待在公司裡，監管新款無人機最後的測試工作。

臨近交付的一天前，天氣格外晴朗，羽毛狀的薄雲點綴著湛藍如湖的天空，預示著今年第一場颱風即將登陸南江。

惡劣的氣候近在眼前，舒斐不得不更改計畫，要求把交付時間改到颱風結束之後。畢竟就算明天工廠能冒著危險把無人機送來，鳥鳴澗拿到也不能馬上投入使用。

氣象部門一直在提醒大家注意安全，星創乾脆宣布全體放假，周衍川也終於得到短暫的空閒，提前下班回家。

連日的疲累讓他決定早點休息，不到十二點就關燈睡覺。

直至凌晨一點，突然醒了過來。

周衍川睜眼時便感到一陣心悸，他已經很久沒有過如此難受的感覺，回憶起來還是小學畢業的那個暑假，父母去世後每晚從惡夢中驚醒，心跳才會變得如此混亂。

他下床倒了杯冰水，喝下去時習慣性地打開手機看了一眼。

只一眼，渾身的血液便在那一刻冷了下來。

手機螢幕接連顯示出好幾個網站的消息，而且所有的消息全部指向一個地點。

就在十分鐘前，石安縣發生地震，引發大面積山體崩塌。

而林晚此行最後一個目的地，就是位於石安縣的自然保護區。

從那之後的許多年，每當林晚回憶起與死神擦肩而過的那天，都會發自肺腑地意識到，其實從當天早上開始，不祥的預兆就已經頻頻出現。

首先是打開房門的第一眼，她就看見一條蛇盤踞在房門外。

同住的女孩被嚇得尖叫著跳回床上，林晚雖然也很害怕，但還是鼓足勇氣用房間裡的三腳架把蛇挑遠了些，然後關上房門，打電話讓招待所的服務生上來處理。

石安縣是當地有名的貧困縣，他們入住的招待所位於保護區周邊的某個鄉鎮，周邊環境說好聽點是山清水秀，說難聽點就是落後貧窮。

不過服務生態度還挺熱情，把蛇裝走後，還幫他們在門口叫了輛三輪摩托車，仔細囑咐司機一定要把這四個人安全送到保護區內。

司機聽說他們是來考察保護區的，一路上視交通法規如無物，不時回頭向鳥鳴澗的幾人介紹石安縣的保護區做得有多好。

「要我說啊，等有了錢就把周圍的旅遊做起來，多吸引些外地的遊客，苦日子就到頭囉！」

山路崎嶇顛簸，林晚感覺都快被顛出腦震盪了。

她抓緊三輪摩托的車框，和同事面面相覷，誰都不好意思說出真相。

實地考察只是基金會審核流程的其中一步，他們來了，不代表鳥鳴澗就會把石安縣自然保護區納入資助目標。

全國各類自然保護區加起來將近三千個，鳥鳴澗不可能全部顧得過來。

資金有限的前提下，還是要根據物種的多樣性和珍貴度、是否有科研或宣傳價值、以及保護區本身的管理制度是否健全等多方面去考量。

這一個月以來，林晚算是把鐵石心腸練出來了。

保護區的基層工作人員態度人多非常真誠，被那一雙雙眼睛期待地看著，實在很難說出拒絕的話。

起初她還會委婉地暗示「物種比較單一」、「這些鳥目前數量還蠻多」之類的話，想讓他們別在鳥鳴澗這裡浪費時間，盡快尋求其他機構的幫助。

沒想到有天回南江時，被舒斐叫進辦公室罵得狗血淋頭。

舒斐欣賞她是真欣賞，教訓起來也是真的狠：「妳以為自己是誰！正式的評估報告沒做就敢暗示結果？知不知道人家投訴電話打到我這裡來了，說我們鳥鳴澗實地考察就是裝腔作勢，隨隨便便看一眼就斷定不出錢，妳作為鳥類學者的專業性餵狗吃了？！」

林晚差點就被罵崩潰了。

可是冷靜下來一想，舒斐罵得其實很有道理。哪怕她明知那些保護區無法通過申請標準，也不能僅憑一張嘴就勸別人轉尋其他門路。

她是好心沒錯，但別人只會認為他們敷衍了事。

經此一役，林晚再也沒做過此類提醒。

每次考察完後把資料記錄下來，笑著表示回去之後再開會定奪。

所以這次來石安縣，林晚原本也打算全程微笑服務的。

結果等她從三輪摩托車下來後，一點笑容都擠不出來，純粹是被糟糕的路況折騰得沒脾氣了。

當地的護林員接待他們往深山裡去，為首的林業局官員很健談，源源不斷地介紹石安縣近年來都有哪些候鳥在此棲息、留鳥增加了幾種、每種的數量有多少等等。

林晚走在隊伍中間，注意到她身側的一個年輕護林員始終很緊張，眼神與她對上時，便會很不自然地轉過頭，躲避目光似的看向別處。

起初她以為這人害羞，幾次之後就意識到不對勁了。

她假裝繫鞋帶落到後面，等同行的一位男同事過來時，抓住對方說：「注意一下周邊環境，我感覺他們在隱瞞什麼。」

同事聞言點點頭，走了一段後，突然停下腳步：「妳看，那邊有洋落葵。」

林晚順著他手指的方向望去，果然在樹林裡看到大片藤蔓狀的植物，白色的花蕾一串串地與枝葉纏繞散開，已經隱隱有了覆蓋低矮樹木的勢頭。

「沒認錯吧？」她輕聲問。

同事藉著地勢的遮擋，悄悄走近觀察了一下，回頭肯定道：「沒錯。」

林晚皺了下眉，心裡有數了。

回到山腳下的護林宿舍後，她翻看完當地的鳥類觀察紀錄，抬頭看向仍在侃侃而談的官員：「請問威脅監測紀錄在哪裡？」

那人頓了一下，說：「附近沒有環境汙染，這幾年宣傳得好，盜獵也沒發生過。」

林晚堅持問：「外來物種入侵呢？」

氣氛一下子冷了下來。

林晚深吸一口氣，張開嘴卻不知該說什麼。

考察的路線是別人帶他們參觀的，就這樣沿途都能看見洋落葵，由此可見在他們看不到的地方，這種存活能力極強、生長速度極快的外來入侵植物，很可能已經破壞石安縣自然保護區的原始生態環境。

他們或許想過辦法卻無濟於事。

眼看鳥鳴澗的人來了，就想無論如何把這事瞞過去。

臨走時林晚回頭看了一眼，發現那位護林員滿臉自責的表情，大概是恨自己掩飾得不夠好，被他們發現了端倪。

回去又是一路顛簸，同事猶豫地提起：「其實石安這個保護區各方面條件不錯，把洋落葵清除乾淨可能還有希望。我剛跟他們聊了一下，環境確實很艱苦，這些年堅持下來很不容易。」

「嗯，但是管理制度也是審核標準之一。」

林晚嘆了聲氣，做出決定，「我會把這件事寫在考察報告裡，具體結果以後再看吧。」

受這樁意外的影響，回去後幾人都有點沮喪。

做動物保護就是這樣，更多的是和人打交道，而人性本就複雜，牽扯起來難免讓人憤怒，又難免讓人不忍。

林晚抱著筆記型電腦趕報告到深夜，快寫完時聽見住在隔壁的兩個男同事過來敲門，說服務生推薦了縣城的一家當地特色宵夜，車程也就半個多小時，想請她們出去一起試試。

「你們去吧，我想把報告寫完。」林晚說。

同住的女孩不解地問：「大魔王沒要求當天交吧，不能等回了南江再寫？」

林晚語氣認真：「當然不能啦，回到南江我要忙著約會的。」

「嗤——」

其他三人發出整齊劃一的鄙夷聲。

林晚笑嘻嘻地送走了同事，獨自留在房間裡把報告收尾。

等到全部寫完時，時間已經過了凌晨，她揉揉眼睛，打算去床頭拿起正在充電的手機，打電話給同事問他們幾時回來。

誰知剛拿起手機，一陣眩暈就猛然襲來。

她一開始以為是自己坐久了低血糖，但隨即就感到腳下的地板正在以某種詭異的弧度晃動。

走廊裡不知是誰人喊道：「地震了！」

電光火石的一瞬間，林晚腦海中閃過的念頭竟然是「該死我的報告還沒保存」，可大自然並沒有留給她拿上筆記型電腦下樓的時間，她甚至連自由走動都做不到，只能在劇烈的搖晃中被迫踉蹌撞向桌子。

最後的時刻，林晚跌倒在地上。

緊接著便是一聲天崩地裂的巨響，世界在那一刻，陷入了死一般的寂靜。

車窗外的夜色濃稠如墨，像一方倒扣的硯臺，將遠處群山的影子死死扣在裡面。

高速公路上，幾輛越野車疾馳而過。

車後是颱風即將來臨的南江，而坐在車上的人，個個神色凝重。

周衍川的手機一直響個不停。

石安縣政府在地震發生後不久，就與星創取得聯絡，希望他們能夠提供無人機技術支援。他們會找到星創並不奇怪，畢竟星創之前參與的電力巡邏項目中，石安縣便是巡邏地之一。

又一次結束通話後，周衍川按了下太陽穴，轉頭問：「石安縣的山區地貌測繪圖發過去沒？」

「發過去了。有支趕到的救援隊用的是星創的無人機，他們正在採集新圖像做對比制定救援計畫。」

「離石安最近的電池供應商聯絡上了嗎？」

「也聯絡上了。他們今天就會往那邊送電池，絕對能保證接下來幾天的使用需求。」

周衍川「嗯」了一聲，把手機充電線接好後，點開通訊軟體看了一眼。

林晚始終沒有回覆訊息。

心臟彷彿被人狠狠地拽緊往下扯了一把，又像有把刀插在裡面不停地翻攪。

一陣接一陣的鈍痛不斷傳來，讓他連呼吸都不敢用力。

「老大，你要不要休息一下？」最後一排傳來郝帥的聲音，戰戰兢兢的，唯恐哪個字沒有說對，就會讓他陷入崩潰。

周衍川啞聲回道：「不用。」

郝帥默默地收了聲，轉頭看向窗外，使勁眨了下眼睛。

凌晨從被窩裡被叫起來參加搶救，的確是他作為飛手沒有預料到的工作經歷。可他這人雖然平時吊兒郎當，但只要到了關鍵時候，就從來沒有怕過什麼。

所以哪怕明知會有餘震、會有暴雨、會有山崩和土石流，他還是來了。來的路上還不斷幫自己做心理建設，心想我就是個飛手，不用深入第一線，OK問題不大。

誰知還沒趕到集合地點，他就收到徐康傳來的訊息，說林晚和幾個同事也在石安縣，另外三人因為地震時剛好在戶外，所以沒受什麼傷，但林晚一直聯絡不上。

郝帥當時就愣在了原地。

他不敢想，萬一林晚有個三長兩短，等周衍川抵達石安時，場面該如何收場。

林晚迷迷糊糊地睜開眼，第一時間確認自己還活著。

這話說出來多好笑，有朝一日她居然需要思考「我現在是死了還是沒死」。不過應該是沒死，因為全身上下哪都疼得厲害，可要她說具體哪裡最疼，大腦就像塞滿了棉花似的，渾渾噩噩地阻止她繼續思考。

頭頂的天花板早已裂開成無數塊，橫七八歪地壓在那裡。

林晚勉強轉動脖子，依稀辨認出左邊那個幫她擋住橫梁的東西，多半就是房間裡的衣櫃，而右邊那個斷掉半截的東西，則是她不久前才用過的桌子。

是不久前嗎？

也可能不是，她分不清時間過去了多久，只記得自己在最後的關頭，很狼狽地、連滾帶爬地找到了一處三角安全區。

周遭的慘叫聲與哭泣聲漸漸減弱，不知道大家是想保存體力等待救援，還是已經……

林晚嘗試活動了一下身體，幸運地發現四肢都沒有被任何重物壓住。衣櫃甚至幫她撐起了勉強可以稍稍活動的空間。

看起來暫時還安全。

這個念頭剛剛在腦海中升起，又一陣搖晃感在廢墟中散布開來。

林晚下意識護住頭，同時蜷縮起身體，但依舊被嘩嘩落下的灰塵碎渣砸了滿臉。她難受地咳了幾聲，等到餘震過去後，感覺臉頰似乎有什麼溼潤的液體緩緩滑下。

應該是血，她想。

意識有些散亂，她沒來由地想到很久以前，一個炎熱的下午，她去一家位於高樓頂層的旋轉咖啡廳跟人相親。

她早已忘了相親對象姓什麼，但記得那人用輕蔑的口吻說：「有時候真羡慕妳們女人，讀完大學找份安穩的工作，接下來便等著嫁人就好。」

林晚同樣記得她的回答，她說：「我們這行其實也有風險。去年我跟老師到草海保護區考察黑頸鶴，差點陷進沼澤出不來。」

回憶起這段對話的時刻，「這次可能會死」的認知，終於從身體中甦醒過來。

林晚鼻尖一酸，喉嚨深處的哽咽被她強忍著嚥了回去。

哭是一件很費體力的事，不能把力氣用在這種地方。

她小心翼翼地抹了把臉，視線餘光看見手肘邊有一個薄薄的冊子，應該是招待所擺放在房間裡的記事本。

一線朦朧的天光從縫隙裡投射進來，林晚盯著那個記本事愣了幾秒，一邊注意到現在已經是白天，一邊難過地想，她或許可以開始寫遺書了。

艱難地拿到紙筆後，林晚腦海中浮現出許多人的身影。她認識的人太多，想告別的人也太多，然而到了最後，那些身影一個接一個地淡去，最後只剩下兩個人。

趙莉和周衍川。

四周都是猙獰恐怖的障礙物，身體扭成一個奇怪的姿勢書寫，的確是非常痛苦的一種體驗。但林晚還是藉著昏暗的光線，一筆一劃地留言給她生命中最重要的兩個人。

如果不是這次地震，她恐怕想不到自己有那麼多話想對趙莉說。

感謝與道歉密密地填滿了整張紙，最後一句卻用了有些俏皮的口吻：還好妳和鄭老師結婚了，祝你們百年好合，

翻開下一頁時，林晚苦悶地「嘶」了一聲。

她盯著滿是灰塵的紙張，想到「周衍川」三個字，一陣強烈的不捨就湧上了心頭。她可以想像，當周衍川知道她出事後，一定會想起他曾經經歷過的生離死別。

這偏偏又是她最不願意他再遇見的一幕。

時間一分一秒地過去，而林晚遲遲不敢落筆。

星創一行人抵達災區現場指揮部，已經是當天下午三點。

十幾小時的舟車勞頓令人疲憊不堪，但沒有任何人在這種時候出聲抱怨。

周圍到處都是人，可除了必要的交談以外，人人都保持著肅靜。

曾經的鄉鎮早已看不出原貌，遠遠望去滿目瘡痍。

周衍川整個人淡漠到可怕，他臉上始終沒什麼表情，和現場指揮的人碰頭之後，依舊能夠冷靜地詢問他們能提供什麼幫助。

「你們的人能分成兩組嗎？」

對方嗓子啞得像被砂紙磨過似的，扯著喉嚨問，「運送物資還有勘測地形。」

「能。」

「運送物資的跟我走，」那人抬手指了下不遠處，「勘測地形的跟他。」

周衍川轉過頭，看見一個穿深紅色外套的年輕男人，膚色偏黑，高大挺拔，看起來像是民間救援隊的人。

年輕男人注意到這邊的動靜，走過來問：「星創的到了？」

「他姓周，是星創主管技術的人。這位是暖峰救援隊的隊長，姓遲，你叫他遲隊就行。」

周衍川莫名覺得這人有點眼熟，但一時想不起來：「你好。」

「你好。」遲隊對他點了下頭，很快便直入主題，「剛休息完，正準備過去，你把人和設備帶上，一邊走一邊跟你說下情況。」

周衍川俐落地把星創帶來的人分成兩隊，自己帶了包括郝帥在內的幾個人，跟暖峰救援隊會合後往震央地區趕去。

到達一片看不出原貌的區域後，周衍川挽起袖子，把無人機和其他設備都搬下車，然後找了一處稍微平坦點的地方，就開始配合勘測地形，幫他們制定救援路線。

「C4點很可能發生山崩。」周衍川指著筆記上裡剛剛建成的模型，「建議你們繞路從A6過去。」

遲隊看向螢幕：「行。」他停頓半拍，忽然問，「有認識的人在石安？」

周衍川看他一眼，沒說話，也沒問他是怎麼看出來的。

自從到達石安之後，他一直強迫自己不要去想林晚，而是更為投入地做他該做的事。只要救援能快一點，她生存下來的機率也就更大。

胸口始終有種拉扯的痛感，好像是心臟跳一次就提醒他一聲，時間又過去了一秒。

「是你什麼人？」遲隊問。

周衍川的下頜線繃出凌厲的線條，片刻後低聲開口：「女朋友，很重要的人。」

「叫什麼名字？」

「林晚。」

「好，我盡量幫你把她找回來。」

對方站起身，拍了拍褲子上的泥土，「年初救援隊想找公司捐助幾架無人機，求爺爺告奶奶都沒人理，最後是星創聽說了消息，直接送了十架過來。不管怎樣，你們幫過我們，這次該我們回報了。」

周衍川一怔，想起確有其事。

可他沒有料到，當初捐贈的無人機，會有一天用來尋找林晚的蹤跡。

不知從何方吹來一陣大風，夾雜著腐朽與血腥的氣味。

雨點密密麻麻地落了下來，頃刻間便打溼了整座大地，地震之後往往會有暴雨交加，救援的難度在此刻再次升級。

周衍川把設備挪回車內，目光沉沉地看向螢幕，咬緊的牙關嘗到了血的味道。

林晚聽見下雨了。

稀裡嘩啦的雨聲充斥耳膜，似乎隔得很近，又似乎離得很遠。

意識像飄蕩在驚濤駭浪中的一艘小船，起起伏伏，隨時都能被海水吞噬進去。

她閉上眼睛，握緊了拳頭。

虛脫即將來臨的那一刻，另一陣更為嘈雜的聲響又闖了進來。

有人聲、犬吠聲、機器切割的巨大噪音。

可能出現幻聽了，她恍恍惚惚地想，不然為什麼她還能聽見無人機從空中掠過的聲音呢？

時間不知過去了多久，白晝變成了黑夜。

狹窄而逼仄的空間裡感知不到一絲光線，四周陰沉而潮溼，像黎明之前最黑暗的時刻。

終於有新的光線湧入了縫隙裡。

她聽見有人問她：「女孩，叫什麼名字？」

「林晚。」

「堅持住，妳男朋友來了。」

眼淚就是在那時湧了出來，和傾盆大雨糅雜在一起，一點一滴地從她心中流淌而過。

廢墟中的嗚咽是求生的吶喊，嘶啞著，掙扎著。

被人抬上擔架時，林晚感覺到她的眼睛被人用毛巾遮了起來。

她不管不顧地拽住那個人，虛弱地說：「我手裡有紙條。」

「給誰的？」

「左邊的給趙莉，」林晚的聲音越來越輕，「右邊的給周衍川。」

「行，我幫妳轉交。妳現在先休息一下，明白了嗎？」

周衍川趕到急救點時，林晚已經被送進了臨時搭建的急救室。

他在泥濘不堪的院子裡看到正坐在那休息的遲隊，對方朝他招了招手，等他過去後才說：

「應該沒什麼大事，不過那女孩留了張紙條給你。」

周衍川接過被揉成一團的紙條，雨水早已把她娟秀的字跡徹底浸溼。

但他還是一眼就辨認出來。

只有短短的一行字。

周衍川，願你此生盡興，願你心燈常明。

遠處一道閃電驟然劈開了漆黑的天空。

風雨撕扯飄搖，呼嘯著填滿遍布人地的傷痕。

而周衍川在明暗交錯的夜色中，安靜地垂眸許久，然後慢慢抬起手擋住了眼睛。

第二十章 驕陽相伴

林晚再次恢復清醒時，已經被送進了臨時病房，等待送往醫院做手術。

所謂病房，其實也就是搭建在小學操場上的帳篷。

外面的雨下個不停，伴隨著不時出現的餘震，讓人有種置身於大海中航行的感覺。

有那麼幾分鐘的時間，她以為自己還被埋在倒塌的房子裡。

周圍時常響起哭泣聲與呻吟聲，躺在她左右兩張床的大叔隔空對話，心有餘悸地討論已經發生一天的地震。

林晚悶不作聲地聽著，總算大致清楚了一些情況。

鎮子地形狹長，兩面臨山，最近本來就是自然災害易發生的雨季，再加上推波助瀾的地震破壞，當時就引發了山崩。

除了諸如學校、政府之類的公共建築以外，這裡的民宅不像城市裡有專業的設計師和施工隊伍，大多都是當地人找有經驗的師傅修建，有些甚至還是全家老小齊上陣，做完後有沒有安全隱患都看不出來。

如今地震和山崩雙雙降臨，沒有經過合理布局設計的房屋自然難逃一劫。

「聽說山下縣城就沒出什麼大事，我們這絕對是震央。」左邊的大叔可能曾經關心過某些相關報導，唉聲嘆氣地望著帳篷頂，「可惜我爺爺那輩留下來的老房子，年年說要重修，年年都沒修，這下好了，一乾二淨。」

右邊的大叔疼得齜牙咧嘴還不忘安慰他：「人活著就好囉，我老婆說招待所那片靠近山的地方沖垮了一大片……」

話到這裡，他像剛注意到林晚一樣，打量她幾眼後就沒再出聲。

這鎮子很小，大多數人祖祖輩輩生活在這裡，見面後哪怕叫不出名字也能有幾分面熟。像林晚這樣的異鄉人，哪怕面容憔悴地躺在那裡，也能被一眼辨認出不是本地的女孩。

鎮上沒什麼旅館，外地過來的要麼住親戚朋友家，要麼就只能住唯一的那家招待所。

大叔活到這把年紀，不能當面戳人痛處的道理還是懂的，他捂著傷口倒抽幾口氣，就罵罵咧咧地自言自語了。

林晚總算得到片刻清淨，然後一種強烈的孤獨感轉眼間漫上心頭。

身體的疼痛還在繼續，讓她很想隨便抓住一個認識的人——哪怕是許久不見的魏主任都行——反正她迫切地需要向誰傾訴。

「林晚？這裡有沒有叫林晚的！」帳篷入口處突然傳來帶著鄉音的中年女聲。

林晚張開嘴想答應，卻發現喉嚨火辣辣的疼，一點聲音都發不出來。

還是隔壁病床的大叔注意到她的動靜：「這！這裡！」

像是心靈感應一般，林晚在這時扭過頭，目光穿過或坐或躺的傷患，隔著暗淡的光線與沉悶的空氣，看見一抹熟悉的身影向她走來。

周衍川已經一整天沒闔過眼，往日清澈漂亮的桃花眼裡滿是血絲。出發前穿的那套衣服也沒換過，雨水把褲管的泥濘沖刷得越發斑駁，整個人像剛從水裡撈出來一般，神色頹唐而疲憊。

可林晚愣愣地看著他越走越近，卻無比想要擁抱他。

兩人在病床前對視著，耳邊彷彿有呼嘯的山風吹過，落到他們身邊時忽地變得溫柔下來，好讓他們聽見彼此的心跳。

周衍川皺了下眉，低垂的眼眸深深地看向她，看到已經能夠烙印進心裡了也不願錯開目光。許久之後，他彎下腰，把她被血漬凝成一團的髮尾一點點地分開。

林晚的眼淚滾燙落下：「我以為……」

話才剛開頭，她就什麼也說不下去，只有嗚咽聲堵住了喉嚨。

周衍川低頭親吻她乾裂的嘴唇，嗓音同樣嘶啞：「我明白。」

好像什麼都不用說了。

她所經歷的恐懼、不捨、絕望、委屈，全部一點一滴地落進了他的心裡，從此即使天荒地老海枯石爛，也永遠不會被磨滅。

這一晚，周衍川在兵荒馬亂的帳篷內陪了她二十分鐘。

二十分鐘後，支援的救護車趕到，把林晚和另外幾名傷患轉移到隔壁縣城的醫院接受進一步的治療。

鳥鳴澗的同事幾經周折，在醫院裡找到了她。

地震發生時他們還在石安縣城內，除了一個男同事被掉落的看板砸傷了肩膀，其他兩人都並無大礙。

同行的女同事留下來照顧林晚，林晚用同事的手機打電話給家裡報平安。

趙莉在手機那頭泣不成聲，好不容易緩和了點，又想直接飛來這邊。還好老鄭在那邊拚命勸說，她才勉強答應等情況穩定之後再來探望。

掛掉電話，林晚又拜託同事登錄她的通訊軟體發動態報平安，忙完這些後就躺在床上陷入了沉默。

她身上傷口不少，最嚴重的位置在腰部，拍片結果顯示腰椎爆裂性骨折，不幸中的萬幸沒有傷到神經，只要手術成功及術後護理得當，應該就不會留下後遺症。

可到底還是後怕，特別是這種只能躺在床上等待第二天手術的時候，那些恐怖的回憶便爭先恐後地鑽進她的腦海裡。

同事用熱毛巾幫她擦臉，問：「要不要叫妳男朋友來？」

林晚輕輕地搖了搖頭。

那二十分鐘的相處根本不夠，劫後餘生的重要時刻，她恨不得能一天二十四小時都跟他待在一起。

可周衍川不能走，他要協助救援、要勘察山區隱藏的風險，還要等救援初步結束後，帶領星創的人用無人機進行全面消毒殺菌以防傳染病傳播。

「妳男朋友真的很……」

同事一時想不出恰當的形容，只能換了一個方式表達她的感受，「反正如果是我，肯定做不到他那樣。」

林晚眨了下眼睛，露出地震發生後的第一個笑容。

她淺淺地彎起唇角，聲音輕而篤定：「所以我才喜歡他呀。」

如果周衍川不管不顧地跟來醫院，放下所有只圍著她一人打轉，聽起來或許也是一樁浪漫而溫情的美談。

可倘若他真的做出這樣的選擇……

林晚想，那麼他就不是她喜歡的那個周衍川了。

手術後的第三天下午，林晚可以戴護具下床走動了。

雙腳終於踩到地面的那一秒，她忍不住發出了一聲驚嘆，那是一種非常奇妙的感受，彷彿有些麻木，又彷彿無比清晰地感知到地板的形狀。

能去的地方不多，同事攙扶著她在病房內慢慢走了一圈，見她體力還行，又建議她再去走廊走走。

林晚一手扶著牆，一手搭著同事的手臂，慢吞吞地往外挪。

剛走出去沒兩步，新手機就在同事的衣服口袋裡震了一下。

周衍川：『我過來看妳，需要買點什麼嗎？』

林晚此刻想要的東西其實還挺多，在病床上像條鹹魚似地躺了五六天，她已經無數遍懷念過奶茶、燒烤、小蛋糕，可她就算有再大的膽子，也不會在這種時候犯傻。

「怎麼回？」同事問。

「讓他看看路上有沒有書店，」最後她決定做一個有追求的優秀傷患，「我滑手機滑煩了，需要點正經的娛樂方式。」

同事依言把訊息回過去。

林晚忽然又問：「我現在的樣子醜嗎？」

「不醜，活脫脫一個病美人，我見猶憐。」

林晚花了三秒思考要不要緊急化個妝什麼的，最後想想乾脆放棄了。

她其實就是不希望周衍川看見自己特別憔悴的樣子，免得他看見之後又要心疼。可周衍川又不傻，等等到了醫院看見她妝容精緻地坐在那裡，肯定一眼就能看出問題。

不知道是不是想到男朋友即將到來的期待作祟，林晚今天狀態特別好，沿著住院部的走廊來回走了兩趟之後，才終於感到有些吃力。

做過手術的位置還在隱隱作痛，她沒有逞強，索性決定回病房等男朋友。

結果就在她經過護理站時，對面的電梯門忽然打開了。

電梯裡面人不少，但她還是第一眼就看見了周衍川。

他個子很高，神色冷淡地站在最角落的位置，也能將周圍的閒雜人等襯成微不足道的背景。

走廊燈光明亮地照射下來，林晚迎著光，遲鈍地往前邁了一步，然後鬆開扶牆的那隻手，展開手臂笑盈盈地望向他。

周衍川似乎也笑了一下，他走出電梯來到她的面前，配合她的身高弓著背，把她穩穩當當地抱在了懷裡。

陪伴的同事露出一臉「我瞎了」的表情，把林晚交給周衍川後，找了個藉口直接撤退。

林晚現在不能彎腰，直挺挺地靠在他懷裡問：「有沒有覺得，我今天抱起來很不一樣？穿著護具呢，是不是硬邦邦的？」

「有點，但沒關係。」周衍川動作很輕地護著她，「這幾天還好嗎？」

「還好。醫生說我身體底子很好，恢復得也比較快。而且每天還有志願者來幫我們做心理疏導，我跟你說那個小妹妹特別專業，你要不要讓她也幫你……」

「嗯？」

林晚抿抿嘴唇，不知該不該繼續提出建議。

她其實一直很擔心，這次的事會讓周衍川想起他父母去世的瞬間，不光是她險些遇難，還有山區鄉鎮裡的山崩和土石流，這些似曾相識的場景，很可能會像一根接一根的針，深深刺痛他的心臟。

護理站人來人往，他們沒有停留太久。

周衍川扶著她往病房邊走邊說：「我沒事。」

「真的？」

她稍微轉過腦袋，仔細地凝視他的側臉，想辨認他是否在說謊。

周衍川回望過來：「因為妳還在這裡，所以我就沒事。」

林晚猛地一怔，聽出了他的話外之音。

只要她平安無事，那麼過往的種種痛苦折磨都不會再困擾他。

回到病房後，林晚不情不願地又躺回了床上。

她從被子裡露出一張巴掌大的蒼白小臉，指了下周衍川手裡的紙袋，問：「買了什麼書給我？」

「亂七八糟的，什麼都有。」周衍川打開紙袋，把七八本書全部放到床頭櫃上。

林晚一看這數量，頓時高興了。

這肯定夠她看到出院。

然而等她看到擺在上面的第一本書名後，突然就有點笑不出來。

「《農作物優質種植技術》？」

她難以置信地盯著那充滿濃郁田園氣息的封面，想到一個可能性，「你打算先讓我了解，怎麼在地球上種小麥嗎？」

周衍川把那本書遞到她手裡：「沒，就是覺得很合適。」

林晚半信半疑地接過來後，隨手翻開一頁，想想看這東西到底哪裡跟她合適。不料隨著她手指翻動的動作，一枚書籤輕輕地滑落了下來。

鄰床的病人睡得正香，磨牙打呼雙管齊下。

本來是有點搞笑的環境，可林晚卻在此時想起了她被救出來的那個時刻。那時她整個人昏昏沉沉的，完全沒有意識到並不需要託人轉交她的「遺書」。她不知道救她出來的人是誰，也不知道那人有沒有把紙條交給周衍川。

但此時此刻，當她看見書籤上那一行行蒼勁的筆跡時，林晚可以確信，周衍川收到了她的「遺書」，否則他不會以同樣的方式，向她訴說他從未表達過的話。

如果給妳寄一本書，我不會寄給妳詩歌，

我要給妳一本關於植物，關於莊稼的，

告訴妳稻子和稗子的區別，

告訴妳一棵稗子提心吊膽的春天。

——我愛妳。

隨後幾天，林晚每天除了下床復健，就是躺在床上津津有味地翻閱《農作物優質種植技術》。

被砸傷肩膀的同事比她提前出院，過來探望時看到這匪夷所思的一幕，險些想像出靈魂穿越之類的玄幻題材。

畢竟這場面實在太詭異了，明眸皓齒的美人同事病殃殃地躺在那裡，手裡高舉一本農業科普書籍，看得認真也就算了，居然還含情脈脈地臉紅了。

他湊過去看了一眼，這章正好是〈小麥土壤培育管理〉。

「……」

都什麼鬼！

他轉頭盯著這些天留在醫院照顧林晚的女孩，意有所指地問：「醫生安排她照過腦部CT嗎？」

「別想多了，那是人家男朋友送的。你們這些單身狗是不會懂的。」

他暗自驚訝，心想林晚和周衍川這對情侶簡直厲害了。

送什麼不好居然送這種書？

而且關鍵一個敢送，另一個也真敢看。

病房裡其他人對林晚的新愛好也感到十分不解。

這明顯就是個大城市來的女生，怎麼會對種莊稼的書感興趣？

有位阿姨某天實在按捺不住，派出她的外孫女過來打聽。

小女孩約莫四五歲的樣子，應該是被放養長大的，膚色偏黑，唯獨一雙大眼睛亮晶晶的，趴到林晚床邊用小奶音問：「姐姐，這本書好看嗎？」

「好看呀。」林晚手臂舉累了，剛好放下來休息，「可以學會好多新知識。」

小女孩歪著腦袋與她對視：「你們城裡人也要學這個嗎？」

林晚一本正經地說：「跟住在哪裡沒關係。只要妳想知道，就可以買本書來看。就像這幾天總來看我的大哥哥，他的工作雖然是做無人機，但是……」

她本來想偷偷炫耀下男朋友的火星種小麥計畫，沒想到小女孩的思緒立刻被帶偏了，手舞足蹈地比劃起來：「是不是天上飛的小飛機呀？我在電視裡看到啦，媽媽說小飛機幫了我們好多忙，外婆就是靠它找到的！」

「真的？那妳喜歡它嗎？」

「喜歡喜歡！」小女孩瘋狂點頭。

周衍川過來時，就看見林晚笑盈盈地躺在那裡，跟那個一見他就跑的小家屬聊得正開心，不知道的還以為她們認識了很多年似的。

由此可見，腰椎骨折並不會影響海王的實力。

他沒有著急進去打斷她們的交談，而是仰頭靠在門邊，安靜地望著林晚。

接連幾場暴雨送走了盛夏的光陰，初秋正悄無聲息地靠近，窗外的陽光不再刺眼，風裡帶著些微的涼意，走在街上已經能聞到些許蕭瑟的味道。

可林晚身上彷彿帶著某種魔力，但凡有她在的地方，四季便停止了更迭，只留下生機勃勃的春意。只要靠近她，就能看見荒蕪大地生出了新的綠芽，從此草長鶯飛，萬物回春。

林晚和小女孩聊了好半天，終於看到了在門邊久候多時的男朋友：「你來啦？」

「嗯，搜救結束了。明天開始消毒。」

周衍川走過去，簡短地說了下進展，沒有告訴她太多關於災情的詳細內容。

林晚謹記志願者的提醒，也沒仔細盤問搜救結果，就指了下還賴在她床邊不走的小女孩：「她剛才說想看無人機。」

周衍川垂下眼眸，淡淡看向還不如他腰高的小朋友：「想看？」

小女孩黑乎乎的臉蛋頓時透出了紅，剛才的伶牙俐齒轉眼不見蹤影，只能結結巴巴地說：「有、有點想，可、可以嗎？」

林晚在被窩裡偷笑。

這小女孩前幾天見了周衍川就跑，今天終於說上話了，還緊張得手都不知道往哪放。

性別萌芽時期對好看的異性本能欣賞而已，特別正常的現象。

林晚當然不會介意，但她沒有出聲，想聽周衍川會如何回應。

周衍川想了想，用一種平穩的語氣說：「現在還不能拿來給妳看，過幾天行嗎？」

「好好好！」

「醫院附近不能隨便飛無人機，跟妳爸爸媽媽說一聲，他們同意的話，到時帶你們去開闊點的地方。」

小女孩本來想親手摸摸無人機就好，結果這下聽說還能看它在自己面前飛起來，頓時樂得合不攏嘴，轉頭跑向外婆的病床，跟她要手機打電話給父母。

總算打發走小電燈泡，周衍川才在她床邊坐下：「阿姨明天到？」

「對啊，我其實想叫她別來的，反正下週就要出院了，可沒辦法，我媽媽說她一天都不能再等下去。」林晚提起這事就頭痛，「你不知道我這幾天接了多少電話，蔣珂差點想跟節目組請假跑過來，我一聽就說『妳瘋了嗎，大好前途不要啦？』」

周衍川：「然後她說前途沒有妳重要？」

「……你怎麼知道。」

「猜的，她那麼喜歡妳，聽說妳出事後肯定沒辦法安心比賽。」

「幹嘛，又要吃醋啦？」

周衍川搖了搖頭，然後又輕聲笑著說：「不會。妳本來就值得被許多人喜歡。」

林晚猝不及防地被誇了一句，有點不好意思。

她清清嗓子，轉移話題說：「昨天大魔王也打電話給我了。」

「她說什麼？」周衍川往吸管杯裡加了些溫水，一手拿著杯子，另一隻手稍稍墊起她的後腦勺。

林晚原本沒覺得口渴，喝了幾口水後感覺喉嚨確實舒服了許多。她重新躺好，輕聲說：「就是跟我說一聲，接下來的考察只能交給徐康負責了。但她誇我前期的調查報告做得很好，問以後如果還有這樣的機會，願不願意繼續參加。」

周衍川呼吸一頓，把吸管杯放回去時，唇邊的笑意也收斂了起來。

他雙手用力地撐著桌面，骨節分明的手背屈成凌厲的弧度，像在壓抑某種情緒一般，很久都沒有說話。

靜了幾分鐘，他才低聲問：「妳想去？」

見他這副模樣，林晚的心臟突然抽搐了一下。

面對生死，她當然是害怕的，可這一個多月的考察經歷，不僅讓她對鳥類保護的基層工作有了更加深刻的理解，也對鳥類棲息生態環境有了更加全面的認識。

能夠一次性走訪幾十個鳥類自然保護區的機會不多，她因為受傷錯過了後半程，今後萬一還有機會擺到面前，她實在不想輕易放棄。

誰都無法預料災難何時降臨，但她不想往後漫長的人生，永遠被膽怯所束縛。

可此時此刻，她心中忽然生起一種妥協的想法。

假如有人說「為了我，別再去了」，假如那個人是周衍川，她或許願意為他放棄一次。

然而許久過後，周衍川輕輕點了下頭。

「好，反正無論如何，我都會等妳回來。」

他的聲音一字一句地在她耳邊響起，宛如與她做下了誰都無法變更的約定，「我會一直等，所以妳最好從此平平安安，別留我一個人，好嗎？」

林晚出院那天，是躺著出去的。

以前並不認為走路是個多麼稀罕的體驗，如今在床上躺了半個月後，仰面望著外面的藍天白雲，才越發感到健康的珍貴。

她腰椎爆裂性骨折，三個月內不能隨意活動或久坐，搭乘飛機回家顯然是不可能了。可長期在這裡住下去也不現實，別說周衍川不能留三個月，就連還未退休的趙莉與老鄭也因為開學將至，而不得不趕回南江上班。

還好周衍川臨走前，聯絡到一家專做非急救轉運的公司，能幫忙把她送回南江。

林晚特意讓母親把周衍川買的那幾本書帶上，打算在路上看看消磨時光。

結果剛開上高速公路，她就意識到自己太天真了——書籍印刷的字體太小，看久了有點暈。

見她無精打采地把書放下，趙莉連忙緊張地問：「腰疼了？」

「沒有啦，看書看得眼花。」

林晚輕聲回道，這趟她受傷住院，吃了多少苦頭自然不必多說，連帶著趙莉和老鄭一把年紀還跑來陪護，她心裡多少有些過意不去，「媽媽，我會慢慢好起來的。」

趙莉最近特別多愁善感，聽她這麼一說，眼眶馬上紅了：「妳最好快點好起來，二十幾歲的人了整天要媽媽伺候，以為自己是小朋友呢！」

林晚彎起眼睛微微笑了一下。

她一笑，趙莉的眼淚險些就掉了出來。

出門前活蹦亂跳的女兒，再見面變成如此虛弱的樣子，哪個做母親的不會心如刀絞？更別提她還不是遇到普通事故，差一點就要變成白髮人送黑髮人，最近幾日趙莉每當想起這事，都會唉聲嘆氣地睡不著覺。

鄭老師怕趙莉在車上淚崩，默默抽出一張紙巾遞過去，又彎下腰和藹地問林晚：「肚子餓不餓，要不要吃點東西？」

「唔，現在還不用。」林晚眨眨眼睛，「鄭叔叔，前兩天周衍川帶那個小妹妹出去玩無人機的影片，再給我看一下嘛。」

石安縣的救援全面結束後，周衍川帶了一架無人機過來履行承諾，鄭老師聽說這事後，也跟過去看了看。

林晚不能親自去湊熱鬧，心裡別提多遺憾了。

好在老鄭這人關鍵時候特別靈性，特意錄了一小段影片回來，還貼心地拷貝到筆記型電腦裡，以供林晚能夠用大點的螢幕欣賞男朋友的身姿。

趙莉沒看過這段影片，反正現在沒事，便也湊過來和她一起看。

影片拍攝地點是一處空曠的河灘。

除了周衍川以外，星創還有另外幾個人在，經歷過救援之後，大家看起來都有些疲憊，神色中還帶著目睹過慘狀之後的悵然。

但小女孩懵懵懂懂的好奇模樣，一定程度上緩解了大家的心情。

周衍川沒讓其他人操作無人機，親自從飛行路線設定開始，把每一個步驟都詳細地講給小女孩聽。

考慮到對方年紀太小，有些話他還盡可能用了小朋友能聽懂的方式去解釋。但他對待小孩的態度，並不像有些人那樣刻意裝得天真，而是好像把小妹妹當作了平等交流的對象，語調平緩而淡然。

小女孩的父母也在現場，他們本來是作為監護人陪同而來，但沒過多久也被這場特殊的無人機知識課堂所吸引，不僅聽得認真，甚至還會仔細地詢問幾句。

無人機飛上天空時，小女孩仰起腦袋拚命鼓掌。

趙莉身為資深教育者的毛病犯了，忍不住評價道：「老鄭你看，有時候孩子們對科學的追求就是在不經意間萌芽的。今天她只是看了一場無人機飛行，但誰知道這會不會在她心裡種下一顆種子呢？」

鄭老師連聲附和：「說不定再過二十年，她會是國家最優秀的無人機飛手。」

得到老伴的回應後，趙莉還嫌不夠，又問女兒：「妳是不是也這樣認為？」

林晚反應慢了半拍：「啊？」

「看影片還看得那麼投入，在想什麼呢？」趙莉奇怪地望向她。

林晚一時不敢和母親對視。

因為她此時完全沒有產生諸如「青少年科普教育」之類高尚的想法，而是看著周衍川輕聲細語和小女孩相處的樣子，思緒就很不著調地跳到了另一個頻道。

她在想，將來周衍川如果做了爸爸，會不會就是這樣和孩子交流？

轉眼到了十月，南江酷暑依舊，期間下過幾場大雨，颳過一次颱風，等到雨水被陽光蒸發殆盡，整座城市便又浸潤回讓人難耐的溼熱空氣中。

傷筋動骨一百天，古人所言不假。地震過去已經兩個月，林晚仍不能隨意走動。

每天下床戴著護具走十幾分鐘，就必須按照醫囑躺回床上當鹹魚，為此還專門買了一個筆記型電腦支架和鍵盤，方便她躺在床上工作。

這次意外讓她浪費了許多時間，不僅錯過了周衍川的生日，工作進度也一度停滯下來。

不過她現在恢復得不錯，每天遠端處理一些工作事務之餘，還有精力跟前來探病的朋友聊一下天。

最近這段時間還好，她剛回來那陣，海王本質算是展露無遺。家裡每天都有客人造訪，用趙莉的話來說，就跟三宮六院過來請安似的。

「可他們請安有什麼用呢？妳每天照舊眼巴巴地盼著小周來。」

說完還非得調侃她一句，不愧是親媽中的親媽。

林晚很不服氣：「我哪有。」

「怎麼沒有，為了他連頭髮都剪短了。」趙莉輕輕戳了下她的腦袋，指著她那頭彷彿小男生一樣的短髮說。

林晚抿抿唇角，心想要不是受傷後洗頭不方便，她才捨不得剪頭髮呢。

但她到底還是戀愛中的女人，就算再狼狽，也不願意被男朋友看見她蓬頭垢面的模樣。

十月上旬的某個週五傍晚，周衍川照例來南江大學家屬區看她。

林晚見到他來，眼睛就彎成了月牙：「寶貝，你來啦。」

「嗯。」周衍川和往常一樣坐到床邊的椅子上，低頭看著她，「今天感覺怎麼樣。」

「每天照例比昨天好一點。但是今天你來了，所以我感覺好了十點。」

周衍川低聲笑了一下，俯下身吻她：「等官司打完，去我那住吧。」

林晚睫毛顫了顫：「不太好吧。」

「嗯？哪裡不好？」他含著她的唇瓣輕輕吮了吮，才反問道。

林晚腦子裡的思緒頓時就被打亂了。

她原本應該是覺得周衍川工作太忙碌，住過去其實還不如在家裡方便，但被男人近距離地用桃花眼溫柔地望著，兩人的呼吸交錯纏繞了幾秒，她就忘了之前打算說什麼，腦子一抽，忽然問：「你是在邀請我同居嗎？」

「……」周衍川深深地看她一眼，「妳要這麼理解也行。」

林晚第一反應就是拒絕。

她理想中的同居，怎麼也該是挑個風和日麗的好日子，打扮得漂漂亮亮地住進他的臥室，然後當晚就浪漫又激情地花前月下一番。

可她現在是個腰椎受傷的人，別提在床上纏綿這種劇烈運動，就連普普通通走段路都比較困難。

「不要。」她氣鼓鼓地側過頭，「你明知我現在什麼情況，還故意勾引我是不是？」

周衍川無奈地垂下眼眸：「把妳滿腦子兒童不宜的想法先收起來。我沒別的意思，就是最近看阿姨和叔叔都挺累，官司打完後我本來就打算休息一段時間，剛好照顧妳，不行？」

林晚半信半疑地轉過頭：「你也有想休息的時候？」

「嗯。鳥鳴澗的無人機已經交付使用了，暫時能空閒一點。之前想的是和妳去觀鳥看星星，可惜現在去不了，但還是想每天能看見妳。」

林晚：「我現在這樣有什麼好看。」

她不想妄自菲薄，可平心而論，天天悶在家裡人自然不可能有多精神，頭髮又剪得短短的，加上不怎麼運動臉頰還變圓了點，怎麼想現在肯定是她人生中的顏值低谷。

門外響起趙莉在客廳走動的聲音。

在父母家見面就是這點不好，時常擔心長輩會進來，看到某些讓大家尷尬的畫面。

周衍川只好與她拉開段距離，緩緩坐直了，靠著椅背緩聲開口：「在我心裡，妳怎樣都好看。」

「沒誠意啊。」她小聲嘀咕。

周衍川拿她沒辦法，想了想又問：「那這樣行嗎，今晚回去我就先把自己弄醜了再來見妳，妳如果不滿意呢，我就繼續想辦法。直到妳覺得我醜得沒邊了，再考慮一下？」

林晚當時就愣住了。

她沒想到周衍川會想出這種「既然妳咬定自己不好看，那我就陪妳一起不好看」的主意，更想不到就憑他這模樣，除了毀容以外究竟還有什麼辦法才能變醜。

她是真的覺得，周衍川哪怕把頭髮全剃掉，絕對也會是一個迷倒眾生的帥和尚。

良久過後，她咬牙切齒地投降：「算啦，我捨不得。」

周衍川笑了笑：「那就說定了？」

「說定了。」

她認真地望向他，眼睛亮亮的，「仔細想想還有點小激動呢，醫生說我還要靜養兩週多，那你記得要幫我端茶倒水半個月哦。」

這事說出去簡直太拉風了。

堂堂星創的CTO，有朝一日為愛低頭，每天忙忙碌碌就只為照顧她一人。

林晚想到這裡，就莫名有種「洒家這輩子值了」的感慨。

周衍川笑著捏了下她的耳垂，暖色的燈光映襯中，他的聲音顯得尤為清冽，語氣裡卻帶著一絲憐惜：「妳快點好起來，幫妳端茶倒水一輩子都行。」

空調輕輕吹送出涼風，掀起窗邊的白紗。

林晚怔了一下，依稀看見天上那輪皎潔的月亮，月色清淡靜雅，像一種亙古不變的溫柔，注視著大地上無數對相愛的男男女女。

她被周衍川眼中的款款深情所吸引，忽然有些貪婪地想……

一輩子恐怕不夠，她想生生世世都與他相會。

林晚本來以為，她如今一副「易碎品請小心搬運」的狀態，理應對和周衍川同居沒什麼期待。結果自從兩人商量的那天起，她每天醒來就翻著手機日曆，細數距離下一次開庭還有多久。

七天、五天、三天……

時間越近，她的心情就越起伏難耐，只恨不能化身為法官，趕緊宣布德森賠錢滾蛋，而且還是永遠不准再上訴的那種。

開庭的前一天，舒斐來家裡看她。

現在兩人身體裡都打著鋼釘，見面之後頗有幾分同是天涯淪落人的惺惺相惜。

舒斐說：「等妳回來上班，烏鳴澗必須安排旅遊，找個靈驗的寺廟拜拜。」

林晚沒想到她還有此打算，很意外地問：「您還信這個啊？」

「有事菩薩保佑，無事讚美科學，差不多就是這樣。」

舒斐回答得特別坦蕩，一點都不避諱被下屬知道，原來她也會有忐忑的時刻，「其實就是求個順遂而已。」

林晚若有所思地點點頭，當下也沒多加表示，就討論起最近的工作安排。

自從她受傷之後，烏鳴澗那些管理的事務又全回到舒斐那裡。舒斐有意分派給底下人處理幾次，到底都不如林晚讓她滿意。

如今林晚還剩半個月就能回去上班，她難免需要多交代幾句。

送走舒斐後，林晚摸出手機，傳訊息給鐘佳寧：『妳媽媽現在還每天燒香拜佛嗎？』

鐘佳寧的母親信佛信得虔誠，聽說不僅每逢初一十五吃素，還特意在家做了一個小佛龕，每日早中晚三次功課次次不落。

果然，鐘佳寧回她：『妳問這個幹嘛？』

林晚有點不好意思，斟酌著問：『能不能讓阿姨幫我許願呀？就祝周衍川順利打贏官司，以後再也不犯小人。』

鐘佳寧：『……不是，姐妹，這種時候妳難道不該祈禱自己早日康復？』

林晚盯著這行字愣了幾秒，發現對於自己的事，她並沒有任何想求。

能夠劫後餘生已是上天保佑，好像再想多要些什麼，都會顯得過分貪心。

要說哪裡特殊，那就唯獨只有周衍川，她希望所有的磨難與坎坷都離他遠去，從今以後的人生只剩驕陽相伴。

最後鐘佳寧答應幫忙說一聲，林晚這才勉強放下心來。

當天晚上，她很晚才入睡，第二天又醒得很早。

睜眼後人還有些呆呆的，一直盯著天花板垂下的吊燈，回憶昨晚夢中發生的事。

有人敲門時，林晚以為是趙莉來叫她起床，好半天後才輕聲說：「進來。」

門把發出「咔噠」一聲輕響，隨著門縫慢慢打開，按住門把的那隻手也進入了她的視野。

清瘦白淨，微屈的指骨分明且修長，經得起最嚴苛的挑剔。

周衍川一身正裝打扮，整個人乾淨又挺拔，像樓下花園那棵鬱鬱蔥蔥的樹，任憑時光荏苒，也絕對不會長歪一絲一毫。

房裡遮光窗簾還未拉開，全靠走廊那邊的光線照進來，在他周身留出一片清朗。

林晚有那麼一瞬間，以為自己還沒醒。

直至周衍川走到床邊，鼻子聞到他身上清雅禁欲的味道，她才緩慢地眨了下眼睛。

周衍川看著她：「怎麼一副要哭的樣子？」

「我做了個夢。」她揉了下眼睛，想把惡夢的餘韻都擦拭掉，「夢見誰都找不到我，我在倒塌的房子裡拚命大喊，但是你們都聽不見，只能眼睜睜看著你們越走越遠。」

周衍川皺了皺眉。

他俯下身，摸到她額頭浸出的薄汗，語氣裡夾雜著一絲緊張：「經常做這樣的夢，還是第一次？除了做夢還有其他情況發生嗎？」

林晚眼中流露出些許迷茫。

這樣的夢不是第一次做，地震剛發生的那幾天，除了身體的疼痛，心理的折磨也讓她難以入睡。但經過志願者的心理輔導後，她原以為早已走出心理陰影了。

回到南江以來，她的情緒明明一直很穩定才對。

見她不說話，周衍川眉間的溝壑更深，眼神也慢慢沉了下去。

他輕輕撫摸著林晚的臉頰，讓她感受到他的皮膚與溫度：「地震已經過去兩個月了，南江不在地震帶，妳現在很安全。」

林晚與他在半明半暗的環境中對視，耳邊回覆響著他那句「妳現在很安全」，許久之後，彷彿是一瞬間清醒了過來。

她深深地吸了口氣，手掌摸到熟悉的床沿，終於確認此刻身在何方。

「好奇怪啊，我剛才突然一下子……」她心有餘悸地呢喃道，「以前沒有這樣過。」

周衍川的下頜繃出凌厲的弧度。

他太了解這種狀態，遭遇不幸後的心理創傷反應，有些人只會發作一兩次，有些人長年累月走不出來，像他小時候，就花了接近小半年的時間才能正常生活。

「昨天發生什麼事了？」他低聲問。

林晚搖了搖頭，但隨即想到一個可能性。

她遲疑著是否該講出來，卻在抬眼的那一刻，從周衍川眼中看到了他的猜測。

周衍川頓了下，才繼續問：「擔心今天官司的結果？」

林晚只好承認了：「我可能在家待久了容易胡思亂想。你知道的嘛，有時候本來沒事，但越想就越害怕，心裡壓力就很大。」

越說到後面，她聲音就越小。

打官司的人又不是她，結果硬生生把自己嚇得稀里糊塗的，這事說出去多丟人。

可周衍川並沒有笑她，他轉身把遮光窗簾拉開，讓清晨的陽光毫無保留地站進來。然後就坐在房間飄窗上，長腿伸直抵著她的床腳，輕描淡寫地笑了笑。

他說：「妳覺得官司輸掉最差的結果是什麼。」

「你會賠很大一筆錢吧，」林晚說，「然後德森肯定會抹黑你，星創也會受影響。」

周衍川：「我告德森的官司呢？」

「就……他們不道歉也不賠償。」

「那就等於什麼事也沒發生。至於德森告我，先不提證據擺在那裡，退一萬步來說，就算輸掉了，第一我不缺錢，第二我不在乎別人如何評價，第三妳知道星創的實力，一時成敗不會影響它的未來。」

不知是林晚的錯覺還是什麼，周衍川說這些話時，莫名顯得有幾分傲慢與張狂。

但他把最壞的結果掰開揉碎了陳述給她聽，逐一分析之後，聽起來似乎的確就是這樣而已。

最壞，也莫過於此。

天不會塌下來，他不會一蹶不振。

林晚終於被他說服了，輕鬆地笑了一下：「對了，你一大早專程過來找我，是想我了嗎？對不起啊，時間好像都被浪費掉了。」

「本來想讓妳給我點鼓勵，不過不需要了。」

「……嫌我沒出息呀？」她鬱悶地撇撇嘴角。

周衍川低頭看了眼腕錶的時間，起身理了下西裝：「不是，現在覺得無論如何，都不能讓最壞的結果發生。許多事我可以不在乎，也不受他們的影響。」

林晚不自覺地屏住了呼吸。

他走到門邊，安靜地看了她一下，才說：「可我在乎妳。」

歷時數月的德森星創互訴案，在十月下旬有了結果。

德森撤銷對周衍川違反競業禁止協議的控訴，同時針對周衍川反告他們的案件提出庭外和解。

這並非葉敬安本人的意願，周衍川就是扎進他心裡的一根刺，他苦苦等候星創發展壯大，為的就是在最恰當的時機將他一舉打垮。

可周衍川的證據準備得太充分，德森內部的意見也出現了分歧，加之還有外界不斷追問當年山林巡邏的細節，幾方壓力之下，葉敬安不得不屈服於現實。

走出法院時，周衍川低聲吩咐律師：「除了賠償金額以外，我還有個要求。」

「您說。」

周衍川停下腳步，抬眼看向迎面而來的德森一行人。

德森的律師團隊跟他無冤無仇，見了面也能禮貌地頷首示意。

只有葉敬安點了支菸，皮笑肉不笑地看著他。

周衍川聲音冷淡，像一把鋒利的冰刃終於落下：「讓德森在所有場合關於飛控演算法的介紹裡，把我的名字加回去。」

四下一片寂靜。

枝頭的樹葉捲起了邊，躲避即將到來的暴風雨。

葉敬安緩緩吐出一口煙圈，隔著繚繞的煙霧瞇起眼看他。

眉間的疤痕若隱若現，如同青燈燭火映襯的佛像，悲憫而平和。

但下一秒，佛像崩裂，青面獠牙猙獰而出。

「周總，未來還長，我們慢慢比。」他一開口，骨子裡的狠戾就竄了出來，「看是你星創拚死拚活追得快，還是德森家大業大吞得快。你完全可以回去慶祝幾天，只不過開價的時候謹慎點，否則將來哪天混不下去而我又願意顧念舊情的時候，收購價可能不好談。」

周衍川彷彿沒聽見後面那一大段話似的，只散漫地笑了笑：「比打官司？我贏了，有什麼可比。」

葉敬安咬著菸，目眥盡裂。

周衍川又問：「還是你想比技術？代碼證據看得不夠多？別說你腦子早就廢掉了，哪怕是當初的你也做不到我這水準。從前、現在、將來，你什麼時候能贏，提前告訴我一聲，行嗎？」

葉敬安好似變臉般，收斂了戾氣，擠出幾分涼薄的笑意：「所以我才說你蠢，你以為靠著……」

沒等他說完，周衍川已經面無表情地邁開了步伐。

與葉敬安擦肩而過時，他垂眸掃了對方一眼，低聲說，「蠢的人的是你。因為我從頭到尾，都沒把你當對手。」

葉敬安手裡的菸陡然落地。

他很清楚，周衍川絕非走到這步還天真地認為「我拿你當朋友」的老好人，他所說的「沒把你當對手」的意思，是更為驕傲、更為不屑的意味。

——我從來沒把你放在眼裡。

第二十一章 如見春光

庭外和解的處理速度很快。

德森一路發展起來黑歷史不少，再深究下去不光股票會大跌，多年來的企業形象也會遭遇審視。雙方迅速談妥條件，賠償金額一致對外保密。

幾月前鬧得有多沸沸揚揚，如今結束得就有多悄無聲息。

外界對此眾說紛紜，但很快就有眼尖的人發現，德森官方於飛控演算法的介紹加上了周衍川的名字。

這一下，結果就變得令人玩味。有人笑稱德森鬧了半天，平白幫星創打了一次免費廣告。

免費廣告的說法讓林晚很滿意。她沒那麼寬宏大量，能做到理智地將德森與葉敬安完全分割開來，所以看到德森吃癟，她再高興不過。

周衍川把一部分賠償款捐給了石安災區，剩下的交給理財顧問拿去處理，打算等到將來時機成熟了，再拿出來作為基金會的部分啟動資金。

處理完這些事後，他就休了年假，準備一心一意地照顧林晚。

林晚再次搬回雲峰府，心中感慨萬千。

路過舒斐那套別墅時，她見宋媛在花園裡剪花枝，還專門打開車窗囑咐道：「等我好了就來把東西搬走，房租會繼續交的，不過這段時間你們可以找找新租客。」

宋媛軟聲軟氣地說：「妳別關心這些事啦，好好養傷呀，我們都好想妳。」

林晚關上車窗，感覺整個人都被大家的關愛包圍了，心裡暖洋洋地透著甜蜜。不過最讓她感到甜蜜的，當然還是要屬從今天開始，她就正式和周衍川同居了。

到了車庫後，周衍川來到副駕這邊，打開車門小心翼翼地把她扶了出來。

林晚最近恢復得很好，雖然護具還不能馬上拆，但自己慢慢走路已經不成問題。即便如此，她還是笑咪咪地搭著男朋友的肩下了車。

她這次帶的行李不多，幾件換洗衣物和日常用品。周衍川就沒叫阿姨來整理，一手拖著行李箱，一手摟著她上樓進了主臥。

「坐這吧，我先把東西收拾了。」他把林晚扶到一張帶靠背的椅子上坐著，椅子擺放的位置剛好能看見主臥的衣帽間。

林晚坐下後，看他把袖口挽起，一件件地將她的衣物拿出來。

衣帽間曾經全是周衍川的衣服，顏色大多清淡克制，然後現在一點一點的，有了更多鮮豔而溫柔的色彩。

可沒過多久，林晚忽然問：「我和你睡同一間房嗎？」

周衍川正在跟一條裙子鬥爭，那裙子的掛脖和肩帶是交錯的設計，他拿在手裡好半天分辨不出領口究竟在哪裡，聽她提問後便答：「嗯，我叫人換過硬床墊。」

腰椎骨折的患者在康復期內，需要睡硬床墊恢復。

他能想到這一點，不可謂不細心，誰知林晚卻歪過頭，意味深長地盯了他幾秒：「寶貝，你用心很險惡啊。」

周衍川回過頭：「我怎麼就用心險惡了？」

林晚說：「同床共枕哦，萬一晚上控制不住怎麼辦。我現在這樣又不能跟你做什麼，這不是欺負人嗎？」

「……」

周衍川不想跟那條莫名其妙的裙子計較了，他把裙子搭在衣架上往櫃子裡一掛，然後走出衣帽間，站在她面前低頭看她。

林晚剪短的頭髮又長出來些，差不多齊耳的位置，窗外樹影流動，陽光從樹隙星星點點地透進來，給那層烏黑鍍上了淺金色的邊，顯得她精緻的長相越發清麗動人。

她坐著，周衍川站著。

視線一下子被他窄瘦的腰腹所占據。

林晚不得不仰起頭：「你、你要幹嘛。」

周衍川輕聲笑了一下，當著她的面把襯衫扯出來，接著慢條斯理地撩起下擺，露出肌理流暢的小腹。他身材一直保持得很好，不用費力彎腰就能看見清晰分明的腹肌線條。

光天化日，朗朗乾坤。

林晚有點扛不住他這種明目張膽的勾引，沒出息地伸手想摸。

周衍川捉住她的手腕：「沒事，就給妳看看。」

說完就鬆開手，任憑她眼睜睜地看著衣擺垂落回去，擋住了讓她臉紅心跳的好風光。

「這才叫欺負妳，知道嗎？」他在她細膩光滑的皮膚上輕輕捏了下，返身走回衣帽間繼續整理了。

留下林晚一人，坐在臥室裡又氣又惱，感覺能吐出一公升的血來。

她拿出手機打開記事本，氣勢洶洶地開始記仇。

『十月二十日，天氣晴。周衍川只給看不給摸，氣死我了！』

當天晚上，林晚還是睡到了周衍川的床上。

關上燈後，臥室裡一片漆黑。

只有牆上的插座面板，隱隱透出點微弱的螢光。

林晚這三個月在床上躺了太久，早已沒那麼容易入睡。她在黑暗中睜開眼，等到視線逐步適應後，才轉過頭看男人浸在昏暗中的側臉線條。

周衍川同樣沒有入睡，察覺到她的視線，低聲問：「要把燈開著嗎？」

「不用。」林晚往他那邊挪了點，皮膚緊緊地貼在一起，感受到男人的體溫給她帶來的安心感，「你在我旁邊呢，所以我現在很安全，對不對？」

周衍川「嗯」了一聲，攬過她的肩，讓她靠在自己的臂彎裡，低聲哄她：「每個人的一生都會遇到些不好的事，但只要妳心裡的燈沒滅，那它們就會過去。」

林晚看不清他的表情，心卻狠狠地顫了一下。

她記得自己在給周衍川的那張紙條上寫過什麼，猝不及防在安靜的深夜裡聽他提起，雙眼就不禁酸澀起來。

此時此刻，她無比感謝命運的眷顧。

讓她沒有留下周衍川一個人，獨自守著心裡那盞燈，再次等待永遠不會再回來的人。

誰都會遇到風雨交加的夜晚，但能穿過沒有月亮和星星的寂靜深淵，抵達春光遍野的未來，已是人生一大幸事。

從那一晚起，林晚再也沒有做過惡夢。

她從地震的陰霾裡走了出來。

幾天後，周衍川陪她去醫院複診。

醫生是位五十多歲的老太太，仔細看過X光片後，慈祥地笑著說：「恢復得很好，護具可以拆掉了，恭喜妳。」

林晚長長地出了口氣：「我可以回到正常的生活裡了嗎？」

「當然可以，去上班，去逛街，去約會，想做什麼都行。只需要注意兩點，一年內不要從事重體力勞動，也不要劇烈運動。」

林晚眨了下眼睛，有點難以啟齒：「劇烈運動包括哪些呀？」

做到骨科主任的醫生自然見多識廣，看她那副嬌羞的模樣就猜到她真正想問的是什麼。醫生笑了一下：「可以同床，但要適量。」

林晚得了醫囑，頓時感覺她的小帳本終於等到了清算的時刻。

不過很快又疑惑了起來。

所謂的適量……到底怎樣才算適量？

周衍川是一個很自律的人，在性方面也比較克制。

躺在同張床上難免會有擦槍走火的時候，明明眼神裡滿是對她的渴望，終究還是會選擇去廁所自己解決。

有時反倒是她，聽著門內嘩嘩水聲夾雜著他隱忍低啞的呼吸聲，感到一陣心癢難耐。

複診完時間還早，兩人在外面吃了頓飯慶祝，結束後林晚還想繼續感受重獲新生的新鮮感，撒嬌半天，好不容易才讓周衍川同意帶她去看場電影。

買票時他還有些遲疑：「不舒服了記得說。」

林晚知道他內心的緊張，笑盈盈地點頭說好。

兩個多小時的電影看完，腰部沒有任何不適。

周衍川這才放心下來，開車載她回了雲峰府。

一路上，林晚整個人都有點莫名的亢奮。

剛取下護具時她本來比較不習慣，可幾個小時後，腰間那種自然的輕鬆感，就讓她真真切切地體會到了正常的生活有多麼可貴。

周衍川看她一眼：「再這樣下去，休假結束我也不敢回去上班。」

「為什麼？」

「怕妳高興壞了，趁我不在的時候出去撒野。」

林晚靠在椅背哈哈大笑，等車開進車庫停穩了，才緩慢地扭過身，紅唇貼近他的耳廓，小聲說：「怎麼會呢，我只在寶貝床上撒野呢。」

空氣一瞬間被她點燃了。

四處望去滿是飛濺的火花，照亮雙方眼中最本能的欲望。

壓抑得越久，迸發的時候也就越猛烈。

這種時候，連上樓都變成一種浪費時間的奢侈。

他們在客廳裡親吻彼此，腳下厚實的地毯吞噬了足音，卻遮不住急促的氣息與唇齒纏綿的曖昧聲響。

林晚今天穿了條連衣裙，周衍川摩挲著她滾燙而柔順的身體，修長的手指把火焰從皮膚一路燒進了她的身體裡。

疼愛的、喜悅的、珍惜的。

林林總總的情感全部匯集在一起，迫切需要找到一個宣洩的出口，來填補那漫長的空白。

林晚用臉磨蹭他的脖頸，氣息凌亂而甘甜：「我腰上有好長一條疤，會不會很難看？」

「妳說呢。」周衍川穿過拉鍊的縫隙，輕輕觸碰那條讓他心臟揪緊的疤痕，「再問這種問題，就是故意讓我傷心了。」

癒合的傷口帶來一陣酥麻的顫慄。

林晚輕哼一聲，忽然扭過腰不讓他碰了，她眼睛裡浸著盈盈水光，嘴唇卻言不由衷地說：「好啦，我比你慷慨多了，不光讓你看，還讓你摸。」

周衍川皺了下眉，似乎沒明白她的意思。

林晚緩了緩呼吸，故意拿腔捏調：「醫生叮囑我要適量，我仔細想了想呢，暫時還是別了吧。」

周衍川停住動作，安靜地看了她幾秒。

她眼裡那點狡黠和得意，如何能夠逃脫他的注視。

小小的報復手段而已。

報復他那日在臥室裡「欺負她」。

「行，那就不做。」

林晚一愣，剛想說「不必這麼聽話」，緊接著就感覺手腕被他拉著往下一沉。

「用手幫我。」

周衍川的家和他這個人一樣，有種很淡的清冽氣息。

初以為冷淡至極，等到置身其中之後，才能察覺出真實的侵略性。

林晚現在很後悔，然而後悔也無濟於事。她平時調戲男朋友調戲得很順手，可真到了這種時候，生疏的技巧就無處可躲了。

「嘶……」周衍川輕哼了聲，眉間微蹙，深深地看她一眼。

林晚被他看得心尖一顫，手停在那裡，不知該不該繼續。她微微抬起眼，與他對視的目光中平添了幾分無辜。

聲音也不自覺地軟下來：「手好痠啊。」

周衍川無奈了，哄她似的低頭含住她的嘴唇，時輕時重地吮著。細密的吻緩緩往下蔓延，落在她的肩頭時停了下來。男人額頭抵在她肩上，低啞地笑著，一副拿她沒辦法的樣子。

撩火的人是她，撒嬌耍賴的也是她。

偏偏她難得示弱一次，他就心甘情願順著她來。

周遭的空氣又溼又熱，情動的間隙裡，唯有兩人交錯淩亂的呼吸還在持續。

林晚被他禁錮在狹小的範圍內，只覺得身體還在升溫，好像再不做點什麼，整個人就要被他的氣息融化掉。她蹭了蹭周衍川的臉，小聲說：「還是去床上吧。」

周衍川抬起頭，桃花眼中滿是瀲灩春光，聲音卻有些慵懶的語調：「剛才是誰先拒絕的？」

「小狗說的。」

林晚很沒原則地去咬他的喉結，用盡手段想哄他換個方式繼續。

說來荒唐，他們兩人之中，最無法克制的人竟然是她。

仔細想了想，到底還是怪她的寶貝太勾人。

臥室只開了盞小吊燈，被風吹得輕輕搖晃。

房內的兩個影子靠近重疊，在牆上描繪出起起伏伏的畫卷，風與月都溫柔下來，只剩下情人的呢喃，如同氤氳的水氣，漸漸填滿了所有的空虛。

月光被濃雲遮住時，臥室內恢復了一片靜謐。

周衍川看了她許久，才克制住微微急促的呼吸，躺回到床的另一邊。兩人在昏暗的光線中各自平復，皮膚沾上了對方的汗水，潮溼地裹著。

過了幾分鐘，他啞聲說：「我去洗澡。」

林晚聽懂他的潛臺詞，盯著天花板聽著他下床的動靜，隨後便是這段時間以來，讓她熟悉又臉紅的聲音再次響起。

光是想想，她都替周衍川委屈。

可她才剛取了護具，不敢真的太過隨性。只能仰面躺在床上，等他從廁所出來了，才慢吞吞地下床清洗。

她現在不便彎腰，平時周衍川都會幫她。

但此刻他卻不敢再碰——怕克制不住再折騰一次——只能囑咐了一句「小心」，然後就走到陽臺上吹風。

南江今年的夏季比去年要短。

十月下旬，晚風已經帶著點涼意，吹散了身體裡的躁意。

林晚洗完澡出來時，發現周衍川正懶散地靠在欄杆處看手機。

他沒穿上衣，褲子鬆垮地卡在腰間，背後流暢的肌理中間有道深凹的線條，性感得讓人想不顧一切地從背後抱住他。

於是林晚也確實這麼做了。

周衍川的後背感受到她溫軟的身體，指尖頓了一下，就不小心把還未寫完的訊息傳了出去。

曹楓正在跟他談公事，看到沒有結尾的一段話，傳來三個問號。

『手滑了，繼續說。無人車可以做，配合RTK開發多地形巡測功能，以後農業系統也能用上。』他單手將林晚的手拉到身前揉捏著，另一隻手不緊不慢地回訊息。

「在跟誰聊天？」林晚問。

「曹楓。他打算明年在星創開個新部門，專做農業植保。」

周衍川張開手掌，與她十指交錯，掌心與掌心緊緊貼合在一起，「先在地球種小麥給妳。」

林晚將臉貼在他身上，彎起眼笑。

纖長的睫毛一眨一眨地掠過他後背的皮膚，帶來陣陣酥癢的感受。

周衍川很快就受不了她這種小把戲，轉身攬她的腰，把她帶進自己懷裡：「別鬧了，我在談正事。」

林晚點了下頭，湊過去看他和曹楓聊天的內容。

全是關於星創明年的計畫，涉及到某些無人機領域相關的專業名詞她看得不太明白，但結合上下文已經大概能猜到意思。

偶爾好奇問上幾句，他便淡聲解釋給她聽。

講解完後就好似索要學費一般弓身吻她。

林晚簡直由衷地感到佩服，這人如何能做到一邊正經專業地與合夥人討論工作，一邊慵懶性感地與她接吻。

等到正事談完，周衍川才收起手機問：「明天要回去上班？」

「是啊，鳥鳴澗的大家想我想得快瘋了，再不回去，我怕他們爬到樹上跟那幾隻喜鵲一起叫。」

「嗯？什麼喜鵲？」

林晚這才想起周衍川沒去過鳥鳴澗的辦公室，她把舒斐精心設計的露臺裝置講了一下，笑著說：「不過我也是後來才知道的，原來大魔王最喜歡的鳥就是喜鵲。」

她說話時，氣息一張一合地落在周衍川赤裸的胸膛。

他繃緊下頜，分不清她是在故意勾引還是無意誘惑，只能微微滾動了幾下喉結，靜了幾秒，低聲問：「為什麼是喜鵲。」

「因為喜鵲特別聰明，牠能認出鏡子裡的自己，也就是我們說的擁有自我意識。」

周衍川意外地挑了下眉。

他以前很少主動跟人詢問關於鳥類的知識，也沒別的原因，就是興趣不在這方面而已。但不知為何每當林晚提起這些瑣碎的內容，他就能一字一句地聽進去。

就像他去年無論如何也沒料到，那個氣勢洶洶跑下山勸告他們不要濫用無人機的女人，有一天會靠在他的懷中，和他討論關於「RTK駕駛儀」、「智慧平地儀」、「固定道自動作業」的話題。

這個世界有太多琳琅滿目的資訊。

許多人終其一生，都未必能參透任何一門，更何談光顧另一處動人心魄的美景。但就像你無法知道何時會愛上一個人那樣，你也無法預料，某年某月的某一天，你會願意為了身邊的那個人，停下腳步，轉過視線，去看看他眼中的風景。

彷彿某種默契一般，林晚同樣心生感慨。

她揚起臉，藉著月色凝視他的雙眸，片刻後輕聲說道：「時間過得好快啊，我們居然認識一年了。」

周衍川怔了一下。

近來發生的意外太多，讓他根本沒意識到時間已經不知不覺地走過了一年。

林晚踮起腳尖，笑得如初見時那般明豔：「周先生，還敢說我俗不可耐嗎？」

久違的評價被她再次提起，讓周衍川漫不經心地勾唇笑了笑。

「不敢。」

林晚回到鳥鳴澗的第一天，大家紛紛夾道歡迎。

鄭小玲還誇張地送了她一束花，祝賀她終於能夠自由行走。

舒斐難得沒有催促員工趕緊滾去工作，她站在總監辦公室的門邊，等眾人差不多玩夠了，才問林晚：「想看妳男朋友做的巡邏系統嗎？」

「男朋友」三字一出，四下頓時響起一片善意的調侃聲。

林晚眼睛都亮了：「好呀。」

早在她回來之前，舒斐就叫人把巡邏系統裝到了林晚工作用的電腦裡。她走到辦公桌前，打開電腦時有些許不適應的感覺，畢竟近段時間都躺在床上用筆記型電腦，幾乎忘了桌上型電腦的螢幕尺寸有多大。

不過當那個測試期看過無數次的圖示，正式出現在她的電腦桌面上時，林晚還是下意識地放慢了呼吸。

她一下下地敲擊鍵盤，輸入員工編號與密碼登錄。

下一秒，簡潔清晰的畫面便映入了她的眼簾。

相比夏天時那孤零零的一個試驗保護區，如今系統地圖裡顯示的保護區數量，早已貫穿了國內大江南北。那些密集的圓點像漫天的星辰，組成一副瑰麗的圖畫，在她眼中一閃一閃地發著光。

鄭小玲在旁邊說：「妳可以點擊那些圓點，展開後能看到當地的巡邏資料報告。我跟妳說很好用的，連水位下降多少毫米都能檢測出來，上週有個保護區還發現了剛開始搭建的盜獵網，他們順藤摸瓜抓出了一個盜獵集團呢！」

林晚握緊滑鼠，試著點開其中一個。

果然就像鄭小玲所說的那樣，保護區內所有的變化都一一記錄在冊，相比過去純粹的人工巡邏，更加全面也更加安全。

她輕聲笑了笑，笑意裡夾雜著驕傲與懷念。

第一次去星創開會時，周衍川站在白板前，淡然而篤定地向他們介紹巡邏系統的功能。轉眼半年過去，那些曾被他們認為有些不可思議的計畫，終於完整地呈現在了所有人面前，得到了所有人的認可。

不愧是她的寶貝，永遠不會讓人失望。

下班後，林晚走出大樓，就看見周衍川站在車邊等她。

周圍全是剛結束工作的白領，個個步履匆忙，唯他一人安靜地站在那裡，好像比那些路過的男人都高，也明顯帥很多。

不少人都放慢腳步，想看這位開豪車的帥哥是要接誰。

等他們看見林晚面帶微笑地向他靠近時，紛紛心服口服地收回了目光。

天生一對，羨慕不來呀。

林晚走到他面前，眼中滿是意外的歡喜：「你要來怎麼不告訴我一聲。」

「告訴妳還叫驚喜嗎。」周衍川替她打開車門，目光專注地望著她的身影，直到確認林晚上車的動作沒有表現出任何不適之後，才走到另一邊坐進駕駛座，「晚上想去哪？」

林晚低頭繫安全帶，想了想說：「吃完飯去幫我搬家行嗎？今天好像會有人來看房子呢，我想乾脆早點搬走把房間空出來比較好。」

全世界大概只有林晚，才會如此順理成章地叫周衍川幹這種活。

他點點頭，轉動方向盤，將車駛入了下班尖峰時段的車流之中。

不過林晚萬萬沒有想到，來看房的人居然會是郝帥。

這棟別墅沒有安裝電梯，她上樓時走得很慢，結果從一樓到三樓這幾分鐘的時間裡，就接連不斷地聽到郝帥的聲音從樓上歡欣地傳來。

「我覺得可以！」

他們進門時，郝帥正站在窗邊比劃著，「很久沒開烤肉 party 了，實不相瞞我的烤肉技術最近大有長進，等我搬進來的時候再玩一次啊！」

同樣背對房門的徐康問：「房租你能接受吧？比你現在的公寓貴兩千塊，但環境好太多了。」

郝帥摸摸下巴，開始犯難了：「每月多交兩千塊，四捨五入就是一個億啊。不行，我得找個理由申請加薪水。兄弟，你覺得『有公司高薪挖我過去，雖然我對星創愛得深沉本來是想拒絕的，可他們出的錢實在太多了，讓我陷入左右為難的糾結中』，這個理由強不強？」

林晚嘴角一抽，出於同情清了清嗓子。

與此同時，周衍川調侃的聲音響起：「可以，很強。」

郝帥整個人以肉眼可見的速度石化了。

好半天後，他才哭喪著一張臉轉過頭來：「老大——」

林晚差點就笑瘋了。

她發現郝帥這人簡直太好玩了，每次翻車都翻得十分別致。

周衍川看她一眼，又錯開視線，望向滿臉寫著吾命休矣的郝帥，笑著問：「想加薪水？」

「……不想。」

「到底想不想。」

「超想。」

「行，年底統一漲薪。」周衍川淡聲回道。

郝帥猛地瞪大眼睛，幾乎不敢相信自己聽見了什麼。

他剛才其實也就隨便開開玩笑而已，畢竟星創提供的薪資在業界已經算是極為優渥，真想申請再加多少，他心裡根本就沒有底氣。

徐康也被周衍川的果斷震了一下，一瞬間差點想問「你們還招人嗎」。

兩人面面相覷地走出房間，彼此眼中都還流露出些許錯愕。

「會不會是陷阱？」郝帥說。

徐康沉思片刻，梳理道：「我猜可能是林晚剛才笑得太開心了，所以你們周總見她高興就心情好，他心情一好就幫你們漲薪水。」

郝帥：「……你這樣講得我很像那種後宮戲裡面專門逗寵妃開心的角色。寵妃笑了，皇上就重重有賞。」

如果此時正在星創大樓加班的許助聽見這番對話。他一定會握住郝帥的手，向他誠懇地說一句：「恭喜你領悟了真相。」

十一月初，恰逢星期六。

林晚坐在沙發上看電視。

蔣珂拿到了比賽冠軍，這段時間都在緊鑼密鼓地參加宣傳活動，聽說個人單曲也在籌備之中。她打算等單曲出來買一些，一個一個送給認識的人。

「妳打算看她看多久？」周衍川被冷落了整整十五分鐘，終於忍不住問。

電視裡的蔣珂還在面對鏡頭談論比賽期間的心得體驗。林晚剝開一顆松子，吹掉手上沾到的碎屑，眼睛都沒眨一下，直接把松子往旁邊餵：「寶貝別吵，這檔節目有半小時呢。」

周衍川很想把電視關了。

這東西買來後他就沒怎麼用過，在家想看電影時往往都是接投影機，放在那裡純粹成了一個擺設，結果這擺設妄想獨占他女朋友三十分鐘的注視。

簡直大逆不道，應該立刻扔進垃圾回收站就此報廢。

但女朋友剝好的松子還是要吃的。

他往前傾身，低頭含住她的手指，舌尖捲走松子後也沒打算撤退，一點點地吮過她白皙細長的指尖，然後輕輕咬了一口才鬆開。

林晚感覺有股強烈的電流從指尖猛然竄出，半邊身體都麻了。

她轉過頭，迎上周衍川冷淡中帶著些許不爽的目光，一臉無辜地眨眨眼睛：「電視都不讓看哦，周先生，你越來越小氣了。」

周衍川輕哼一聲，領了「小氣」的指控，靠回沙發仰著頭，盯著天花板沉默半晌後，緩聲開口：「我明天出差一週。」

林晚一愣：「什麼時候決定的？」

之前沒聽說啊。

「剛才，大概一分鐘前吧。」

周衍川臉上沒什麼表情，語氣平靜得像在問晚上吃什麼，「本來叫了其他人參加，可我留在這也沒人在意，還不如出去幾天。」

林晚頓時顧不上什麼蔣珂了——反正電視節目而已，以後在網上也能看。

她撐起身體，像隻敏捷的小貓般爬過來，跨坐到周衍川腿上，雙手摟住他的脖子：「既然不是重要的事，乾脆就別去嘛。」

周衍川漫不經心地掃她一眼。

她穿著之前他送的星創T恤，寬大的男款，底下也沒再多加條短褲。

因為跨坐的姿勢，衣擺往上竄了一截，就那麼明晃晃地露出了瑩白的大腿。

「算了，還是工作重要。」他似乎考慮了一下，表現得非常敬業，「說不定能有意外的收穫。」

「哪有意外，我看你分明就是故意。」

林晚趴在他硬邦邦的胸口，視線由下往上，莫名顯得可憐，「我就十幾分鐘沒理你，你就要離家出走一星期。你出去問問，哪有這樣當男朋友的。」

周衍川懶懶地問：「不想我走？」

林晚抱得更緊：「你說呢。」

必須出差也就罷了，這種可去可不去的工作，她當然還是希望周衍川能留在南江。

「那寶貝兒親我一下。」周衍川終於低笑一聲，「親了就不走。」

林晚揚起臉，嘴唇眼看就要碰上去的瞬間，就聽見手機響了。

她側過身去找手機，好不容易才在沙發縫隙裡拿出來，看見螢幕顯示的聯絡人姓名時愣了一下，居然是研究所的魏主任打來的。

魏主任說話一如既往的小聲，慢悠悠地問：『林晚啊，妳傷恢復得怎麼樣啦？』

林晚從男朋友身上下來，示意他把電視聲音關小些：「恢復得蠻好。」

周衍川索吻未遂，乾脆心情複雜地把電視關掉了。

『能接點私活嗎？』魏主任說，『有個出版社的老朋友找到我，說看過妳在鳥鳴澗畫的科普手冊，想問問妳願不願意跟他們合作，出一本鳥類科普圖鑑。』

林晚悄然握緊了手機。思緒飄回到還在研究所工作時，她加班加點趕完的圖鑑交上去就石沉大海，到現在都不知道在誰的電腦裡放著等待審核。

魏主任繼續說：『我覺得是個好機會，用業餘時間、以妳個人的名義出一本書。』

林晚沒有拒絕的理由。

鳥鳴澗的工作雖然忙碌，但她做事效率很高，除非事務實在太多，否則一般都不怎麼需要加班。晚上回家抽空畫畫，難度理應不大。

「謝謝魏主任，我願意試試。」她爽快地回答道，「但是需要提前跟我們舒總監說一聲。這樣吧，週一我問過她後，就馬上回覆給您可以嗎？」

魏主任笑呵呵地說：『不急不急，一切商量好了再說。』

掛斷電話後，林晚撥撥頭髮，趾高氣揚地看向周衍川：「下週你還是出差吧，我大概沒空陪你了。」

「……」

周衍川挑了下眉，伸手攬住她往回拽，直接把人按在了沙發裡。

「不去。」他欺身上前，將她雙手舉過頭頂，不留給她掙脫的餘地，「留下來陪妳，行嗎？」

林晚還想跟他有來有回地調侃幾句，下一秒就被他以吻封唇。

她乖乖放棄了抵抗，溫順地躺在沙發上，稍揚起頭配合他的親吻。

如今周衍川調情的手法越發純熟，平日裡敲慣鍵盤的手指，一下下撫摸過她暴露在空氣中的細膩肌膚，就能演奏出世間最動聽的曖昧呢喃。

林晚被他親得喘不過氣，全身的骨頭都酥軟了下來，輕微缺氧的感受讓她暈暈乎乎的，有種能夠在他懷中溺死的錯覺。

周衍川當然捨不得讓她真的溺死，他適時拉開距離，手臂半撐起身，垂眸時眼底掠過一絲淺淡的笑意：「說，行不行。」

他說話時，頸間突起的喉結微微震動，性感又撩人。

林晚眼中含著春光，抿了抿嘴唇：「行。」

周衍川勾了下唇角，鬆開她的手。

林晚卻依舊保持著之前的姿勢，好像完全忘記其他的一切，只想專注地望向他。

兩人的視線在空氣中交織糾纏，如同方才交換的呼吸，慢慢浸入彼此的血液，沿著血管往心臟的部位湧去。

怦然響起的心跳聲，攪亂了一池春水。

有些人，就是認識他越久，就會愛他越久。

那種與生俱來的吸引力浸進了骨子裡，所以只要看他笑一笑，就會忍不住為之心花怒放。

靜了片刻，林晚拉住他的衣領，讓他低了些。

兩個年輕的身體貼合在一起，皮膚互相傳遞著滾燙的溫度，她張開嫣紅飽滿的嘴唇，去咬那枚令她流連忘返的骨。

周衍川悶哼一聲。

他其實不太理解林晚對喉結的執著，她總說覺得這裡很性感，可對他而言，親吻喉結並不是一種很舒服的體驗。

書上說這是人類身體裡本能的一種抗拒，因為脖頸向來脆弱，被猛獸一口咬住便可致命。

然而只要想到這個人是林晚，她的舌尖、牙齒、唇瓣，溫熱而潮溼的觸感密密貼上來，就讓一切都變得可以接受。

甚至漸漸的，產生了過電般的感受。

窗外秋意正濃，糅雜在綿綿夜色之中，靜謐而溫柔。

花園裡幾株丁香樹舒展開枝椏，樹葉隨風拂動，擋住了幾隻小鳥往內窺探的眼睛。

十一月下旬，趙莉又一次披上了婚紗。

她和鄭老師的婚禮本來打算定在九月舉行，後來由於林晚受傷的事只能延期。

原先預定的婚紗在微涼的秋天變得有些單薄，但那天早起，她還是笑容燦爛地把它穿在了身上。

林晚把她拍鳥的專業相機拿出來，盡職地擔當起婚禮攝影師，想把母親的笑臉逐幀記錄下來。

趙莉在鏡子前轉了一圈，回頭問她：「好看嗎？」

「美翻天。」林晚比了個大拇指，「妳在我心裡是全天下最美的新娘，沒有之一。」

趙莉被女兒誇得心滿意足，過了一下才想起擺出母親的架子，假裝訓斥她：「沒大沒小。」

林晚點頭承認錯誤。

今天是她媽媽的大好日子，她才不會像平時那樣跟趙莉頂嘴胡鬧。請來的化妝師和髮型師一直好奇地打量她們，大概沒見過關係如此融洽的母女。兩個都是挑不出毛病的美人，無非就是年長和年輕的區別而已，但此時那些年齡的界線似乎又不太重要，從她們臉上能看到的，只有對愛情的嚮往與投入。

髮型師幫趙莉戴好頭紗，忽然從鏡子裡看見林晚轉過身去，不由得愣了一下。

林晚今天的禮服款式並不誇張，只有後背剪裁出一條若隱若現的空隙。她是極為勻稱的身材，骨肉均亭，增一分則多，減一分則少。本該是非常完美的一幅畫卷，卻因為背上那道略顯猙獰的傷疤破壞了美感。

像一件精美瓷器的瓶身上，突兀地出現了裂痕一般，看得讓人惋惜。

髮型師出於好意，提醒她：「我們帶了針線來，要幫妳把裙子背面縫上嗎？」

林晚一怔，扭身照了下鏡子，才明白對方指的是什麼。

訂這條裙子時她還沒有受傷，當時只想著得體又不失漂亮就行，哪裡想過將來會遮不住手術留下的痕跡。

這道疤也不是不能袪除，但考慮到明年還要再做一次手術取鋼釘，她就沒有急著把它解決掉。

「不用啦，謝謝。」林晚笑著擺擺手，「大家都知道我受過傷，沒必要瞞著。」

聽她這麼說，髮型師也沒有強求。

只不過心裡還是不太理解，別的女孩都恨不得把難看的地方遮得嚴嚴實實，怎麼她卻完全不在意呢？

答案在一行人抵達婚禮現場後揭曉。

周衍川的身分只是林晚的男朋友，按照規矩來說，當然不能提前去趙莉家。他和其他賓客一樣，拿著請柬走進了舉辦婚禮的宴會廳。

林晚站在門口接待客人，見他來了就說：「等下你坐我旁邊哦。」

「嗯？」周衍川把紅包遞給她，低頭簽到時問，「不怕我把紅酒打翻，又弄髒妳的裙子？」

林晚笑了起來：「放心吧，我媽媽又不是羅婷婷，扔捧花的時候沒那麼大力氣。」

「怎麼啦？」

剛好過來的羅婷婷聽見自己的名字，湊過來茫然地問。

沒等兩人回答，她又後退幾步，左右雙手分別挽著父母的手臂，語氣中滿是止不住的炫耀：「爸，媽。跟你們介紹一下，這是曹楓公司的合夥人周衍川周先生。林晚就不用說了吧，你們看著長大的。他們現在在交往呢，是我介紹他們認識的哦！」

羅老師夫妻倆看向林晚，異口同聲：「真的？」

林晚點頭：「說起來還要謝謝婷婷。」

周衍川放下筆，禮貌地笑了一下。

兩家人多年鄰居的關係，羅老師二人對林晚向來關愛有加，如今見她和男朋友看起來郎才女貌的般配模樣，自然連聲說好。

羅婷婷一下子更驕傲了：「我婚禮那天的捧花還是被林晚拿到了呢，你們結婚一定記得要請我！」

林晚差點就被嗆到了。

她乾巴巴地咳了一聲，心想不愧是當初強行把周衍川的聯絡方式塞給她的羅婷婷，想一齣是一齣的能力與日俱增。

周衍川淡淡地掃她一眼，瞥見她臉上那抹可疑的紅暈，不由得輕聲笑了笑。

他看向還在等待答覆的羅婷婷，承諾道：「好，到時妳和曹楓都來。」

林晚：「？？？」

羅婷婷心滿意足，挽著父母開開心心地走遠了。

剩下林晚茫然地站在原地，思考周衍川剛才那句話是什麼意思。

「周衍川先生。」

她清清嗓子，故作正經地問，「你記得自己說過的話嗎？」

「哪句？」周衍川單手放進西裝褲的口袋，看著她問。

林晚抬起頭：「你說你結婚不請我。」

周衍川想了想說：「我原話好像不是這樣。」

「但反正意思差不多。你結婚我又不會到場，到時一個人接待羅婷婷和曹楓去吧。」

周衍川無聲地嘆了口氣，平時挺聰明的女孩，怎麼關鍵時候犯傻了。

他靠近半步，捏了下她的臉：「我結婚確實不會請妳。」

林晚瞪大眼睛，難以置信地望向他。

「新娘本來就該到場，」他笑得不行，眉眼間全是散不開的笑意，「哪裡需要特意去請？」

林晚哽了哽，回味過來後氣得在他肩上捶了幾下，迅速找到了新的理由：「警告你別太得意，我不一定會嫁給你。」

「那妳想嫁給誰？」周衍川收回手，唇邊笑容收斂，慢條斯理地問她。

林晚哪裡知道，她硬著頭皮說：「你猜？說不定是一個比你更帥、更聰明的男人呢？」

周衍川冷淡地「哦」了一聲，見又有賓客過來，便退到一邊站著。

他的長相實在太引人注目，和林晚兩人加在一起，視覺效果翻倍的好。

好幾個人過來看到他們，都會不由自主地停下腳步多看幾眼，甚至有不認識林晚的人，誤以為趙莉結婚專門請了兩個模特過來。

接下來幾分鐘，林晚瘋狂納悶，該不會生氣了吧？

她不時扭頭看周衍川，心想這可怎麼辦，等下要用什麼方式來哄他？

等到入口處的人少了，周衍川才掃她一眼：「妳要敢跟別的男人結婚……」

林晚豎起耳朵，想聽他接下來要說什麼。

周衍川一字一頓：「我就把妳醉酒繞柱的影片，拿到妳的婚禮上重複播放。」

林晚差點崩潰：「那種東西麻煩你刪掉好不好！」

「不好。」他笑著說。

林晚壓低聲音，嘴唇快速張合：「求你了，我丟不起這個臉。」

「求我也沒用。」周衍川眼底蕩開溫柔的色彩，逗她似的低聲說，「影片在我手裡，選擇權在妳手裡，要不要丟臉，自己看著辦。」

林晚頓時好奇：「如果我一咬牙決定丟臉呢？」

周衍川懶洋洋地抬起眼皮：「那我就只能搶婚了。」

「……」

想一想，好像還挺刺激？

在旁邊幫忙的婚禮策劃默不作聲，努力把存在感降到了最低。

她剛才聽趙莉的髮型師說新娘的女兒背上有道疤，替她感到萬分可惜。結果現在看來，這個女孩哪裡需要旁人的惋惜。

她的男朋友明明愛死她了好不好！

幾場秋雨過後，南江的冬天緩緩來遲。

用舊的日曆從桌面撤下，換上一本嶄新的日曆，翻開精美的封面，便是新的一年到來。

今年的春節很早便到來，一月剛過，城市的大街小巷便紛紛張燈結綵，營造出歡慶團圓的氣氛。無論大人小孩，紛紛開始翹首期盼這個讓人歡喜的節日。

放假的前一天，林晚得到舒斐的正式通知。

等開年復工的時候，她將正式成為鳥鳴澗的副總監，協助舒斐管理鳥鳴澗的一切大小事務。

聽到這個消息時，林晚意外地平靜。

有種沿著路一直走，便能看見答案在前方等待的塵埃落定感。但她還是深吸一口氣，真誠地對舒斐說了聲謝謝。

謝謝對方的栽培與肯定。

大年三十晚上，林晚和周衍川回趙莉家過年。

春節期間的南江交通格外順暢，那些外地來此的人都紛紛回到了自己的家鄉，去和他們的親人團聚。從科園大道開過去，除了沿途的幾個紅綠燈以外，幾乎沒有遇到任何阻礙。

周衍川一路都沒怎麼說話。

在一年中最為重要的日子裡，帶上禮物去長輩家拜訪，這種經歷對他而言顯得格外陌生。他幾乎已經記不清，上一次與長輩和樂融融地坐在一起吃年夜飯是什麼時候。

車子停在家屬院樓下時，誰都沒有急著開門出去。

林晚握住他的手，掌心的熱度溫暖著他微涼的指尖：「要不要在學校裡散散心再上樓？」

「倒也不用。」周衍川搖了搖頭。

他這半年來和趙莉見過許多次面，早已深知她的為人。能培養出林晚的女人，顯然是位值得尊敬和愛戴的長輩，「我不是不想見妳媽媽，只是有點不適應。」

林晚體會過他的感受：「我懂。鄭老師和我媽媽領證那天，說今後會把我當親生女兒看待。我當時其實特別感動，但是心裡卻有些說不清的感覺。現在想來，可能需要時間慢慢調整。」

周衍川反握住她的手，寬大的手掌將她的攏在手心裡。

他知道林晚現在和鄭老師相處得很好，不是父女，卻又有著患難見真情的感恩。

她受傷那段時間，礙於性別原因，貼身照顧只能由趙莉負責。

鄭老師心疼她，就用別的方式來說明，光說豐富又營養的一日三餐，他就能做到至少一週不重複。

害得林晚到現在，有時還會半夜嘴饞，說想吃鄭老師做的菜了。

林晚撓撓他的手心，笑著說：「所以你不用急，可以像我那樣慢慢習慣。我媽媽會對你很好，鄭叔叔也會對你很好，他們無法代替你的親生父母，但是或多或少，能夠填補你過去缺失的關愛。」

每次說到這個話題，林晚就會忍不住心疼周衍川。

從小到大那麼優秀、那麼值得喜歡的一個人，倘若他的父母還活在世上，怎麼可能允許那些傷害落到他的身上。

周衍川沉默片刻，忽然問：「我說過我愛妳嗎？」

林晚愣了愣，想起他送的那枚書籤，猶豫著說：「寫過。」

「嗯。」

周衍川笑了笑，靠過來吻她，「我愛妳。」

林晚眼眶瞬間有些溼潤：「我也愛你。」

不光是我，我的家人也會非常愛你。

她在心裡補充道。

除夕的晚飯照例交由全家廚藝最好的鄭老師負責。

除了一桌琳琅滿目的南江本地菜之外，他還特意照著網上的菜譜做了兩道燕都菜給周衍川。

吃過晚飯，趙莉指揮女兒把碗筷放進洗碗機，就開始準備出門逛花市。

南江人大多不愛看春節節目，每年除夕的節目，必定是全家老小去迎春花市採購一番，給新的一年添些好彩頭。

到達舉辦花市的體育館後，饒是周衍川做了心理準備，還是被眼前人山人海的景象震驚了一番。好像全南江的人都擠到這裡來了，四周全是一張張喜氣洋洋的笑臉，在五彩斑斕的光影流動下掠過。

林晚剛進門，就買來四個小風車，一個不落地塞到大家手裡。

趙莉心態本來就很年輕，舉起小風車和女兒在那裡比劃，只可憐周衍川跟老鄭兩個大男人，互相尷尬地對視一眼，笑得都很無奈。

不過很快，兩個女人就把風車收好了。

周圍人太多，摩肩接踵地擠來擠去，稍不留神就會擠壞手裡漂亮的小玩具。

「還是快點買吧，」老鄭語重心長地勸告妻子，「小心擠到晚晚的腰。」

趙莉一聽，馬上收起童心，化作雷厲風行的趙主任，安排四人分成兩組，她和鄭老師去買裝飾用的桃花枝，林晚和周衍川去更裡面的攤位買金桔。

越往裡走，林晚就越不敢輕舉妄動。

她那腰傷雖然平時沒有大礙，但擁擠的時候還是要注意些，萬一哪個玩瘋了的小孩衝過來撞一下，那她的春節恐怕就要回醫院報到了。

周衍川比她更加謹慎，右手始終護在她的腰間，隨時準備替她承受意外的撞擊。

幸好花市確實太過擁擠，熊孩子們根本跑不起來。

好不容易在重重人影中看見了賣金桔的攤位，林晚便戳戳他的手腕：「那裡那裡！」

周衍川費了一番工夫，總算買到了一盆金桔樹。

新鮮飽滿的果實重重地垂在枝頭，透著沁人心脾的清新香氣，將新年的吉祥氣息襯托得更加濃重。

這點重量對於周衍川來說不算什麼。

但他抱著一公尺多高的金桔，確實走得比來的時候稍慢些。

南江的冬天並不寒冷，逛了一段時間後，林晚鼻間就熱出一層薄汗，臉也變得紅撲撲的。

周衍川怕她待久了難受，快到出口時，索性把車鑰匙拿出來：「去車上等我。」

「好的！」林晚歡欣地回答道，接過車鑰匙後，就加快腳步往停車場走去。

然而沒等她走出體育館，人群中一張蒼老的面容便引起了她的注意。

林晚下意識停下腳步，目不轉睛地看向那位步履蹣跚的女人。

是周衍川的伯母，周源暉的母親。

林晚不會忘記，這個女人用多麼惡毒的眼神看過周衍川，連帶著那張臉的五官輪廓都深深刻進了她的腦海裡。

相比那次見面，周衍川的伯母好像又老了許多。

她明明身處熱鬧的花市，眼神卻混濁而迷茫。

彷彿只是按照習慣來到這裡，卻根本不知自己接下來要做什麼。

哪怕有認識的人上前跟她寒暄，她也只是木訥地附和幾句而已。

等女人的身影漸行漸遠後，剛才和她說話的兩人就議論起來：「聽說她和老公離婚了？」

「是啊。你說這兩人慘不慘，中年喪子，老年離婚，今後恐怕只能孤孤單單一個人過下去了。鬧成這樣何必呢。」

「我倒認為她兒子比較慘。前幾月他們不是總吵架嗎，鬧到周圍鄰居半夜都睡不好覺。有天我乾脆打開窗戶聽他們究竟吵什麼，才知道周源暉是被他們逼死的，可惜兩人誰都不肯承認，你怪我，我怪你。」

「唉……算是報應吧。」

林晚呆站在原地，意外於故事的結局，卻也分不出半分同情給他們。

「怎麼還在這裡？」

身後傳來熟悉的男聲，像一道和煦的風拂過耳廓。

林晚回過頭，目光穿過美不勝收的璀璨燈火，看見周衍川站在幾步之外的地方，遠遠地望向她，目光溫柔而安靜。

「在這裡等我的寶貝呀。」

她笑盈盈地迎上前，決定不告訴他那些瑣碎又煩人的消息，陪他走完了剩下的路。

回家時照例是周衍川開車。

林晚坐在副駕，把剛拍的金桔照片傳給鐘佳寧，稱讚男朋友雖然不是南江人，但挑選金桔的眼光卻是一等一的好。光看今天這一棵鬱鬱蔥蔥的模樣，便知來年必定大吉大利。

鐘佳寧被她千方百計誇男友的動機折服了。

沒聊幾句就表示「打擾了，告辭」。

林晚放下手機，聽見趙莉在後排提議放首歌來聽聽。

她點開中控臺的螢幕，選了最常播放的那首。

這首是蔣珂作為藝人出道後發的首張單曲，歌詞是蔣珂自己寫的，作曲編曲則全部交由江決完成。

前奏過後，女人沙啞婉轉的歌聲響了起來。

林晚靠著椅背，望著窗外流動的光影，慢慢閉上了眼睛聆聽。

她沒想到樂隊女主唱出身的蔣珂，最終會選擇一首情歌開始她在演藝圈的道路。

更令林晚沒有想到的是，當記者採訪蔣珂的創作靈感時，她竟然坦言這首歌是送給朋友的禮物。

「其實我和她遇見的那天，她現在的男朋友也在場。有機會的話，我真的很想介紹他們給大家認識，這是我平生見過的、靈魂最為契合的情侶。」

記者問：「那麼妳寫這首歌，是想祝福他們的愛情嗎？」

蔣珂說：「不只是愛情，還有他們今後的人生，我把所有的祝福都寫進了歌裡。」

祝吹向你的風都溫柔，落向你的雨都纏綿，愛過你的人都不會離開。

祝你們未來的每一天，都能如見春光。

——《喜歡你時，如見春光》正文完——

番外一　舒斐

01

舒斐遇見秦朝的前一天，剛和相戀一年半的男朋友分手。

男朋友是富二代，斯文俊秀溫柔體貼，有著體面家庭培養出的孩子該具備的一切優點。要說哪裡遺憾，就遺憾於只是二代，而且還是父母雙全的二代，掌握不了家中公司的命脈，也掌握不了自己的婚姻大事。

「我很難過。」

談分手時，男朋友在餐廳裡真摯地說，「我不敢想像沒有妳的日子該如何生活。」

舒斐挑眉，咬破一顆小番茄。

酸甜的汁水在唇齒間蔓延開來，被她囫圇嚥了下去。

男朋友握緊雙手，痛苦萬分：「相信我，分手的原因錯不在妳。是我父母對妳抱有偏見，而我無法改變他們的觀念。」

舒斐憐憫看向他盤中冷掉的牛排，贊同地回道：「我也覺得錯不在我。」

那麼錯在哪裡呢？

可能在於她的家庭吧，舒斐想。

一個一般城市家庭，兩位兢兢業業大半輩子的國企員工，培養出一位還算優秀的女兒。這種在大城市裡司空見慣的故事，在遇到談婚論嫁的重要時刻，就變成被人拿來評估的砝碼，減去一點，再減去一點，最後天平陡然歪掉，告訴她「妳配不上我們的兒子」。

她見過男朋友那對尊貴的父母，上位者慣有的傲慢隱藏在表面的禮貌之下，看她的眼神像在看一隻蚊子，需要隨時提防她撲上來吸血。

「這種感覺太痛苦了，妳明白嗎？我明明深愛著妳，卻不得不和妳分開……」

男朋友還在扮演生活所迫的無辜形象，將懊惱與悲憤都裝進眼睛裡，看著她深情告白，「妳是我見過最好的女人，從前是，未來也是。」

舒斐不想看他表演了，她放下餐具，語氣誠懇：「但我相信，你不會是我見過最好的男人。」

「……？」

「我想最好的男人，至少不會在被父母切斷經濟來源的前提下，還約女朋友來高級餐廳談分手。」

舒斐拿起價值幾千的帳單，打了個響指叫來服務生，同時詢問已經是前男友的某人：「需要幫你叫杯牛奶外帶嗎，babyboy ？」

離開餐廳，舒斐沒有急於回家。

下。

她踩著高跟鞋去了附近的商場，徑直走進一家奢侈品店，讓相熟的SA把她預訂的包拿出來。等待取包時她又看中一款絲巾，繫上後顯得脖頸格外修長，便沒有任何猶豫直接刷卡買下。

開車回到公寓，舒斐把新買的東西裝進衣帽間，站在鏡子前審視自己。

按照當下流行的審美標準來說，鏡中的女人實在算不上美女，眼睛過於狹長，眼尾帶著幾分凌厲的氣勢上揚而去，像在深凹的眼窩邊角嵌入一柄銳利的刀鋒。

與人對視時，如果不刻意保持笑容，會有一種天然的壓迫感。

還在讀書的時候，舒斐為自己的長相苦惱過。

她羨慕那些長相甜美又溫柔的女孩，她們能夠將女性的優勢應用到極致，但凡有任何不想解決的問題，只要笑一笑，所有難關便迎刃而解。

不像她，天生一副「萬事由我自己擔」的模樣，稍微表現出柔弱的情緒，就會被人懷疑她在裝腔作勢。

如今舒斐早就過了被外貌困擾的年齡，也習慣泰山崩於前而色不變，萬年擺出一張冷血無情的魔王臉，應對一些讓她歡喜或煩惱的事。

雖然分手確實讓她整個人都有些低氣壓，讓她很想約上朋友出去借酒消愁，但考慮到明天還要陪曾楷文出席一場專題講座，舒斐最終還是決定去做個瑜伽然後洗澡睡覺。

畢竟天大地大，工作最大。

那時遠在南江的鳥鳴澗工作組尚未成立，舒斐的身分是曾楷文的助理，負責替他打理一切繁瑣雜事，其中便包括講座開始前的準備工作確認。

這次講座是應燕都某所大學的邀請展開，舒斐提前一小時抵達了學校報告廳。時間還早，現場只有一名教職員工正在指揮學生們布置會場。

舒斐站在門邊，對著手機確認流程，聊到一半聽見身後有人說：「麻煩讓一讓。」

她回過頭，只看見一個男生的下巴。

視線再往上移，撞上一雙帶笑的狗狗眼。

舒斐退後幾步，接著聽見對方說：「謝謝姐姐。」

報告廳緊鄰走廊，光線耀眼地落下來，在空氣中蕩起一圈一圈的金邊。

男生穿著白色的校T恤，搭條寬鬆的黑色運動褲，褲管下露出的腳踝線條精緻，彰顯出年輕的力量與青澀感。

他和另外一名男生搬著張會議桌進去，彎腰放下會議桌時，T恤下擺拉扯上去，腰很窄，皮膚在陽光下奶白奶白的。

看起來很乖的一個弟弟。

但也就這樣而已。

舒斐收回目光，見陸續有學生從門口出入，就退到角落的位置站好。她有點口渴，下意識抿了抿嘴唇。

剛才那個男生不知從哪裡拿來瓶礦泉水遞給她。

「謝謝。」舒斐擰開瓶蓋，仰頭喝了一口。

另一邊布置會場的女生見狀，放軟了嗓音喊：「秦朝，還有水嗎？」

「沒有了。」秦朝攤開雙手，「這是我在樓下買的，就那一瓶。」

「講臺那邊應該有，幫我拿好不好。」

「自己去拿，我沒空。」

女生跺了下腳，在同伴的揶揄聲中哀怨地看了舒斐一眼。

好像她手裡拿的不是礦泉水，而是一顆被摔得粉碎的少女心。

舒斐嗤笑一聲，把礦泉水放到旁邊的窗臺。

年輕小朋友直白起來夠傷人，寧願讓春心萌動的女孩子看見他送水給素不相識的人，都不願意多走幾步，拿瓶水安撫她大庭廣眾之下的自尊心。

「還有事嗎？」舒斐淡聲問。

秦朝對她笑了笑：「沒事了，謝謝姐姐。」

舒斐便沒再管他。

等到手機傳來曾楷文的司機的訊息，就下樓去迎接她的老闆。

秦朝留在會議廳內繼續幫忙，把簽到冊和筆都準備好後，他抬眼看見窗臺那瓶被留下的礦泉水，無所謂地聳聳肩，過去把它扔進了垃圾桶。

講座開始後，秦朝坐在最後一排，聽臺上那位叫曾楷文的先生侃侃而談。

他聽得心不在焉，一手撐著下巴，一手有一下沒一下地轉著筆，視線不時望向第一排那個高鼻深眼的女人。

他昨晚在打工的餐廳見過她。

聽同事說，是來和男朋友分手，而且帳單還是由她付的。

秦朝對此不感興趣，真正讓他感到好玩的，是舒斐走後，他在旁邊那張桌收拾時，聽到她的前男友跟人講電話。

「她居然諷刺我還沒斷奶。我聽見那句話的瞬間有多崩潰你知道嗎，我們戀愛一年半，難道我沒有付出過感情？難道要逼得我跟家裡決裂，走上跟她一樣替人打工的路，才叫真的愛她嗎？」

秦朝把幾個餐盤重疊在一起，面無表情地想：哦，又是一個豪門狗血的故事。

「你說得對，她或許一直看不起我。可她自己好得到哪裡去？一個沒背景的外地女人，能混成曾楷文的助理，誰知道暗地裡有些什麼不可見人的交易。」

這就有點過了啊，朋友。

秦朝抬眼望向餐桌對面的裝飾鏡，鏡中那個失魂落魄的男人正在默默哽咽，彷彿他受了天大的委屈，急需喝杯牛奶，再在媽媽的懷抱裡安然入睡。

「我可沒說她靠潛規則上位，這不是你們平時都這麼說嗎？想想也是，曾楷文的老婆常年生病，他身邊又有這個助理……她是不漂亮，但你不覺得她特別有味道嗎？要不然我當初也不會追她……行了不說了，等我拿到卡再請你們出來吃飯。」

秦朝把餐盤拿進後廚，見店內暫時無事可忙，便去安全梯抽菸。

煙霧在眼前繚繞升起時，他想起剛才聽到的話，腦海中便不自覺地出現了提前離開的女人的身影。

她穿什麼衣服？

好像是件白襯衫配墨綠色半身裙，把她全身裹得很緊，身體輪廓凹凸有致，像開得正盛的一朵花，肆無忌憚地將那種成熟的芬芳散播開來。

可更讓秦朝在意的，還是她那雙眼睛。

怎麼會有人的眼睛長得那麼好看。

眼波流轉的時候，既有鋒芒畢露，又有豔光四射。

一支菸燃盡，秦朝傳訊息給室友：『你明天請假嗎？』

室友回他：『布置現場那事？你不是不肯幫忙嗎，現在又肯了？那可真是謝謝你了兄弟，我女朋友都發話了，再不陪她看電影就分手。你知道的，小女生嘛，每個月總有那麼幾天矯情的時候。等我這次把她安撫好了，絕對請你吃飯。』

秦朝懶得看對方的長篇大論，直接問：『講座的主講人是誰？』

『我看看通知啊。』

過了半分鐘，室友又回：『曾楷文，好像是什麼鳥類研究專家。』

秦朝舔了下嘴唇，耳畔彷彿迴響起舒斐那句風流婉轉的「babyboy」，他不經意笑了一下，懶洋洋地靠著牆，拇指輕按螢幕：『行，跟你們部長說一聲，我代你去。』

『？？？不是吧，難道你對這個什麼鳥講座有興趣？』

秦朝收起手機。

打開防火門時暗想道，他對鳥沒有半點興趣。

可他對那個姐姐，有點興趣。

02

講座結束後還有一場宴請。

就在學校裡面一家稍微高級的餐廳，環境與菜色都不算很出色，但好歹能表現出學校對曾楷文的尊敬，又不至於被有心人指責鋪張浪費。

舒斐坐在曾楷文身側，離窗近，樹影斑駁落在她肩頭。

席間的話題人物自然非曾楷文莫屬，但作為曾先生的助理，她也得到幾分美譽。

當聽說她曾在某家融資公司擔任地區副總裁時，席間其他人投來的目光顯得越發欽佩，某位領導更是連聲誇她「品性高尚」。

舒斐含蓄地謙虛幾句，知道他們反應為何如此之大。

能做到知名融資公司的地區副總級別，年薪是以百萬為單位。

就算曾楷文和他創建的基金會來頭再大、就算做他的助理絕非端茶倒水接電話那麼簡單，但兩者相比起來，物質收益確實相差甚遠。

既然不計較物質，那麼必定是追求精神境界，願意捨棄身外之物，全心投入到公益事業之中。

這是大多數外人初次聽說舒斐的履歷後，第一個真實的反應。

然而事實上，真相遠沒有他們想像的那麼崇高。

舒斐畢業後工作一直很拚。金融這行本就是弱肉強食的世界，她一個普通外地女孩想要站穩腳跟，除了那點天賦以外，靠的就是不要命的去爭去搶。

後來位置是坐穩了，錢也賺到了，結果身體垮了。

鬼門關走過一遭，舒斐沉迷在金錢世界的頭腦終於冷卻了一點——雖然也只有一點。

她琢磨著與其後半生靠前半生賺的錢吊命，還不如找份沒那麼辛苦的工作，每年賺的錢可供日常開銷就行。思來想去，她想到了曾楷文的基金會。

之前因緣巧合，她幫基金會牽線過一個政府融資的專案，跟這邊的人打過不少交道，加上自己對動物還算喜歡，就索性自降身價，來了曾楷文這裡做助理。

曾楷文心裡清楚，讓舒斐做助理是屈才，承諾讓她在燕都休養一陣，等南江的分支機構籌備好了，就讓她去那邊帶項目。

算算時間，差不多也快了。

舒斐喝下一小口茶，把茶杯放下時，注意到窗戶玻璃倒映出的樹影晃動得厲害。

起風了。

她下意識往窗外看了一眼，結果就看見那個叫秦朝的男生正站在街邊。

身後是輛山地自行車，男生頎長清瘦的身體靠在那裡，書包鬆鬆垮垮地掛在右邊肩膀，長腿撐著地，看起來就像乖乖等女朋友下課出來吃飯的樣子。

秦朝哪有女朋友可等。

他上個月剛和大三的學姐分手，這時正單身。

不是沒女生追他，而且其中高年級的學姐占了大半。

秦朝長了一張很乖的臉，精緻漂亮，繼承了母親的好皮膚，無論扔到太陽下怎麼曬，過不了多久就又能白回來。

從幼稚園的時候開始，他就特別受姐姐們的喜愛。以前還為此苦惱過很久，後來想開了，弟弟就弟弟唄，反正跟誰談戀愛不是談呢。

不過最近秦朝覺得，學校裡的姐姐們還是青澀了點。

到底沒出過象牙塔，每天生活除了學業就只剩戀愛，就拿他剛分手的那個前女友來說，每晚睡前如果不打一小時電話，那就會懷疑他在外面又跟哪個姐姐勾搭上了。

對此秦朝就一個想法，巨冤。

所以分手後他痛定思痛，決定下次再談戀愛，一定要找個沒那麼戀愛腦的。最好能再大幾歲，上了班的那種姐姐，工作之餘找他享受下快樂時光就好，別那麼黏人。

室友笑著評價他：「那你可能會找到一個渣女。」

「嗯？」

「忙的時候根本沒空理你，不忙了才會想起你，這不是渣是什麼？」

秦朝冷淡地「哦」了一聲，心想反正他也很忙。

他每天忙於功課，還要忙於打工。

倒不是多缺錢，就是想以後自己開家餐廳，打算從現在起就有目的地去接觸一些基礎的工作。

頭頂的樹葉沙沙作響，彷彿就在一瞬間，空氣涼了下來。

秦朝瞥了眼手機裡的天氣APP，清楚再過十幾分鐘，很可能會有一場大雨降臨。

學校裡適合款待貴賓的餐廳就這一家，而他的書包裡，有一把常年隨身攜帶的雨傘。

舒斐抬手擋住電梯，等曾楷文和其他幾位校領導出去後，才與剩下的人簡單推辭幾句，隨後昂首闊步地走了出去。

電梯門再度合攏的剎那，一個閃電把大堂照得分外明亮。

眨眼的時間，傾盆大雨稀裡嘩啦地落了下來。

「哎呀，怎麼突然下雨了。」

考慮到停車場離餐廳有幾步路程，有人歉意地看向曾楷文，「曾先生稍等幾分鐘，我們這就派人去拿傘。」

舒斐從後面靠近，正要開口說話，就見餐廳的旋轉門繞了一圈。

秦朝邊收傘邊進來，看見他們時彷彿愣了一下，然後朝某位認識的老師笑著說：「程主任，不介意的話，用我這把傘吧。」

他笑起來時，嘴邊有個淺淺的酒窩，好似能裝下點清甜的酒。

程主任記得他：「來得正好，你送曾先生他們去停車場。」

接著又湊過來，小聲囑咐他，「他們可能沒帶傘，你這把乾脆送給他們，免得人家到了之後還要淋雨。」

秦朝點點頭，先把曾楷文送到車上，再折返回來接舒斐。

走出餐廳的下一秒，他把雨傘往舒斐那邊挪過去些，垂眸時正好對上她的眼睛，便笑了一下，低聲說：「路有點滑，姐姐小心。」

聽起來是再平常不過的禮貌用詞，連這場無法被人控制的大雨，與他恰好出現的時機，都像是一場巧合。

如果不是舒斐看見他無所事事地在樓下等了半小時的話。

走到車邊，舒斐不動聲色：「謝謝。」

「姐姐把傘拿去。」秦朝將傘柄遞過去，兩人的指尖輕輕碰觸到一起，帶著潮溼的雨氣。

舒斐挑眉：「你怎麼辦？」

秦朝笑了笑，睫毛被紛亂的雨絲潤溼，顯得分外濃密。

他往後退開幾步，退到堪堪遮過頭頂的屋簷下，揮了揮手：「我等人送傘來。」

雨水急促而洶湧地沖刷著天地之間的灰塵。

秦朝隔著雨幕跟她對視，身上那件白T恤被淋溼了大半，布料貼緊他的腰，在灰牆的映襯下凹進一個窄而緊實的弧度。

舒斐意味深長地看他一眼，沒再說話，直接收傘上車。

之後又過去半小時。

她送曾楷文回到辦公室，自己則換了一身乾淨的衣服，才開車出門辦公事。

等到一切辦妥，再次回到那個停車場，已經是下午五點。

秦朝還站在那裡。

舒斐將車停在他身邊，打開車窗後，手臂搭在窗沿點了支菸。

紅色的火花在她指尖時明時滅，煙霧糅雜在雨霧裡，將綠葉與青草的味道都掩蓋了過去。

秦朝看著她，頭髮溼漉漉地貼在臉邊，眼睛亮亮的，像隻等待被人領回家的小狗。

舒斐撣掉菸灰，朝他勾了勾手指。

等他彎下腰來後，她彎起唇角笑著說：「弟弟，教你一件事。」

「什麼事？」

「能做到我這個級別的助理，出門不可能不帶備用的傘。我的老闆是什麼身價，誰敢讓他淋雨感冒。」

「……」

秦朝一怔，好半天說不出話來。

舒斐被他眼中試圖隱藏的失落逗笑，又抽了口菸後，才問：「你成年了嗎？」

「十九。」

秦朝聲音比之前悶了些。

舒斐有些意外地看向他。

他比實際年齡看起來要小一些，上午在報告廳遇見時，她還以為他只有十八甚至未成年。

由此可見，臉長得嫩確實能夠騙人。

雨還在下著，彷彿不會疲倦一般，要把人困在這裡。

靜了片刻，舒斐的聲音終於淡淡響起：「走吧，我把傘帶來給你了。」

事後回想起這天下午的經歷，秦朝都分不清，到底是他撩了舒斐，還是舒斐撩了他。

反正他們在飯店房間廝混很久，等來了雨停，也等來了天黑。

緊閉的窗簾及門將世界阻擋在外，房間裡分不出晝夜，也分不出時間，只剩下彼此交融的氣味。

秦朝在認識不到一天的女人身上，感受到了某種近似於上癮的快感。

第二天醒來時，滿地狼藉。

他睜開眼，看見舒斐站在床邊穿衣服。

她的背很瘦，蝴蝶骨凌厲地張開。

黑色的蕾絲內衣慢慢覆上她的皮膚，有種別有韻味的性感。

「妳要走了？」秦朝問。

舒斐把外套穿上，然後拿出手機問：「你手機號碼幾號？」

秦朝報了一串數字，聽見自己不知道掉在床底還是沙發下面的手機響了幾聲又安靜，便揉了下亂糟糟的頭髮，心領神會地低笑一聲。

他們在雲雨過後的清晨，交換了聯絡方式。

正如秦朝事先所期盼的那樣，舒斐和他在時間方面特別同步。

他們不像別的戀人那樣，需要經常見面或約會，只有當兩人都有空閒時，才會約出來見一面。

儘管每次見面的流程都差不多，但秦朝卻感到他對舒斐的感情，一天比一天更深。

直到快放暑假時的某天，舒斐和他在浴室洗完澡，她用寬大的浴巾裹住兩人的身體，貼合的皮膚滾燙得能燒起火來。

就在如此情意綿綿的時刻，舒斐突然說：「下週開始別來找我了。」

「……為什麼？」他低下頭，下垂的眼尾掠過不解。

舒斐：「我要搬去南江工作，隔得太遠，見面不方便。」

秦朝的舌尖抵緊下顎，好半天後才啞聲問：「姐姐這是分手的意思？」

這次換舒斐愣了好半天。

她鬆開浴巾，與他坦誠相對的同時，語氣卻很冷靜。

她問：「我們難道不是炮友？」

03

秦朝半個月沒緩過神。

彼時舒斐已經飛去南江組建鳥鳴澗，他獨自留在燕都，每次打開抽屜看見提前準備的音樂劇門票和七夕禮物，都會忍不住恍神。

期末考試後，大家總算抱完佛腳開始放飛自我。

他們這宿舍風水好，幾乎人人都有女朋友，某天早上室友們跟女朋友放縱回來，一推門見他窩在床上睡大覺，不由得對視幾眼，隱約想起好像這幾天秦朝都沒出去約會。

秦朝被人推醒，拉過被子蒙著頭，很不爽地問：「有事？」

室友的三顆腦袋齊刷刷地亮在上床欄杆旁邊，畫面乍看萬分驚悚，但大家的關懷卻格外真摯：「你跟女朋友吵架啦？」

「還是你的姐姐工作太忙沒空找你？」

「我們幾個這幾天冷落你了，要不要出去吃火鍋？說不定吃完火鍋你女朋友就有空了。」

秦朝在被子裡皺了下眉，一把掀開被子，雙臂撐著欄杆直接從床尾跳下去，落地後邊往廁所走邊說：「我沒女朋友。」

室友三人面面相覷。

哦，原來是分手了。

那更應該吃火鍋了呀！

秦朝洗完臉，聽見室友們還在那邊商量今晚去吃哪家，他胡亂抹了把臉上的水，盯著鏡中的自己看了半分鐘，突然出去把手機拿進來，然後想了想，索性把T恤脫掉，露出了讓女孩子們心猿意馬的胸膛和腹肌。

當天上午九點半，秦朝的動態宛如開了門的雞籠。

加過他通訊軟體的女生們瘋狂保存照片，紅著臉在留言區輸入一大段話又刪掉，想真心誠意地誇他，又怕太過分的虎狼之詞會嚇到他。

他那張臉長得清純無害，平時穿著衣服也顯瘦，會讓人下意識以為他是那種特別纖細的身材，所以她們是真的沒想到，原來秦朝的身材居然這麼好。

奶狗與狼狗的完美結合，簡直就是姐弟戀的最佳人選。

短短十分鐘後，那張自拍還是收穫了無數點讚和一致好評。

秦朝耐著性子把那些名字全部看了一遍。

沒有舒斐。

他收起手機，面無表情地走出去，迎著室友們「我靠兄弟你大早上發動態炸魚塘？」的錯愕眼神，換上衣服去餐廳打工。

到了餐廳，秦朝還不死心，在更衣室裡穿著餐廳制服又拍了一張。

這下那些人瘋得更厲害了，高級餐廳的服務生制服當然好看，灰藍色襯衫配黑色馬甲，領釦扣到最頂，下面搭個黑色的領結，顯得他整個人既禁欲又溫順。

一整個上午，秦朝的手機響個不停。

每次拿出來看見聯絡人不是舒斐，他的心情就越往下沉一分。

到了中午繁忙的時段，再次收到新訊息。

秦朝藉著去拿紅酒的時間，抽空看了一眼。

之前那個大三學姐前女友發來的，問他對剛上映的電影感不感興趣。

「……」

秦朝咬緊牙關，自己都覺得自己可笑。

所以舒斐是真灑脫，說斷就斷。

連他前所未有的發自拍出賣色相，她都懶得理會。

秦朝把手機收好，決定再也不幹這種荒唐事。

他調整了一下表情，擺出服務生的營業用笑臉，用酒盤托著一瓶紅酒走到點酒的客人那桌，微笑著詢問他們這瓶酒是否可以。

「行，就開這瓶。謝謝。」有人回他。

「好的先生。」秦朝禮貌地看向說話的人，然後愣了愣，發現這人就是舒斐的前男友。

前男友自然不認識他，扭頭繼續跟朋友聊天：「舒斐真去南江了？」

「聽說走半個月了。欸你們說，會不會是曾楷文跟她玩膩了，找個藉口發配邊疆？」

前男友神色黯然了一瞬：「別這麼說。」

「有什麼不能說，都分手了還護著她？不是吧，這女人有哪裡好，值得你這麼念念不忘？」

有人接話：「說不定是技術好。」

一桌男人曖昧地哄笑出聲。

「那倒有可能。技術嘛，總歸都是練出來的，她以前做融資的時候，指不定陪了多少客戶。要我說哥們兒你別沮喪了，跟她在一起也算享過豔福，爽到就行……」

說得最起勁的男人抬起眼，見秦朝還站在旁邊沒動，「嘖」了一聲，嫌棄道，「走開，小弟弟在這聽什麼熱鬧。」

秦朝沒說話，把酒盤往桌上一放。

手指握著紅酒瓶纖長的瓶頸，轉過身，冷冰冰地看了那人一眼，然後猛地砸了下去。

南江正在下雨，溼氣從窗縫中滲透進來，讓皮膚黏上一層潮溼的熱。

舒斐在辦公室接到一通電話，對方自稱燕都派出所的警察，說她弟弟在餐廳跟人打架，需要她過去一趟。

「我沒有弟弟。」舒斐冷笑一聲，「你們詐騙能先把我的資料調查清楚嗎？」

『他自己說是您弟弟。叫秦朝，您真不認識？』

舒斐一怔，揉揉太陽穴，語氣緩和許多：「您能讓他接電話嗎？」

聽筒那端很快傳來低沉的一聲「喂」。

光是聽著，都能想像到他蔫蔫的模樣，好像受了莫大的委屈似的。

舒斐沒心情替人管教孩子，直接說：「我不管你為什麼跟誰打架，我們之間的關係已經說得很清楚了，有事回家找你爸媽解決，再讓我接到這種電話，小心我跟你沒完。」

『怎麼個沒完法？』

秦朝張口才說幾個字，嘴角就抽疼得厲害。他一個人打對方五個，無論如何也占不了便宜，拳腳相加不知挨了多少打。

可被他打的那個男人更慘。

打到後面幾人都有點愣住，搞不清這服務生到底為何發瘋，為何只盯著那一個人揍。

舒斐靜了幾秒，意識到自己惹上一個小麻煩。

她用遙控器把透明玻璃夾層中的百葉窗闔上，在辦公室內來回踱步：「秦朝，你該不會以為我們是戀人關係？那我這麼問你，你或者我，有誰說過喜歡對方嗎？」

秦朝的眼皮垂下來，沒出聲。

沒有，他以為那些感情已經融進了肢體的動作裡。

手機裡只剩下一片空白，間或夾雜著一點壓抑的喘息。

是傷口疼痛的時候，不想被她聽見，但又控制不住的聲響，聽得多了，會以為對方正在無聲地哭泣。

事實上，秦朝並沒有哭。

他一手按著胸口，一手拿著電話，在左右兩個警察的注視下沉默地呼吸。

外面走廊不時傳來那幾人的叫囂聲，大意就是表示他們聯合起來，能讓秦朝付出多麼慘痛的代價。

舒斐太久沒聽見他的回應，脾氣一下子上來了：「不說話是吧，那我掛了。」

就在她手指即將碰到掛斷的那一瞬間，手機那頭忽然傳來很輕的聲音。

秦朝喊她：『姐姐……』

他把嗓音壓得很低，彷彿低到了塵埃裡，帶著幾分可憐的哀求，但是又很像他們彼此糾纏的那些夜晚，情動之時的呢喃情話。

舒斐動作一頓，脊椎處像是有電流四散開來。

她被那些令人酥麻的電流驅使著鬆開手指，問：「說吧，為什麼打架。」

秦朝此時又聽話了，乖乖把前因後果說了一遍。

舒斐的臉色越來越冷，聽到最後已經恨不得馬上飛去燕都，把那人按在地上再痛揍一頓。但她自己出手，和秦朝出手，意義又不一樣。

他還是個學生，不值得把大好前程就此葬送。

「……這樣吧，我人在南江不可能回去。我給你一個律師的聯絡方式，要打官司的話儘管找他，費用我幫你付。」她選擇了一個折衷的方式。

秦朝笑了一聲，扯得傷口又滲出了血。

他抬起手背把唇角的血擦掉，任由那些鮮紅的顏色弄髒了他的臉：『不用，我家有法律顧問。就是說一聲，我想妳了，姐姐再見。』

「……」

舒斐把手機扔回桌上，坐進轉椅裡皺緊細長的眉，有那麼幾秒鐘，懷疑自己可能聽錯了。家裡有法律顧問……她到底招惹了什麼祖宗。

隨後的日子，舒斐沒再收到秦朝的消息。

直到八月下旬的一天，塵封許久的對話方塊突然跳到了頂端。

秦朝：『我能來南江找妳嗎？』

舒斐：『約炮？』

秦朝坐在房間裡，盯著這兩個字咬緊了嘴唇。

他不明白為什麼舒斐對他有如此巨大的吸引力，但每晚做夢的時候，夢境的結尾永遠是她那雙眼睛，有點不近人情的冷漠，但又莫名的誘惑，讓人想占據她所有的視線，從此在她眼中安營紮寨。

最後他一咬牙，回覆她：『嗯，約。』

『那你來吧。』

到達南江的那天，陽光毒辣地籠罩在周身。

秦朝直接住進舒斐訂的那家飯店，在房間裡等她。

傍晚時分，門鈴響起。秦朝幾乎是飛撲過去打開了門。

兩個月不見，舒斐看起來沒有任何變化，照樣光彩照人。

她站在門邊，看起來根本沒有進來的打算：「有些話我打算當面跟你說清楚。秦朝，我們不合適。」

滿盆冷水淋頭而下。

秦朝按緊門把，前臂青筋突起：「為什麼，我不能追妳？」

「你今年多大？」

「……」秦朝側過臉，不肯回答這個問題。

「我今年二十九，比你大十歲。你家裡既然請得起法律顧問，那顯然不會是普通家庭。你問過父母沒有，他們同意你和一個二十九歲的女人在一起嗎？」

「我媽就比我爸大八歲。」秦朝低聲說。

舒斐意外地哽了一下，沒料到原來這還是他家的優良傳統。

但她很快調整好表情，輕笑著問：「可我不喜歡你。為一個跟你非親非故的女人打架，這種行為有多幼稚你明白嗎？」

秦朝低下頭，身影在牆上投下淡淡的沮喪。

他竭力控制住情緒，說：「以後不會了，我會很乖的。」

舒斐下意識想說「除了臉看不出你哪裡乖」，可下一秒，她就看見秦朝的眼眶漸漸泛起了紅。十九歲的大男生，委屈的時候表現得並不激烈，只是眉頭微微皺緊，喉結滾動的頻率變快而已。

可她心中某個位置，卻微微顫了一下。

秦朝紅著眼睛望向她：「姐姐，別趕我走。」

舒斐與他隔著半公尺不到的距離對視著，走廊的風翻湧進來，在他們之間掀起一陣陣的潮汐。

末了，舒斐像那個雨天一樣，淡聲說了句：「走吧。」

秦朝呼吸一頓，渾身的勇氣即將分崩離析。

「既然要追我，」舒斐笑了一下，「就先從請我吃飯開始。」

番外二 求婚

01

周衍川回家時，林晚正在上課。

上的還是一對一家教那種課。

林晚當上鳥鳴澗副總監後，發現自己需要惡補的知識太多。鳥類相關她是專業的沒錯，可經濟和金融到底還是門外漢，哪怕前段時間養傷的時候看了些基礎教材，但想進行系統的學習還是需要老師輔導。

所幸趙莉就在南江大學任教，請幾位老師幫她單獨輔導的人脈還是有。

雖然大學講師單獨授課的學費不菲，但全家上下都認為，要想在基金會這種行業走得長遠，前期投入必不可少。

這時課已經講完了，正在進行抽查鞏固知識的環節。

林晚腦子很聰明，從小到大學東西都有一套自己的經驗，面對老師提出的幾個問題，答得都還算順暢。她一邊回答，一邊眼睛不受控制地往外面瞟去。

今天來的老師比較年輕，見狀笑著問：「男朋友回來了就不專心？」

林晚語氣誠懇：「男朋友長成那樣，誰能做到心無旁騖呢？」

「行了，今天就到這裡吧。」老師笑了起來，起身收拾東西，「回頭把作業發到妳郵箱，有什麼不懂的就寫郵件問我，不耽誤你們談戀愛。」

林晚笑盈盈地送對方出去，到客廳時看見周衍川在打電話。

鳥鳴澗的保護區巡邏做得很成功，基金會決定手裡所有保護區都與星創合作，他這兩天在忙著跟軟體設計部確認識別軟體的更新進展，今天週六也去公司加了半天班。

他背對著書房，沒察覺林晚他們出來了，正慵懶地靠著沙發靠背解襯衫鈕釦。

直到聽見兩人說話的聲音，才轉過頭看了一眼。

林晚對他彎起眼笑，周衍川也笑了一下，同時向老師點了點頭。

老師不過三十多歲，見到帥哥的反應也和二十幾歲小女生差不多，略顯侷促地打過招呼，走到門邊時，忍不住問：「妳還有沒有這麼帥的男孩子介紹？」

林晚誇耀道：「帥成這樣的，真沒有。」

她回答時眼睛還亮亮地望向周衍川，眼尾眉梢全是藏不住的喜歡。

老師哽了哽：「當我沒問。」

送走今天的任課老師，林晚返身回到客廳，模仿周衍川的姿勢與他肩並肩靠著，靠了沒幾秒鐘，乾脆往旁邊一歪，腦袋放在他的肩膀上。

周衍川似乎笑了一聲，抬手繞到她身後，摸貓似的輕輕揉她的後頸。

林晚當真跟隻小貓般滿足地瞇起眼。

打完電話，周衍川把手機扔到沙發上：「今天學得怎麼樣？」

被男朋友撫摸的幸福感頓時消失殆盡，林晚揚起腦袋，鼓著腮幫，鼻子微皺：「能不能聊點讓人快樂的話題。」

其實學得倒挺順利，只不過她的興趣愛好不在這方面，因此是真不想美好週末男朋友加班回來，第一件事就是關心她的學業進展。

她皮膚細膩，腮幫鼓起就是副吹彈可破的模樣，讓人很想動手戳一下。

周衍川的確也這麼做了。他眼裡擒著抹笑意，指尖往她臉頰按下一個小窩，接著鬆開，又按下去。

沒幾下林晚就破功笑出聲來。

她故作嬌嗔地握拳捶他胸口，邊捶邊問：「你當我是河豚呢！」

「河豚哪有妳好玩。」

周衍川笑著往旁邊躲，林晚不依不饒地撲過來繼續打他。兩人挺沒正形地鬧騰了一下，周衍川才捉住她的手腕，不讓她胡鬧了。

腰椎有鋼釘的人，玩鬧要適可而止。

「圖鑑準備得怎麼樣了。」他問起正事。

林晚：「今天早上全部傳給編輯啦。」

提起喜歡的工作，她眼中就亮閃閃地發著光，語氣也止不住地歡欣起來，「編輯說順利的話今年就能出版，到時候我也是有代表作的人了。怎麼樣，到時要我幫你簽名嗎？」

周衍川意味深長地看她一眼：「簽哪？」

林晚感覺自己被他那個多情又溫柔的眼神調戲了，而且被他這麼一問，她腦海中居然不爭氣地浮現出某些不可描述的畫面。

他皮膚白，好像簽在哪裡都很勾人。

不然乾脆把彼此的名字刺在身上呢？可是那樣會不會顯得太中二啊？

林晚經歷一番天人交戰，決定把選擇權交給他。

她眨眨眼睛，與他對視時輕聲問：「寶貝想簽哪裡？」

周衍川眉眼低垂，視線從她寫滿期待的雙眸掃過，彷彿認真地思考了一下，然後淡聲說：「簽扉頁吧。」

「……」

周衍川你是不是想換女朋友了！

林晚一把推開他，電梯都不想等了，噔噔噔爬到二樓，占據地理優勢後叉著腰居高臨下地宣布：「周先生，今晚你睡客房吧。」

周衍川在樓下挑眉：「嗯？」

「你就是每個月不氣我幾次不舒心。我明明已經這麼慘，週末被關在家裡上課，連觀鳥都不能去，你倒好，一回來就針對我。」

林晚說著說著戲癮就上來了，她擦拭完並不存在的淚水，嫵媚一笑，神色中流露出看開之後的釋然，「我要問問蔣珂，娛樂圈有沒有貼心小帥哥，我覺得他們在等待海王的召喚。」

周衍川抬起眼，莫名覺得她說後半句時，很像網路上前段時間流行的渣女貼圖。

半年前剪短的頭髮如今已經足夠長，林晚為了慶祝重獲長髮，上個月還特意燙了個捲髮，此時那些海藻般的捲垂落在她肩頭，感覺只差點支菸就能出去興風作浪。

林晚做戲做全套，話音剛落便拿出手機點了幾下：「親愛的……對呀，我就是想妳了。妳不知道我現在有多無聊。嗯我跟妳說哦……」

語氣還挺嗲，就是每句話中間留出的空白時間不夠，暴露了她根本沒在打電話的事實。

不過她說自己無聊，周衍川倒是很能理解。

本來前一陣複診，醫生說她恢復得很好，可以去地勢相對平坦的地區觀鳥。

結果還沒等她選好時間出發，南江每年一度的返潮氣候就按時報到。

市區某個公園的棧道地面溼滑，那個週末接連摔倒好幾位觀鳥愛好者，網上說其中一位摔得還很嚴重，直接送進醫院做手術了。

周衍川哪裡還放心她去。

趙莉聽說後也專程把女兒叫回家裡，語重心長地告誡她，不要為一時痛快造成不可挽回的後果。

林晚心裡其實有些憋屈。

她本來看中南江近郊一座能看見星星、有露營地的山，想帶周衍川去觀鳥的同時住上一晚，實現他們當初一起看星星的約定。

她想讓星辰與群山見證她和周衍川的愛情。

那些歷經歲月洗禮的風景，它們一定看過太多悲歡離合，也一定能夠理解這對年輕情侶為何相愛。

它們必然知道，林晚的世界有多麼充沛而富饒。

所以它們會躲在夜幕中悄悄商量，認為這個女人已經足夠幸福，接下來它們應該把更多的幸福賜予她身邊的那個男人。

從此災厄悲傷都離他遠去，只剩下她所代表的燦爛明天常伴他左右。

然而計畫永遠趕不上變化。

自那之後的幾天，林晚都不太開心，這種感覺就像她精心為周衍川挑選了一份禮物，不料快遞卻把它遺忘在倉庫深處，不知何年何月才能翻找出來。

林晚獨角戲演到一半，居然真的有電話進來。

她半點也不尷尬，清清嗓子接起來，得知大學室友結婚，想請她去另外的城市參加婚禮。

掛掉電話，她輕飄飄掃了沉默的男朋友一眼：「下個月我大概會請兩天假出去玩。」

周衍川看她的眼神像看一隻被關在籠子裡的小鳥。

靜了片刻，他忽然問：「年假還剩幾天？」

林晚愣了一下，她哪裡還有年假，全被去年受傷用光了，這次去見老朋友都打算請事假呢。不過她還是斟酌著反問道：「幹嘛？」

「帶妳出去玩，去嗎？」周衍川說，「下個月我去國外參加環境保護論壇，有幾場酒會，建議帶女伴同行。」

林晚一聽，立刻把室友的婚禮拋至腦後。

一來她和周衍川沒有正經地旅遊過，二來周衍川參加的會議跟她的本職工作也有關係，能藉機了解國外環境保護情況。

確認過時間和工作沒有衝突後，她提前申請了假期，順便提交了簽證申請。

簽證發下來的那天，林晚不幸喉嚨發炎了。

她在街邊買了一杯涼茶，回家後邊喝邊想，果然昨天就不該去參加郝帥舉辦的烤肉party，這人的燒烤水準根本沒有進步嘛，好幾串都烤過頭了！

涼茶特殊的苦味漫過火辣辣的喉嚨，讓她輕微地皺了下眉。

人啊，果然一談戀愛就矯情。

林晚在心中默默唾棄完自己，聽見周衍川加班回來開門的動靜，跑去玄關迎接的同時，還啞著嗓子撒嬌：「今天的涼茶好苦啊。」

話剛說完，她先被自己噁心到了。

這聲音聽起來像個男人一樣，嗲兮兮地說這種話，讓她起了一身雞皮疙瘩。

周衍川也是一怔，沒聽過她嗓音這麼嘶啞。

他低頭親了她一下，問：「那我做個甜點給妳？」

林晚心滿意足地點點頭。

周衍川最近廚藝進步很大，有空的時候就會在廚房裡開發些新菜式用來投餵女朋友——雖然他的初衷，是不想林晚因為惦記鄭老師的手藝總往南江大學跑——但從結果來看，林晚未來的口福得到了充足的保證。

晚餐是阿姨提前準備好的半成品，稍微加工就能吃。

兩人現在都還不餓，周衍川便換了一身衣服，先去幫她做甜點。

林晚留在客廳用筆記型電腦跟出版編輯討論裝幀細節，剛聊沒幾句，就聽見旁邊周衍川的手機在響。她拿起來看，發現是一個沒有備註的本地電話號碼打來的。

「誰的電話？」周衍川在廚房裡問。

林晚：「不知道呢，會不會是星創的人？」

周衍川滿手都是麵粉：「幫我接一下。」

林晚滑開接聽：「喂，你好。」

她本來想叫對方稍等片刻，不料電話那頭明顯安靜了幾秒。

林晚懷疑人家被她不男不女的嗓音嚇到了。

然後很快，對方用一種非常不確定但還算禮貌的語氣說：『是……周先生嗎？您預訂的求婚戒指已經做好了，想問您什麼時候有空來取呢？或者我們送過去給您也可以。』

林晚腦海中「嗡」的一聲。

炸了。

02

因為這通電話，林晚的甜點從草莓鬆餅降級成為草莓奶昔。

周衍川心態有點崩。

掛掉電話就把切好的草莓和優酪乳倒進料理機裡，打出一杯奶昔遞給她。

全程表情都很淡漠，很像他們剛認識的時候，那種生人勿近的性冷淡帥哥的感覺。

林晚可以理解他的崩潰。

求婚這麼重要的事被品牌工作人員提前劇透了，換了誰心裡能舒服呢？

其實林晚剛才想裝傻糊弄過去，可她平時多機靈的人，接完電話愣了那麼一下子，就足夠周衍川猜到電話裡說了什麼。

他來不及擦乾淨雙手，走過來拿走手機。那邊一聽聲音不對，很快就明白自己搞了一個烏龍，忙不迭地不斷道歉，大概怕周衍川生氣投訴，還可憐兮兮地解釋自己剛上崗，確實在細節處理上有所疏忽。

周衍川不想為難一個小女生，淡聲表示沒關係，然後就約定好了取戒指的時間。

可失去求婚的驚喜這事，也的確讓他鬱悶不已。思來想去，他上樓換了一塊智能手錶，又拿上手機進廚房，打算把廚房的智慧控制系統跟手機連結。

反正看起來，是決定亡羊補牢，用科技的力量杜絕此類事件再次發生。

林晚喝著奶昔看他忙碌，心想或許這就是理工男的本能。

不過此刻她還有些愣，就像近距離聽見了煙火炸開的聲音，嚇了一跳的同時，又被絢爛的景象迷花了眼，好半天都緩不過神。

一時之間，家裡莫名安靜。

林晚不知不覺地吸著吸管，直到吸管發出突兀的一聲，才發現杯中的奶昔已經見底。她抿抿唇角，看見周衍川在廚房回頭看她，應該也是被那聲吸管的動靜吸引了注意力。

兩人的視線在空氣中碰觸到一起，彼此都帶著幾分躲閃。

到底還是林晚先沉不住氣，她從沙發下來，拿著杯子進廚房清洗，邊洗邊用她那難辨雌雄的聲音安慰他：「別生氣啦，反正我知道你肯定會求婚，不算多嚴重的劇透。」

「嗯。」周衍川低聲回她，「暫時先別說話，妳那嗓子聽得我都替妳難受。」

林晚把杯子放到濾水架上，食指交叉疊在嘴邊，做了一個噤聲的動作。

雙眼微微彎起，笑咪咪地看著他。

周衍川被她笑得渾身不自在，乾脆低下頭，指尖一下下地點擊手機螢幕設置連接程式。

說來奇怪，他們以前似乎從未討論過結婚的話題，但兩人日常相處時，卻又能默契地將對方看作陪伴一生的伴侶。有些話不必說出來，一個眼神、一個動作，就能心意相通。

但當天窗真的打開，所有的話都可以攤開來討論時，他卻變成一個不善言辭的人。

只因看得太重，就難免在餘生相伴的話題裡顯得格外小心。

加上被提前劇透的意外作祟，他總有種搞砸了的頹喪感。

林晚沒有走開，坐在吧檯邊晃著筆直勻稱的雙腿，目光往他那邊流連忘返了許久。

她多少能猜到周衍川此刻在鬱悶什麼。

他們兩人之中，他絕對是最重視婚姻的那個人。因為婚姻代表的不僅是一聲「我願意」的承諾，更是一個家庭的開始與基礎。

他在太小的時候就失去了家庭。遇見她之後，自然會希望事事完美圓滿，不留下任何缺憾。

林晚本來是在心疼他，誰知看著看著目光就走了樣。

最近天氣又熱又悶，可周衍川這人好像不怎麼受氣候影響，照樣看起來英俊又乾淨，一件款式最普通不過的襯衫，都能被他穿出很高級的禁欲感。

不過禁欲大帥哥的後頸，現在好像稍稍有點紅。

「……」

林晚挑眉，發現自己窺探到了天機。

她跳下吧檯椅，真拿自己當個小啞巴，跑去客廳拿了手機跑回來，當著他的面傳訊息：『寶貝，你是不是在害羞？』

周衍川垂眸掃了眼螢幕，唇角不自覺地抿緊剎那。他抬起眼，半是無奈半是妥協地笑著：「知道還問。」

林晚的心像被幸福灌滿的氣球，再聊下去都怕心會飄到天上去。

她撲過去抱住周衍川，眼尾眉梢全是燦爛的笑意，還沒忘記繼續打字：『你不也一樣，知道還問。』

妳願意嫁給我嗎？

當然願意啊。

周衍川為她明晃晃的暗示一怔。

可林晚很快就鬆開手，得意洋洋地溜到一邊，啞著嗓子說：「但不管怎樣，該有的儀式感總要有的。正式求婚的時候別讓我提前發現啦，周先生，加油哦！」

說完還誇張地握拳做了個打氣的動作。

周衍川被她逗得輕聲笑了笑，繼續弄手機。

林晚一步三回頭地出了廚房，確認男朋友沒再看她後，才躡手躡腳鑽進了書房。

自從她搬進來後，周衍川就多加了一個書櫃給她用，放的都是她需要的專業書籍，他平時也不會閒得沒事來翻找。

林晚輕輕反鎖好門，來到書櫃前，伸長手臂從第三層最左邊的書堆後面，摸出一個天鵝絨的戒指盒。

打開以後，設計簡約的男款戒指映入眼簾，切割鑽面的光芒從她眼中掠過，如同天空中最明亮的星辰正為她閃耀。

確認戒指沒被發現後，林晚鬆了口氣。

她開始騷擾鐘佳寧：『完了！周衍川也打算跟我求婚！』

鐘佳寧：『妳怎麼知道的？』

林晚把電話烏龍的事跟她說了一遍：『我猜他多半打算在國外求婚，可這樣一來我們不是撞檔期了嗎？不行不行，怎麼能讓我的寶貝先提呢，必須先下手為強。』

鐘佳寧比她本人還激動：『有道理。他既然選國外，妳就選國內。上飛機前就把這事搞定！』

林晚倍受鼓舞，稍加思考後，便點開郝帥的聊天畫面：『你昨天做的燒烤，害得我喉嚨發炎了。』

郝帥：『……』

林晚：『作為補償，能不能借你和你的無人機用一下呢？我想跟你們老大求婚。』

過了好幾分鐘，郝帥才慢吞吞傳來訊息：『不太合適吧……』

『？怎麼不合適。』

林晚及時打斷他的猶豫，手速飆得飛快，『小心我跟他吹耳邊風，說郝帥這人不能留了。』

同住雲峰府的郝帥盯著這行字，神色複雜地刪掉對話方塊裡打好的文字，然後賤嗖嗖地回：『好說，林晚妹妹打算怎麼安排？』

幾天後的下午，晴空萬里，是個適合求婚的好天氣。

許助來接周衍川與林晚去機場。

林晚刻意放慢腳步落在最後，藉機傳訊息給郝帥：『準備好了嗎？』

『一切準備就緒，就等你們的車經過。』

林晚深吸一口氣，懷著一顆必須成功的心上車出發。

從周衍川的別墅到雲峰府的大門，會經過社區的湖景公園。她提前勘察過地形，風景優美不說，地勢也極為開闊，無人機飛起來根本暢通無阻。

車輛在社區內緩速前行，林晚不自覺地捂住胸口，感覺到心跳越來越快。波光粼粼的湖面終於出現在視野之內，她竭力控制呼吸的頻率，卻還是在無人機飛過藍天的那一刻，打亂了呼吸的節拍。

周衍川彷彿察覺出她的異常，順著她的目光往窗外看了一眼：「怎麼？」

林晚指給他看：「好像是星創的無人機，該不會是郝帥他們吧？」

周衍川往她這邊靠過來，身上好聞的氣味也一併將她包裹住，溫熱的呼吸沿著她的脖頸燒到她的耳垂：「好像是。」

林晚忽然想起什麼似的，提高音量：「欸對了，鄭小玲有東西在我這裡，不如讓郝帥帶給她吧。」

她往前傾身，笑著說，「許助理，不好意思，能麻煩停下車嗎？」

作為林晚效應的第一個受益者，許助哪裡有不同意的道理，當即爽快地將車停在了路邊。

林晚：「稍等一下哦。」

她望了眼在空中盤旋的無人機，推門下車時裝出匆忙的樣子，故意沒關車門。

郝帥就躲在湖景公園的雕塑後面，悄悄探出一個頭來。

林晚背對周衍川，朝他比出一個OK的手勢。

下一秒，眼看即將飛出公園上空的無人機忽然掉頭飛回，螺旋槳掀起的氣浪從林晚上方擦過，將她的長髮如海浪般吹起。

林晚轉過身，遠遠地看向坐在車內的周衍川。

空氣明澈而溫暖，她在湛藍的天空下笑得肆意：「周衍川，你願意成為我的家人嗎？」

話音未落，無人機降低高度，懸停在車外。

機身下方穩穩托著一個八角戒指盒，等待有誰來開啟。

許助被超展開的一幕驚得瞠目結舌，趴在方向盤上假裝自己不存在。

作為被求婚的當事人，周衍川輕聲笑了一下，目光靜靜地回望過去，兩人在短暫的時間內對視著彼此，深情二字陡然沾染了溫度，要將周遭的一切都融化在他們的視線中。

林晚往回走了幾步，小心翼翼地取下戒指盒。

她將其打開，白皙的指尖輕輕拿起戒指，清了下嗓子，語氣鄭重：「我是從星創運送救援物資得到的靈感，雖然用來求婚有些大材小用，但如果沒有無人機，我們可能就不會真正的認識。這是我能想到的，最適合我們的求婚方式。」

周衍川解開安全帶，長腿跨出車廂，關上車門的同時，還沒忘記示意許助把窗戶關上。

接下來的話，他希望只有她和林晚能聽見。

近距離面對面後，林晚的手開始顫抖：「別看我平時好像很隨性，但求婚這種事吧，我也是第一次做，所以其實特別緊張。」

「嗯？」周衍川挑眉，「妳還打算做幾次？」

林晚認真地想了一下，眼中藏著抹羞怯：「那就看你答不答應呀。如果你不答應的話，我就只好……」

周衍川漫不經心地接道：「找別人？」

林晚搖頭：「就只好回國之後，讓郝帥再飛一次。」

周衍川勾了勾唇角，纏綿的視線從她泛紅的耳垂掃過，靜了片刻後，低聲說：「他確實需要再飛一次。」

「……」

什麼意思？？？

林晚瞪大眼睛，難以置信地望著他，滿腦子就一個念頭——不可能，周衍川那麼愛她，怎麼忍心拒絕她的求婚。

螺旋槳轉動的聲響，再次從空中傳來。

林晚下意識循聲望去，然後就愣在了當場。

一模一樣的情景，再次發生。

只不過這次上前取下戒指盒的人變成了周衍川。

他打開盒蓋，專門設計成鳥巢狀的精美內飾裡，躺著一枚璀璨奪目的女款戒指。

四周的風都靜了下來。

林晚只覺得她好似站在時光漫長的河流邊，她與周衍川相識以來的場景一幕幕從眼前飛馳而過，那些日與夜的相知相守，全是為了迎接這一刻的寧靜。

只有這一刻，方是永恆。

周衍川輕聲說：「我很慶幸做了無人機，也很慶幸透過它認識了妳。但我更慶幸的是……」

在我希望向妳求婚的時刻，妳也願意與我相守一生。

飛機在轟鳴聲中，降落在異國他鄉的機場。

長途飛行的疲倦讓林晚睏得不願睜眼，等待艙門開啟的時間裡，也是迷迷糊糊地歪過頭，把周衍川當作一個大抱枕，靠在他身上睡得很熟。

前排一個隨父母出遊的小男孩按捺不住興奮勁，跪在寬大的座椅內四處張望。當看見坐在他們後排的年輕男女時，他忽然停下動作，又好奇地多看了幾眼。

他扯扯母親的袖口，小聲問：「媽媽，那個漂亮姐姐是哥哥的女朋友嗎？」

母親往後望去，看清他們指間的戒指後，溫柔地笑了笑。

「不是哦，那是他的未婚妻。」

番外三　日常

01

過海關耽誤很長時間，抵達飯店已是當地時間中午十二點。

周衍川陪林晚在飯店房間吃完午餐，就進廁所洗漱更衣。

下午兩點就是論壇開幕式，作為唯一受邀的國家無人機領域代表，他需要在開幕式上發表演講致詞，行程安排得緊湊，沒有多餘的時間用來倒時差。

林晚在來飯店的路上睡了一下，現在感覺沒那麼睏。等周衍川洗完澡出來，她就從行李箱裡拿出件偏正式的職業裝問：「我等下穿這件怎麼樣？」

周衍川把提前準備的襯衫穿上，邊扣紐釦邊說：「妳留在飯店休息。」

林晚一愣，不解道：「為什麼？」

明明剛下飛機時，前來迎接的主辦方工作人員給過她一張入場證，聽說他們十幾小時前剛互相求完婚，還風趣地提醒她「一定記得來看妳未婚夫發言的風采」，怎麼一轉眼，她就變成飯店留守女青年了？

周衍川稍抬下巴，對著鏡子把最後一顆紐釦扣好，隨後拿起椅背上搭著的真絲領帶：「飛了十幾小時，再去現場坐三小時，我擔心妳身體受不了。」

經他提醒，林晚才察覺後腰處確實隱隱痠脹。

她這傷其實恢復得很好，平時只要不從事重體力勞動，跟沒受傷前的狀態也差不多。但在長途旅行時，差異就明顯表現了出來。

關係到後半生健康的事，林晚確實不敢逞強。她遺憾地嘆了聲氣，走上前接過周衍川手裡的領帶。

周衍川配合她的身高，順從地低下頭來。

長而單薄的布料繞過他修長的脖頸，在胸膛前緩慢交叉纏繞，分明是不需要花費太長時間的過程，卻又因此刻的氣氛彷彿漫長了許多。

林晚把領結往上推了推，看著他的眼睛說：「記得叫人多拍幾張照片給我看。」

周衍川笑了笑：「不是有直播？」

「直播當然要看，」林晚踮起腳尖，親吻他的嘴唇，「但未婚夫的照片我也要收藏。」

周衍川被她這聲「未婚夫」喊到了心裡去，伸手將她攬至懷中，深情回吻。

房間裡一時只剩下纏綿的細碎聲響，要不是出發時間在即，他甚至不願意放開。

等到周衍川被許助叫走，林晚將自己的行李收拾好，接著便下樓買了些小零食回來，將它們攤開在靠窗的茶几上，打開筆記型電腦準備隔著網路欣賞周衍川發言的一幕。

下午兩點整，開幕式畫面準時傳送到電腦。

為了網速考慮，她選擇的是國外的直播平臺。上臺的人無論國籍，全程用英語交流，沒有翻譯的情況下，林晚聽得稍微有些吃力——主要是涉及到的專業術語太多，偶爾需要費神根據前後文理解某個單字的意思。

排在前面幾個演講的，全是環保界的大神級人物。年紀大，語速也很慢，催眠效果極佳，加上其中一位口音太重實在難以聽清，林晚不知不覺便開始走神，她咬掉一口餅乾，忽然聽見窗外傳來翅膀撲掮的動靜。

林晚轉過頭，推開陽臺門出去仔細搜尋一番，才看見一隻海鵰棲息在湖岸邊的樹冠上。為了響應環境保護的主題，主辦方為與會嘉賓選擇的飯店也坐落於山明水秀的地方。出發前林晚就想過肯定能遇見鳥，但她萬萬沒料到運氣這麼好，剛到幾小時就能親眼看見。

距離隔得太遠，光靠肉眼看不清晰。

林晚一下子興奮起來，跑進臥室把三角架、相機和鏡頭全擺到陽臺上，擺好道具後從取景框裡望過去，緊接著便不由得挑高了眉。

運氣不錯啊，她想。

居然是隻白頭海鵰，北美洲的特產鳥類，國內根本沒有。

那隻白頭海鵰看體型應該是成鳥，牠根本不知道飯店陽臺上有個女人正在興致勃勃地觀察牠，在樹梢稍作停留後，便展開雙翼飛向飯店附近的湖泊捕食。

燦爛的陽光下，翅膀展開後長達兩公尺的大型猛禽的英姿讓林晚激動不已。她隱約覺得自己好像忘記了什麼重要的事，但久違的觀鳥活動又在不斷刺激她的神經，讓她在此時此刻把一切都拋之腦後。

林晚今天確實運氣爆棚，不僅拍到海鵰一衝而下從水中叼走食物的畫面，大自然還額外饋贈給她難得一見的場景。原來在湖畔的另一棵大樹上，竟然還有一隻幼鳥。

白頭海鵰是種很特別的鳥類，幼鳥體型跟成鳥差不多大，整個餵食過程吸引林晚全部的注意力，等到成鳥再次飛走後，久站發麻的雙腿才提醒她應該休息一下。

林晚回到房間，迫不及待地將相機裡的照片匯出幾張到手機裡，然後上傳社群軟體，和廣大網友分享她的見聞。

照片發出去後，她笑咪咪地點開照片看了看，心中止不住地感慨，猛禽真帥啊。

被冷落多時的筆記型電腦，在此時播放出一陣熱烈的掌聲。

林晚下意識看向螢幕，只來得及看見周衍川走下講臺的身影。

西裝筆挺的背影乾淨俐落，連後腦勺都比常人要帥幾分。

「……」

她為了觀鳥錯過了什麼！

林晚懊惱地慘叫一聲，悲傷地發現這家網站的重播功能要等直播全部結束後才能使用，無奈之下只能度日如年地等到開幕式全部結束，連按好幾次刷新鍵，才終於等到了重播開啟。

所幸周衍川的演講時間不長，足夠她重複看上兩遍。

平心而論，林晚哪怕不認識周衍川，也會被他的演講所吸引。

臺上的男人面容英俊，身材頎長，哪怕站著不說話也足夠勾人，更何況他演講全程英文流暢，語速與音量都控制得很好，態度更是不卑不亢。如此遊刃有餘的姿態，拿出去當演講教材都綽綽有餘。

林晚看得萬分投入，視線每落到他手上那枚戒指，眼中便每多出一分歡喜。

周衍川回到房間時，看見的就是未婚妻撐著下巴坐在窗邊，柔情似水地盯著螢幕甜笑的一幕。

傍晚時分的陽光正好，落在她的髮梢，給她添上一層暖紅色的邊。

溫情又甜蜜的氣氛讓人很不想打擾，如果不是她忽視了周衍川本人的話。

周衍川解開領帶，靠在進門的矮櫃邊，垂手輕叩幾下櫃門：「有人在嗎？」

林晚一愣，回頭的同時便起身朝他跑來。

她直接撲進周衍川懷裡，語氣中滿是驕傲與自豪：「好帥啊寶貝！你不知道，我全程眼睛都捨不得眨，就怕錯過任何一個畫面。真的，講得也很好，你拿鳥鳴澗的事蹟舉例的時候，連我都忍不住想鼓掌。」

「鼓掌就不必了。」

周衍川在她耳邊低笑一聲，又問，「不是叫妳在飯店休息嗎，難道又坐了一下午？」

林晚彎起眼笑：「沒有啊，我下午站了很久的。」

周衍川與她拉開點距離，見她神色無恙，便沒有懷疑地點點頭：「換衣服吧，出去參加酒會。」

今晚的酒會就在酒店內部舉行，不算特別正式，沒有任何繁冗的流程，前來參加的人士大多是想跟同行繼續探討論壇的主題。

周衍川攜林晚一露面，便暫時吸引了周遭的目光。

愛美之心人皆有之，這條定律放之四海都通用。

更何況除了長相以外，周衍川的經歷與談吐也同樣令人欣賞。

一時之間，前來寒暄者甚多。

輪到兩位金髮碧眼的女士時，周衍川特意為林晚多介紹了幾句。

這兩位都是國外某家知名動保機構的負責人，年紀約莫五十歲左右，各方面的經驗都極其豐富。

林晚此行的目的，也不僅僅是作為周衍川的女伴出席。

過沒多久，見周衍川還有別的應酬需要處理，她便端上酒杯，在人群裡找到那兩位女士，主動過去與人聊天。

周衍川確實很忙。

此時跟他交談的是當地環保署的一位官員，談的正是今年年初的一場山火過後，部分地區自然生態被破壞無法自我修復，需要借助人工播種修復。

這種大面積的生態修復是件挺麻煩的事，山火燒起來毫無規律，可能一片區域的植被還算完好，另一片地區就是寸草不生的荒蕪狀態。

倘若僅靠傳統手段用人力去測量，耗費時間長不說，測量資料也不夠準確，更別提之後還有更為關鍵的播種和養護工程。

這一交談，便是十幾分鐘過去。

周衍川初步提供了一些無人機干預的想法，又和對方交換了聯絡方式後，便轉頭在宴會廳內四處尋找林晚。

很快，他就看見了那個和人談笑風生的身影。

林晚的英語其實很好，平時看些鳥類相關的資料不用翻譯也完全不成問題。可她畢竟沒在國外長期生活過，與人溝通時當然不像周衍川那麼流利。

可無論是她的肢體還是神態，都看不出半分侷促。

簡直把學外語的精髓展現到了極致。

語言嘛，重在能讓雙方理解彼此想表達的意思就行，偶爾有點停頓或哪個詞彙用得太簡單，都不應該成為交談過程中的心理負擔。

周衍川遠遠地望著林晚，緩緩勾起唇角。

無論認識多久，他依然會為她身上那種自信又灑脫的氣質所吸引。

今天這場酒會，幾乎每一個與周衍川交談過的人，在得知林晚是他的未婚妻後，都會由衷地獻上祝福，再禮貌地稱讚他的未婚妻美貌動人。

可是只有周衍川自己清楚，在林晚身上那麼多讓他心動的優點之中，美貌只不過是附加之物。

有，固然好。如果沒有……

周衍川思忖片刻，心想那麼，只要給他了解林晚的機會，他還是會一如既往地愛上她。

一場酒會結束，林晚受益良多。

回到房間後仍在興奮地向周衍川介紹她今天聽到的各種動保案例。

周衍川一邊聽她說話，一邊用手機處理工作。

非常平淡的一幕，卻又在些微酒精的烘托下，襯出十分的溫馨。

林晚說得口渴，趴在周衍川身上，伸長手臂去拿那邊的水杯，喝了一口後就不想起來，懶洋洋地枕在他膝蓋上，眨眨眼睛：「我突然在想，好像比起看電影逛街，我更喜歡和你參加這樣的活動。」

「我也是。」周衍川調整一下坐姿，讓她枕得更舒服些，手指有一下沒一下地纏著她的髮尾，「將來妳自己也會收到很多邀請，喜歡的話可以多參加。」

林晚不知想到什麼，笑了起來：「不過我們這樣真的好嗎？剛求完婚哦，居然就聊這麼有事業心的話題。」

「是誰回來後一直纏著我講大象保護區的？」

周衍川回覆完工作相關的消息，見她懶得沒骨頭似的黏在自己身上，看起來一時片刻都不會起來的模樣，便索性點開社群軟體，想看看國內媒體對今天的論壇開幕式有什麼報導。

林晚毫無察覺，繼續說：「可是吧，我真的覺得和你聊什麼都很開心。哦你奚落我的時候不算啊……反正大概就是太喜歡你了，只要有你在，再枯燥乏味的事都會變得有趣起來。」

周衍川沒有接話。

林晚以為他被這番告白感動了，不好意思地清清嗓子：「當然你不能太驕傲，驕傲使人退步知道嗎？萬一哪天你變得無聊了，我就只好……」

她本來想皮一下，說點「只喜歡你英俊的皮囊」之類的話來逗他。

不料下一秒，周衍川卻問：「所以我現在已經很無聊了嗎？」

「怎麼可能呢！」林晚馬上否認。

「是嗎？我怎麼不太相信呢。」

周衍川把手機遞到她眼前，讓她自己看，「否則寶貝兒為什麼在我演講的時候去看一隻鳥。」

林晚一怔，看清手機螢幕後格外心虛。

社群軟體發布時間明明擺擺地顯示在那裡，想辯解都找不出藉口。

周衍川輕哼一聲，冷淡道：「不僅看了，而且還誇牠帥。」

「……」

我現在認錯還來得及嗎？林晚絕望地想。

02

林晚知道，周衍川肯定不是真生氣。

有時候鐘佳寧會吐槽她：「妳看看自己，每次都被他抓現場、每次都要惹人家吃醋、每次都要好聲好氣地哄，怎麼就不能從根本上解決問題呢。換了是我的男朋友長那麼帥，我肯定把他寵到天上去，外面的小妖精絕對分不走半點注意力。」

「妳懂什麼，這是我們之間的情趣。」林晚笑咪咪地回，「而且我好喜歡看他吃醋的樣子，很冷淡又有點小彆扭，就是那種『妳快點來哄我』的感覺，會讓人忍不住把最好的一切都拿出來讓他開心。」

當時鐘佳寧無言以對，實在不好意思戳穿她：這哪是妳哄周衍川，根本是周衍川在撩妳。

此時此刻，林晚從周衍川身上起來，很不正經地半跪在沙發上，身體往前傾，滿臉誠懇地保證：「寶貝你放心，我跟外面的鳥都是隨便玩玩的。」

「是嗎？」周衍川懶洋洋地問，「那妳今天跟牠玩得開心嗎？」

林晚遺憾嘆氣：「一般吧。主要是牠有孩子了，我不太喜歡這種。」

「……」

周衍川萬萬沒料到還有如此清奇的解題想法，兩三秒過後偏過頭低聲笑了出來。

雖然他今晚全程拿著酒杯四處應酬，但真正喝下去的卻沒多少，連微醺都不到的狀態。此刻被林晚的俏皮話一逗，反倒感覺有幾分醉意從身體裡散發出來。

輕飄飄的，卻不難受。

像夏天從炎熱的室外走進開著空調的房間，打開冰箱看見一杯冰好的薄荷水。又像冬天在雪地裡步行許久，終於找到一個生著爐火的木屋。

渾身上下每一根神經，都處於最舒服的狀態之下。

林晚目不轉睛地望著他，然後終於忍不住去吻他的嘴唇。

說不上原因，但她就是覺得周衍川笑起來的聲音也比別人悅耳，彷彿帶著一種隱祕的電流，能夠從她的耳朵蔓延到身體裡。

她算是理解周幽王為何願意烽火戲諸侯了，能博美人一笑，哪怕史書罵得再狠又怎樣呢，至少這一刻的歡愉就勝過了人間無數。

從交換訂婚戒指到現在，只有當下的時光才真正只屬於他們兩人。

房間裡窗簾緊閉，只有牆上兩盞壁燈照射出半明半昧的光線。

空氣中漂浮著些微甘甜的酒氣，把室內的溫度醞釀得更加醉人，他們的十指緊握糾纏，兩枚戒指在春光裡刻印下情動綿綿的誓言。

沒有太多聲音，言語在此時顯得過於匱乏，所有的情感都只能交給眼神與動作來傳遞。曖昧如同初春的冰雪，在山峰間迂迴蜿蜒，攀過無人踏足的禁密高峰，最終汩汩流淌開來。

結束後，林晚懶得一根手指都不願動。

周衍川抱她去洗澡，熱水密密麻麻地包裹著她每一寸皮膚，令人昏昏欲睡。林晚勉強撐開眼皮，在霧氣繚繞中多看了他幾眼，覺得這裡的光線好像比沙發那邊更好，襯得周衍川比剛才更帥，於是按捺不住內心的喜歡，又湊上去親他。

然後她就被迫體驗了一次浴室牆面的光滑度。

搖搖晃晃的，好幾次感覺要就此跌到地上，都被周衍川又拉扯回去。他的手臂看著清瘦白淨，其實用力的時候肌理分明，只要被他抱緊了，那就只能在他的視線裡沉溺下去。

林晚的長髮全溼，貼在她光裸的背上，黏得很不舒服。他就用手指一點點地幫她撥開，然後帶著幾分安撫與挑逗，輕輕摩挲那道已經淡掉的疤痕。

「我好愛你啊。」她仰著頭主動親他，聲音含糊，「特別特別愛你。」

周衍川激烈地回吻她，吻到她搖頭抗議了才鬆開，嗓音是低啞的，沾染了少許漫不經心的調笑：「聽說這種時候告白，多半都是騙人的。」

「不許聽他們胡說八道，」林晚用溼漉漉的眼睛瞪他，「我就喜歡說愛你，以後天天都要說。」

周衍川笑了一下：「那就辛苦寶貝兒了，但我可能不太常說這些。」

「沒關係呀……」

她確實不介意這種小細節，喜歡表達愛意是她的性格使然，不必勉強對方必須配合。

周衍川關了水，低頭抿掉她頸側的水珠：「嗯，沒關係，我做就行了。」

林晚：「……」

周衍川你學壞了你知道嗎！

周衍川接下來兩天的行程依舊忙碌。

他出國不像有些人那樣還能順便旅遊，他忙起來就是真忙，而且跟人談論的都是實打實的技術專業內容，相當費神。

林晚自己也有事要忙。

她跟那天認識的兩位動保人士很投緣，有天在論壇現場又見面攀談幾句後，當場靈機一動，跟她們約了時間做專訪。

鳥鳴澗的科普宣傳主要還是由林晚負責，這種分內的工作她做起來得心應手，採訪提綱和流程都設計得精妙，一個半小時的採訪過程裡全是深度探討，光是對話內容都足夠撐起一篇宣傳稿。

但她不想敷衍了事，周衍川開會時，她就在飯店裡查資料寫稿，等到論壇閉幕式那天，把翻譯過的稿件給對方看過後，又主動邀請她們以後來國內和基金會交流。

周衍川在旁邊看著，都為她這種遊刃有餘的社交能力感到由衷的佩服。

公事全部忙完已是下午，第二天上午就要回國。

司機在前排開車，林晚坐在最後一排用手機發郵件給舒斐彙報交流訪問的事，郵件發送出去後一抬頭，忽然覺得窗外的景色十分陌生。

「不回飯店嗎？」她問。

「不回。」周衍川說，「帶妳去看星星。」

距離飯店一小時車程的地方，就是當地的國家森林公園，其間遍布數十個露營點，想住哪裡提前預約就行，帳篷外的景色各異，唯一相同的，就是夜裡抬頭就能看見大片璀璨的星空。

林晚一下車就愣住了，她根本不知道周衍川居然提前做過安排，車子停穩後，他不僅從後車箱裡拿出了露營所需的帳篷、防潮墊和睡袋，而且還拿出了他們放在飯店的行李箱，看起來是打算明天直接從露營地出發去機場。

這份驚喜已經足夠讓她興奮，而更大的驚喜還在後面。

周衍川預訂的露營地視野開闊，背靠山林，面朝湖泊。

下午三四點鐘，青山碧水被陽光照得清晰，棲息在公園裡的鳥兒悠閒地梳理羽毛，歡迎著她的到來。

「我愛你。」林晚笑得眼睛彎了起來，「愛死你了寶貝！」

周衍川冷靜點頭：「可以趁機多說幾句。反正到太陽下山之前，妳應該不會再跟我說話了。」

林晚一邊從行李箱裡取器材，一邊跟他說甜言蜜語：「不會的。我的眼睛用來觀鳥，我的嘴用來和你說情話，我的心還能用來愛你。」

周衍川提著帳篷之類的東西往旁邊走：「不用了寶貝兒，妳還是專心點，說不定能找到幾隻沒有孩子的鳥，跟牠們認真玩玩。」

林晚差點笑嗆到。

不過玩鬧歸玩鬧，真正開始觀鳥後，她明顯就很少開口了。

每次說話也都壓著音量，小聲地跟周衍川分享她從鏡頭裡看見了什麼鳥，或是看見了什麼好玩的行為。

周衍川搭完帳篷，就拿了把折疊椅在她身邊坐著寫代碼，聽她開口時便回應幾句，不說話時就時快時慢地敲敲鍵盤。

他們的愛好仍完全不同，但那點不同在兩人之間，只顯得微不足道。

觀鳥是一項看似有趣實則枯燥的活動。

生活在大自然的鳥兒不是馬戲團裡被戲耍的動物，牠們根本無需考慮人類想看什麼，只是自由地徜徉在天地之間，隨心所欲地活動。

有時接連半小時，相機鏡頭裡什麼都看不到。有時短短幾分鐘，就能讓你眼花撩亂，不知該看哪裡才好。

漫長的等待下來，能拍到的有用素材也許屈指可數，但林晚喜歡觀鳥，周衍川就願意陪她守在這裡。

天色漸漸暗淡下來，日落之後，大多數鳥兒都飛回了巢內不再出現。

林晚伸了個懶腰，打開手機APP簡短做了次觀鳥紀錄上傳，接著邊換相機鏡頭邊問：「你餓了嗎？」

「還行。」周衍川闔上筆記型電腦，「想吃東西？」

林晚摸摸肚子，發現還真有點餓。

他們只是抽空來玩，沒有準備太多食物。周衍川用露營地的廚房做了兩份簡單的三明治，就和林晚一人一個分著吃了。

吃完三明治，林晚又喝了點牛奶，舔舔嘴唇問：「你覺得下午好玩嗎？」

周衍川看她一眼：「怕我無聊？」

「多少還是會怕嘛，如果你覺得不好玩呢，以後不用勉強陪我來。」她把牛奶放到旁邊，屈起右腿環手抱著，小巧的下巴抵在膝蓋上說，「無論如何，我希望我們一起做的事，是能讓我和你都開心。」

遠處有一群出來遊玩的年輕人正在舉杯喧鬧。歡聲笑語隱隱約約地傳過來，襯得他們這邊的氣氛更加安靜，也更加溫柔。

周衍川坐過來，突然將手貼在她的後頸，稍稍用力讓她抬起頭：「看天空。」

林晚瞬間屏住了呼吸。

亙古不變的絢爛星辰，是宇宙送給人類的瑰寶。

對於城市裡長大的人而言，它們是深藏在蒼穹中的傳說，難得一見，又惹人嚮往。那些在歷史長河被詩人歌頌過千萬遍的星星，在今日也依舊眷念著每個不遠萬里來看它的人。

銀河跨越天際，連接著散落的群星與輝光。

「好看嗎？」周衍川問。

林晚點頭，心中滿是夙願達成的感動。

她很久以前就想和周衍川一起看星空，可當初萬萬沒能想到，真正實現的時刻，他們居然已經和對方締結了婚約。

周衍川鬆開手，和她肩靠著肩，仰頭看了一下後，趁她不備，就低下頭來親吻她。

「只要跟妳在一起，做什麼都很開心。」

番外四　結婚

回國之後，林晚帶周衍川回家吃飯，並在席間宣布兩人已經訂婚的消息。

趙莉女士平時多優雅的一個人，聽完後竟也很沒形象地愣在當場，嘴張著，筷子夾著片青菜，因為手抖得太厲害，最終那片青菜還掉回了碗裡。

老鄭也愣了愣，不過他反應很快，趕緊說：「是好事啊，恭喜恭喜。唉你們真是的，提前打聲招呼也好，我們連紅包都沒準備。」

「謝謝鄭叔叔。」林晚說，「紅包就不必啦。」

趙莉慢吞吞地把那片青菜又夾起來，放進嘴裡也不知有沒有嚼出味道，反正嚥下去後似乎找回點神智，忽然抬手往林晚額頭彈了一下：「翅膀硬了哦！這麼大的事都不跟媽媽提前商量！」

她這下彈得還挺重，林晚當時就痛呼一聲，捂住額頭。

周衍川放下筷子，想替林晚解釋幾句，如果長輩責怪他們行事衝動，那麼至少他要把過錯攬到自己身上。

誰知他還未開口，趙莉就先起身進了臥室。

複雜的情緒瞬間翻湧上來，她連門都沒來得及反鎖，就坐在裡面哭了起來。

林晚見不得她的大美人掉淚，聽見哭聲後，自己的眼眶紅了。

她抿抿唇角，遞給周衍川一個不用擔心的眼神，便進去關上門安慰趙莉。

剩下兩個男人坐在餐廳裡，一時都有些侷促。

面面相覷了一陣，老鄭先嘆了口氣，出聲解釋：「她不是反對的意思。」

趙莉當然不可能反對。

她一個教書育人幾十年的老師，最欣賞的就是像周衍川這樣的年輕人。學有所成，也願意將力量用在正確的地方。當然還有極其重要的一點，長得好看。

總而言之，作為女婿而言，周衍川身上挑不出半點毛病。

但她在得知女兒訂婚時，那一刹那表現出的狀態又無比自然。

丈夫去世後，她獨自一人撫養林晚，雖說從未因為經濟條件發愁，但更多的壓力則是來自精神方面。她不是遊手好閒的富貴遺孀，搞科研和教學的壓力本來就大，還要盡心盡力地培養女兒，各種辛苦都只能自己化解。

如今看見孩子長大成家在即，心中既有感慨萬千，亦有割捨不下。

周衍川輕輕「嗯」了一聲，又問：「附近有賣阿姨喜歡的點心嗎？」

老鄭愣了愣：「有是有，你難道想現在出去買？」

他點頭：「叔叔把地址給我吧。」

趙莉喜歡的點心店就在南江大學附近。

傍晚正是生意最好的時候，前來購買的顧客從店內排到街上，周衍川在隊尾站不到兩分鐘，後面就又有人圍了過來。

周圍全是一張張期待的笑臉。

大人牽著小朋友的手，聽他們用稚嫩的童聲描繪今天的所見所聞；情侶親密地挽著愛人，商量週末要去哪裡約會；結伴而來的兩位老太太趿拉著人字拖，用方言談論昨天下暴雨，哪家的窗戶沒關好，整間臥室都遭了殃。

周衍川獨自站在街邊，影子映在身側的牆上，遺世獨立的孤傲模樣。

他並不喜歡點心，也很少出現在如此有人間煙火氣的場所，被周遭那些細碎的日常所包圍著，更顯得尋常人難以接近。

「總算找到你啦！」身後傳來熟悉的歡欣語調。

那聲音彷彿魔法一般，將他身上那層冷淡頃刻消除。

周衍川側過臉，看著在晚霞下笑得燦爛的未婚妻：「妳怎麼來了？」

林晚走過來跟他一起排隊：「鄭叔叔說你出來買點心，我媽怕你多心，就叫我快點出來把你帶回家。」

「不至於，就是想買點吃的給阿姨。」

周衍川淡聲回道。

他沒什麼安慰年長女性的經驗，做起來也的確很生疏。所能想到的，無非就是希望對方哭過之後，能藉由熱烘烘的點心換回平時的笑臉。

林晚理解地點點頭，湊到他耳邊小聲說：「剛才媽媽拿了一個好大的紅包，說等下要給你。」

周衍川神色一滯，見隊伍往前挪動便跟著動了步伐，然後低聲問：「確定是給我的？」

「你以後是她的女婿嘛。」林晚說，「見面禮不是一直沒給嗎，後來又找不到合適的機會，這次正好我們訂婚，她就拿出來了。」

周衍川垂眸，半信半疑：「她什麼時候準備的？」

「具體時間她自己都忘了，反正有大半年了吧。」

「……」

林晚也覺得好笑：「而且你知道她哭完後跟我說什麼嗎？她說『其實按照妳的性格，我原以為妳會直接把結婚證帶回來給我看，幸好妳還算有分寸』。」

周衍川想像了一下那個畫面，懷疑如果林晚真的把結婚證拍到桌上，那麼趙莉或許不會百感交集地哭出來，而是拎起掃把在客廳裡追著林晚打。

說不定還會連他一起打。

他把心中的猜測說給林晚聽，林晚聽完後認真地想了想：「有可能呢。」

周衍川莫名想笑。

有種久違的從長輩手裡逃過一劫的慶幸。

林晚溫柔地看向他眼中的淺淡笑意，沉甸甸的愛意充斥滿心間，讓她感覺漫長的隊伍也變得溫情起來。

多好啊。

她的周衍川，再也不用孤單一人在世間行走了。

隨後的幾月，時間過得很快。

他們兩人都不是斤斤計較的性格，家裡長輩也不多，關於結婚沒有任何亂七八糟的討價還價環節，就是某天醒來發現天氣很好，便決定去領證結婚。

到了戶政事務所，林晚就被眼前的人群驚住了。她茫然四顧好半天，納悶地問：「今天是什麼日子啊？領證不要錢？」

「七夕。」周衍川看她一眼，「妳不知道？」

林晚確實不知道，她這段時間可謂忙碌又充實，不僅去醫院做手術把鋼釘取了，還要輔佐舒斐處理鳥鳴澗的大小事務，而且前天才從外地出差回來，忙得根本忘記了今天就是一年一度的七夕。

她有些猶豫地說：「其實吧，我不太喜歡七夕，要不然我們換一天？」

「嗯？」周衍川握緊她的手腕，「恐婚呢，寶貝兒？」

「……倒也不是。」

林晚任由他拉著，還在解釋她的理念，「主要是你不覺得牛郎織女的故事根本不圓滿嗎，每年才能見一次面哦，異地戀很難熬的。」

周衍川低頭看著她：「我倒覺得挺合適。」

林晚滿頭問號地回望過去，實在難以相信周衍川會是一個追求「七夕領證」這種儀式感的人。

「七夕不是有喜鵲嗎。妳那麼喜歡鳥，說不定哪天拜託牠們一聲，牠們就能在科園大道架一座橋，送妳來公司見我。」

林晚哽了一下，發現理工男開起腦洞竟特別切合實際情況，必須是喜歡鳥類的她拜託喜鵲才行，換作周衍川自己，大概還使喚不動牠們。

幾句閒聊的工夫，兩人就走進了戶政事務所的辦事大廳。

前面排隊的人不少，他們填完資料就在角落找了個位置等待。

中途林晚接到一個電話，是她合作的編輯打來的。

她那本鳥類圖鑑是出版社今年的科普重點專案，上市時各方面的推廣管道宣傳做得很多，加上內容確實扎實又有趣，兩個月前發售之後就賣得很好，不僅登上了科普書籍熱銷榜，還早早就有了加印的計畫。

編輯打電話的意圖，是想跟她預約第二本圖鑑的出版。

林晚喜出望外，聽到消息後就笑得眉眼彎彎。

周衍川靠著椅背看她，戶政事務所辦事大廳的燈光當然不可能有多溫馨，但勝在足夠明亮，清晰地落在她的眼尾眉梢，細碎點綴著她濃密的睫毛，彷彿是誰不小心打翻了鑽石的粉末，將它們盡數灑在了她的周身。

絢爛無比的光芒，哪怕放在伸手不見五指的黑夜裡，也必定是夜空中最閃亮的那顆星星。

輪到他們拍結婚照時，攝影師忙了一上午大概累得慌，本來很沒精神地站在那裡，結果一看這兩人進來，就不由自主地露出了笑容。

長得都特別好看，拍起來肯定快。

林晚早上出門前，特意叮囑周衍川穿了和她一樣的情侶裝，就是星創那套白色的T恤，既好看，又很有意義。

站到紅色背景前，她莫名緊張起來，大眼睛一眨不眨地看著相機，嘴角開始變得僵硬。

攝影師見多識廣，逗她說：「我說件高興的事給妳聽。」他抬手指向還算淡定的周衍川，「想想妳老公多帥啊！」

林晚根本不用轉頭去看，下一秒，就發自內心地笑了出來。

周衍川：「……」

領到蓋章的結婚證後，林晚拿在手裡翻來覆去地看，然後捂住臉哀號：「好丟人啊！」

她居然一想到周衍川的長相，就情不自禁地笑著露出了八顆牙齒，這事如果說出去，她的親朋好友肯定會拿這事來笑她。

周衍川安慰她：「沒事，我們不告訴別人。」

「真的？」她張開指縫問。

「嗯，最多也就每年結婚紀念日的時候……」

他漫不經心地拖長音調，桃花眼似笑非笑地掃過來，「拿出來回味回味。」

林晚腦子裡「嗡」的一聲，紅霞從臉頰飛到了耳垂。

番外五　蔣珂

江泱很早就聽說過蔣珂。

南江的樂隊圈子說大不大，說小不小，許多人哪怕沒打過照面也知道名字。

所以在音樂節後臺遇見時，蔣珂說喜歡他寫的歌，想跟他交換聯絡方式，江泱也沒多想，就把手機遞了出去。

聯絡方式雖然拿到了，可兩人接下來卻沒怎麼聊過。

現代社會大家各有各的事要忙，誰也不會眼巴巴等著哪個陌生人打破安靜過來寒暄一聲，所以江泱很快就把這事給忘了。

直到某天下午，外面剛下過雨，排練室的窗戶還掛著淅淅瀝瀝的雨珠，沿著光滑的玻璃慢慢流淌到窗臺，雨後初晴的陽光散落在明澄的小水灘上，往四周折射出絢爛的光芒。

「聽說了嗎？蔣珂前兩天又撩到一個男的，結果人家眼巴巴跑去示愛了，她倒反過頭來不認帳。」

江泱靠在窗邊抽菸，被一片搖搖欲墜的樹葉吸引了目光，沒有留神聆聽隊友正在說什麼。

隊友以為他沒聽見，往前幾步靠近了，把剛才的話重複了一遍：「你說這女生是不是挺有意思，活脫脫一個海王啊。」

江決腦海中剛有點靈感的旋律被打斷了。

他吐出一口煙圈，在青白色的裊裊煙霧中瞇起眼，不冷不熱地回了句：「她海不海王，跟我有關係？」

隊友尷尬了一瞬。

玩音樂的嘛，總會有那麼幾個另類的存在，具體表現在有話不好好說，非得話裡帶著刺把人當場戳成刺蝟才舒服。

隊友本人也不是軟柿子，換作其他人敢這麼跟他說話，少不了要當場嗆幾句。可是沒辦法，江決長得帥技術好，到外面演出特別招小女生喜歡，只要有他在，出場費都能漲不少。

而且最難得可貴的是他這人從不拈花惹草，小女生崇拜歸崇拜，但根本沒有機會能爬上他的床，少了許多桃色糾紛，從而吸引更多的樂迷，簡直是難得可貴的可重複利用資源。

稀缺資源，當然要謹慎對待。

於是隊友訕笑幾聲，給自己找臺階下：「也是，繼續排練吧。」

江決把菸掐滅，望著隊友悻悻的背影，不屑地牽了下唇角。

他其實不是恃才傲物的類型，純粹就是嫌這幫人整天正事不幹就知道八卦，有那時間討論人家女生的感情史，還不如抽空多寫點歌，否則也不至於組隊以來，所有作品全靠江決一個人完成。

他有點疲了，覺得這個樂隊沒什麼意思，剛好最近寫歌也進入了瓶頸期，可能換個環境會有新的靈感。

排練結束，其他人都走了，江泱又留下來單練了一下，等到天邊餘暉散盡，才慢條斯理地收拾東西走人。

他們租的這個排練場地以前是個小工廠。

工廠倒閉後被人買下來重新裝修，劃分成一間間隔音效果很好的排練室，再分租給有需要的樂隊。在排練室時還不覺得，關門到了走廊，就會聽見從門縫裡溜出來的錯雜樂聲。

今天有個例外，就是樂聲中還夾雜著女孩子說話的聲音。

「我新認識了一個姐妹，超級有趣，下次帶她來酒吧介紹給你們認識。嗯？什麼叫我又在外面勾搭漂亮女生，我本來是想勾搭和她一起吃飯的帥哥啦。真的很帥，但後來她一出現，我就覺得男人算什麼，美女才是我生活的動力。」

江泱斜睨一眼，看見一個女孩正站在門邊打電話。

短髮俐落，眉目清麗，臉上帶著幾分玩世不恭的笑意。

察覺到他的打量，蔣珂也緩緩抬起眼，第一印象，是這人個子好高。

貝斯是一種很考驗身材的樂器，琴頸比吉他長太多，裝在袋子裡往背上一背，很容易就把人襯得矮了三分。這種情況下，她還能注意到眼前這人的雙腿筆直修長，實在源於他得天獨厚的身高和比例。

視線再往上挪，蔣珂眼前一亮。

她將手機遠離耳邊，朝對方笑了一下：「你是江泱吧。」

江泱盯著她漫不經心地看了幾秒，回憶了起來：「蔣珂？」

「謝謝你記得我，沒讓我一個人尷尬。」

蔣珂索性朝電話那頭說了句「下次再聊」，然後就把手機放進裙子口袋，「你們剛搬來這邊排練嗎，以前好像沒見過。」

江泱點了點頭。

蔣珂又問：「最近在忙什麼？」

「不是剛出了首歌嗎。」江泱想起她說過喜歡他寫的歌，抱著聽聽回饋的想法，問，「妳覺得怎麼樣？」

如果他看得再仔細些，就會發現蔣珂眼神躲閃了一下。

但那時候走廊的燈光太過昏暗，所以他錯過了提前覺察真相的機會。

蔣珂停頓半拍，就口若懸河地誇獎起來：「太厲害了，我聽完的第一時間就在房間裡尖叫，特別是後面那段和弦簡直炸裂，跟人聲搭配得天衣無縫！」

反正樂隊的歌嘛，和弦都是基本要素，指著這一點誇肯定沒錯。

然而這次，蔣珂失算了。

江泱皺了下眉，揚起下巴打斷她：「新歌是首純音樂，哪來的人聲。」

「……」

江泱反應過來了，他以前也遇到過不少次這種情況。

口口聲聲說特別喜歡他的才華，最後加了聯絡方式聊的卻全是男女之間的那些事，聊起歌來一問三不知。蔣珂應該屬於加過之後又覺得沒必要的那種類型，才會把他扔在那裡沒有打擾。

他靠在牆邊笑得懶散：「騙我聯絡方式呢，妹妹？」

蔣珂顫了顫睫毛，她也沒料到居然會在這種細節上翻車。可既然已經被人當面戳穿了，強行掩飾也不符合她的性格，乾脆嘆了聲氣，把事情的原委老實交代了。

她有個做音樂電臺的朋友特別欣賞江決，想請他幫忙寫一首主題歌給節目。可別看那朋友做節目的時候妙語橫出，私底下卻是一個不折不扣的社恐，而且不知道小時候有什麼陰影，對帥哥這種生物抱有天然的畏懼。

思來想去，對方拜託蔣珂要來江決的聯絡方式，希望能夠由她從中周旋。結果前腳剛加好聯絡方式，後腳電臺的領導就說不喜歡江決的曲子，合作的機會眼看著沒了，蔣珂也就沒再聯絡過江決。

「所以你看，這事解釋起來多尷尬。」蔣珂語氣誠懇，「也不是故意想騙你的。」

江決點了下頭：「那妳到底聽過我寫的歌沒？」

「……沒有。」

江決不想跟她聊下去了，轉身揮了揮手，就背著他的貝斯下了樓。

倒不至於生氣，畢竟全國那麼多音樂人，每年出的歌不計其數，蔣珂聽來聽去漏掉他寫的那十幾首，仔細想想也是人之常情。

結果江決萬萬沒有想到的是，第二天中午醒來，打開手機一看，通訊軟體裡全是蔣珂連夜傳來的聽後感。

她像學生寫作業一般，把自己對每首歌的感想真實地記錄下來，哪裡做得有意思、哪裡還有欠缺、哪裡讓她大呼驚豔，一行行的文字就這麼填滿了手機螢幕，讓他直接從惺忪的睡意中清醒過來。

江決一字一句認真看完，發現蔣珂在音樂上的見解與他不謀而合，甚至連他的隊友都沒發現的精妙編排，都被她細緻地找了出來。

就好像他在沙灘埋下了無數個寶藏，許多人都行色匆匆地走過去，而她卻一鼓作氣將它們全部挖出來，全部捧到他的面前說：「你看，它們多漂亮。」

江決愉快地笑了一下，打字說：『謝謝，不過下次不用熬夜聽。』

蔣珂回他：『唉，我主要是不忍心辜負帥哥。』

『……』

兩人就這麼熟悉了起來。

當江決所在的樂隊決定解散的時候，剛好蔣珂樂隊的貝斯手回老家結婚，幾乎沒有任何懸念，他就加入進來。

再後來，蔣珂離隊北上，江決毫不猶豫地跟去了燕都。

蔣珂參加比賽的過程並非一帆風順。

她是一個很有特色的歌手，有點小性感的菸嗓，從外貌到歌聲都帶著點特立獨行的味道，在節目上亮相之初，就在網上引起了不少爭議。

她看完那些負面的評價，沒說什麼，只管專心致志地準備每次的表演。可偏偏到了比賽中途，林晚受傷的消息傳來，讓她整天坐立難安，狀態也受到了一定程度的影響。

下一次錄製時，她順理成章地出現了失誤。

這種節目背後本來就有幾家公司互相角力，蔣珂這種沒有簽約背景的，自然就悄無聲息地被安排成了炮灰的角色。加上有個導師本來就不太喜歡她，當場不顧她以前的表演成績，打出一個低到難以置信的分數，直接把她從中上排名拉到了岌岌可危的淘汰位。

錄製結束後，蔣珂心態就崩了。

說到底她也只是個二十幾歲的女生，孤身一人廝殺已經很艱難，關係好的朋友又受傷入院，今天又被導師罵得一無是處，種種情緒混雜在一起，讓她躲進廁所裡大哭了一場。

哭過之後，她擦乾眼淚，心裡隱約萌生了退意。

可能她就是不適合競爭如此激烈的娛樂圈，想讓更多人聽見她唱歌的夢想，也許到頭來只是一場笑話。

蔣珂麻木地點開動態，看見江泱發了一則跟朋友出去吃飯的動態，就在下面故作開朗地評論說：『我應該快出來了，到時候帶我去吃呀！』

不到一分鐘，江泱的電話就打了過來：『不是還沒結束嗎，怎麼就變成要出來了？』

蔣珂不想把他當成情緒垃圾桶，只簡短地回道：「覺得沒什麼意思。」

江泱靜了幾秒，問：『壓力太大，哭過了？』

「……知道就不要說出來。」

她把潤溼的紙巾捲成一團扔進垃圾桶，邊開門邊說，「有時候承認失敗也是一種勇氣，不是嗎。」

『嗯，話倒沒錯。』江泱在電話那頭低笑一聲，話鋒忽轉，『可我覺得，現在還不到妳用上這份勇氣的時候。』

蔣珂怔了怔，緊接著就聽見他說：『本來是想給妳個驚喜，不過現在想想，提前告訴妳也沒關係。』

「什麼驚喜？」

『你們那節目的音樂編導找到我了，明天開始我會過去幫忙做現場伴奏，下一次妳站上舞臺的時候，有我在妳身後站著。』

蔣珂腳步一頓，從洗手臺的鏡子裡，看見自己久違的、真實的笑容。

江泱說：『我來借點勇氣給妳。』

一週之後的錄製，同樣也是蔣珂的生死之戰。

她被排在最後一個出場，站在舞臺中央時，面前只有一支直立式麥克風，燈光攏成一個圓，將她清瘦的身影襯得更加單薄。

但是她卻一點也不緊張了。

因為她知道，當音樂響起的一剎那，舞臺會全部亮起來。

而她最信任的戰友，將會和她一起戰鬥到最後一刻。

快。

那一晚，蔣珂的表演無可挑剔。

從那一晚開始，她身上隱藏的光芒肆無忌憚地展現了出來，從此以後，星光萬里相伴。

也是從那一晚起，每當她回憶起在舞臺上回頭看見江決的身影時，心跳的速度就會陡然加快。

兩人決定交往的那天，蔣珂剛錄完一個通告。

公司幫她安排的助理是個剛畢業不久的大學生，膽子特別小，跟這種樂隊女主唱出身的藝人打交道還有點小心翼翼，大概怕哪句話沒說對就會被罵。

蔣珂很無奈，感覺她的撩妹事業遭遇了悲慘的滑鐵盧。

回家後她打電話給江決訴苦：「我真的、真的非常不理解，我對她到底哪裡不好，為什麼今天早上出門的時候，我覺得陽光刺眼皺了下眉，她就一副嚇得要哭出來的樣子。」

『可能怕長得豔麗的女生吧。』江決說，『畢竟妳看起來不太好惹。』

蔣珂沉默了一瞬，喃喃道：「我怎麼好像以前認識類似的人……啊，我跟你說過嗎？在南江的時候我有個朋友，做電臺主持的，她也是這樣，看見那種長得不好接近的帥哥就不敢說話。」

江決把面前的鍵盤推開，靠著椅背很無語地說：『妳說的那個長得不好接近的帥哥，好像就是我。』

「……」

蔣珂哽了一下，這才想起當初加聯絡方式的原因，也順便想起當初她在江泱面前吹了一通彩虹屁，結果完全沒誇到點上的糗事。

有些往事，發生的時候還不覺如何，等到很久以後再回憶起來，卻是記憶長河中濃墨重彩的一筆回憶。

蔣珂越想就越想笑。

最後她也控制不住，乾脆躺在床上放聲大笑了出來。

江泱心中彷彿有一萬匹草泥馬奔過：『沒完了是吧。』

「沒沒沒，我就是又想起以前還想撮合你跟林晚……」

蔣珂故作鎮定地清清嗓子，「還好你們互相沒感覺，不然豈不是拆散了一段絕美戀情。」

江泱冷笑一聲：『對，妳家親愛的林晚跟她男朋友就是絕美戀情，我就是故事裡的路人甲，事了拂衣去，深藏功與名。』

蔣珂爬起來重新坐好，望著床邊的地毯看了一下，狀似隨意地問：「那請問你還有沒有興趣，在我的故事裡做男主角呢？」

回答她的，是漫長的寧靜。

時間好像過去了一個世紀那麼久，江泱低啞的聲音才終於響起：『在家等著，我過來當面回答妳。』

窗外樹葉牽動婆娑的月影，在微風的吹拂下輕輕晃了晃。

蔣珂彎起眉眼，輕聲說：「好。」

番外六　婚後

清晨，幾朵牽牛花探出柵欄，晶瑩剔透的露珠迎著晨光，在花瓣的邊緣微微閃爍著。

窗簾在預定的時間自動拉開，將晨曦的光芒溫柔送入室內。

林晚迷迷糊糊地醒了過來，眼睛還沒睜開，就習慣性地翻了個身，抱住了身旁的男人。她頭髮睡得亂糟糟的，在他懷中蹭了幾下，含糊地說：「早上好呀，寶貝。」

「早上好。」周衍川的聲音比她清晰許多，幫她把頭髮理了理，又問，「要再睡一下嗎？」

林晚點點頭，靠在他胸膛又睡起了回籠覺。

今天是美好的週末，睡到日上三竿也不用擔心上班遲到。

年底的南江逐漸轉涼，周衍川看向她放在被子外面的光潔手臂，只能無奈地笑笑，替她把被子蓋好後，一手攬著她的肩，一手點開手機看行業新聞。

他向來是個很自律的人，沒有賴床的習慣。就算以前讀書時兩頭忙碌時常熬夜，睡足七小時也依舊會按時醒過來。工作之後更不用說，哪怕加班到再晚，次日早上八點必定起床。

不曾想，堅持二十多年的好習慣，在和林晚結婚後就改變了。

起因是林晚有天跟他抱怨：「每天早上醒過來，床上都只有我一個人，好像被全世界拋棄了那樣寂寞。」

這番話中自然有誇張的成分，但周衍川還是問：「想醒過來能看見我？」

林晚笑咪咪地點頭。

別看她平時表現出一副沒有拖延症的樣子，私底下還是會有點無傷大雅的小毛病。比如有時玩開心了不想睡覺，第二天就恨不得睡到九點才起。

就這一小時的時間差，直接導致她經常一個人孤零零地起床。

對於起床這件事，林晚還是挺佩服周衍川的。

其實他幾點去公司都不會有人置喙，可哪怕當天上午不用去星創，他也有一堆事可做，鍛鍊、看檔案、敲代碼、瀏覽行業新聞動態，把自己安排得明明白白。

但以前歸以前，現在結婚了，林晚還是希望每天一睜眼，就能看見周衍川那張帥得她心臟怦怦跳的臉。

這點小小的期待，周衍川當然願意滿足。

林晚一覺睡到十點多，醒來後在床上坐了一下，才黏黏糊糊地跟周衍川一起進廁所洗漱。

關於婚後的日子，她並沒有太多感言可談。傳聞說婚姻是愛情的墳墓，可她卻一點都沒有感受到，反而每一天都比前一天更愛周衍川。

「下午我要去機場給大魔王送行，」漱完口，她邊拿毛巾擦嘴邊問，「你跟我一起過去嗎？」

周衍川把她的電動牙刷放回原處：「嗯，合作這麼久，送送也是應該的。」

這一年，林晚做了很多事。

結婚和出書拋開不談，光是鳥鳴澗內部的工作，她就完成得極其出色。

最讓人津津樂道的，是秋天時有個地方的政府犯糊塗，想在已經形成平衡生態體系的山林裡種植更有經濟價值的樹木。林晚收到當地保護志願者的消息後，親自帶人過去，跟對方周旋七八天，不僅成功讓他們改變了想法，還聯絡與基金會合作的企業過去共同協商，最終研究出了另一條發展致富的路不說，還替當地增加了不少就業崗位。

這事被當作動保界的成功案例廣為宣傳。

經此一役，舒斐對林晚算是徹底放心了，回燕都升任基金會理事之前，當眾宣布以後就由林晚擔任鳥鳴澗的總監一職。

和當初徐康帶頭表示不服相比，這一次，鳥鳴澗上上下下沒有一個人反對。

南江機場和往常一樣，上演著無數相聚與離別的場景。

林晚在安檢口外見到了舒斐，以及她的那位弟弟。

舒斐是個特別灑脫的人，在南江好歹住了好幾年，離開時就一個行李箱裝了些重要物品，輕鬆得好像只不過是出去旅遊一樣。

看見林晚和周衍川來了，她聳聳肩，笑著說：「都說了沒必要特地來送我。」

「來都來了，妳也不能把我趕走，對吧。」

林晚經過兩年磨練，如今跟舒斐說話也沒那麼拘束了，「哪怕拋開工作不談，其實我也很喜歡妳，就當作是朋友要出遠門，我難道不該過來跟妳道別嗎？」

周衍川似笑非笑地看她一眼。

厲害了，連大魔王都敢撩。

舒斐挑眉，看向她的目光傳遞出十足的欣賞：「鳥鳴澗既然交到妳手上，就給我好好做。別忘了我還在基金會，但凡讓我聽到什麼風聲，撤了妳的總監職位只不過是分分鐘的事。」

「放心吧。」林晚笑容燦爛地回道。

都是工作幾年的成年人，在場也沒有誰是矯情的性格。

那種抱住對方哭哭啼啼的場面當然不會有，也就是趕在登機之前最後寒暄幾句。

林晚是真的很喜歡舒斐。

雖然加入鳥鳴澗後挨過滿多罵，但她分得清誰是借題發揮、誰是良藥苦口。況且如果不是舒斐這兩年以來的栽培和推動，她恐怕也看不清自己身上存在的可能性。

而且就像她說的那樣，舒斐這人的性格也很合她胃口。

兩個女人氣氛和睦地閒聊著，剩下兩個男人禮節性對視幾眼，彼此都沒什麼話題可聊。

舒斐叮囑完林晚，又轉頭想跟周衍川討論明年的合作事宜。

秦朝站在旁邊欲言又止，終究還是沒說什麼，乖乖看著女朋友的行李箱，做一個盡職的弟弟。等到時間差不多了，才過來輕聲提醒：「該過安檢了。」

舒斐抬頭看了眼機場的鐘：「那行，回頭郵件聯絡。」

她側過臉朝林晚揚揚下巴，「先走了，以後來燕都再請妳吃飯。」

林晚笑著跟她揮手：「一路順利。」

舒斐點了下頭，身姿颯爽地轉過身往安檢口走去。

她就是這樣的人，來或去都格外瀟灑，看不出半分依依不捨的情緒。

倒是秦朝落在後面，對他們笑了笑：「哥哥姐姐再見。」

林晚謹記當年的教訓，今天全程沒跟他有過眼神接觸。

此時被一聲「姐姐」喊得心都軟了，眼睛彎成月牙，語氣也不自覺地親切而溫和：「弟弟再見。」

周衍川意味深長地勾了下唇，把她摟得更緊了。

林晚下意識揚起腦袋：「周先生，不至於吧。我都是你的妻子了，你還沒事吃這種醋？」

「當然不至於。」

周衍川領著她往車庫的方向走去，「我就是覺得奇怪，怎麼沒聽妳用這種語氣跟我說過話。」

林晚短暫沉默了一下，分析他所說的「這種語氣」到底是哪種語氣。

可能是和她平時說話的狀態不太一樣，非要說的話，比較偏向於跟別人家的小朋友交流的那種感覺。

「畢竟他年紀小嘛。」她說，「而且看起來那麼乖，像那種很會賣萌的狗狗一樣。你嘗試代入一下，一隻毛茸茸的小動物站在面前的感覺呢？」

周衍川在電梯前站定：「妳真覺得他乖？」

「對啊。」林晚回答得很肯定。

周衍川低聲笑了一下，慢條斯理地說道：「還好妳沒談過姐弟戀，不然肯定被弟弟們騙得團團轉。」

林晚：「……」

是的，雖然周衍川為她改變了早起的習慣，但她有充分的理由懷疑，不管結婚多少年，他有事沒事喜歡奚落她的習慣，可能一輩子都改不掉。

今年的除夕，兩人依舊回南江大學過年。

初一早上吃完早餐，趙莉把林晚叫過去，從抽屜裡拿出一疊紅包：「拿去。」

林晚手抖了一下：「太多了吧。」

而且裝在一個紅包裡不好嗎，何必分那麼多個，這不是浪費資源嗎？

趙莉沒好氣地將幾十個紅包拍到她手裡：「小姐，麻煩妳醒一醒，裡面是空的。」

「啊？」

林晚彷彿坐了一趟雲霄飛車，暫時跌入谷底，「空的給我幹嘛啦。」

「拿去發給別人。」

趙莉說話時的表情還很得意，滿臉都寫著「我就知道妳沒考慮到這些細節」。

南江有老闆給下屬發開工紅包的習慣，林晚下意識以為她媽媽指的是這事，當即把紅包放回抽屜：「不用啦，辦公室裡有準備。」

趙莉掃她一眼：「妳是不是忘記自己結婚了。」

林晚怔了怔，這才想起南江還有一個習俗。

每年春節時，已婚人士要發紅包給關係好的未婚人士，不管對方年齡大小，只要未婚，就能拿個小紅包圖吉利。

她和周衍川結婚以後，日子過得還是和戀愛時差不多，導致她根本沒有意識到這一點。

拿著厚厚一疊紅包離開後，林晚決定回到房間找周衍川「訴苦」。

周衍川正在換衣服準備出門，見她神色複雜地進來，便問：「怎麼了？」

她把事情說了一遍，難以置信地搖搖頭：「原來這就是結婚的感覺。」

「嗯？」周衍川微抬下巴，從下往上扣鈕釦，調笑道，「怎麼，覺得自己不是寶寶了？還是說妳到現在，有時候都沒意識到我是妳的丈夫？」

林晚抿抿唇角：「倒也不是。」

她只不過就是遲鈍地迎來了身分轉變的衝擊。

一想到約了鐘佳寧過兩天出去逛街，到時鐘佳寧說不定還會伸手向她要紅包……

咦，那畫面想想還挺美妙呢。

周衍川抬起眼皮，從鏡子裡看見她臉色變來變去，一下鬱悶一下高興的，也懶得去分辨她腦袋裡都在琢磨些什麼，低聲說：「幫我把床頭的抽屜打開。」

林晚「哦」了一聲，以為是幫他拿東西，毫無防備地走過去，接著就愣在了當場。

裡面有一個紅包，不用伸手去摸就能看出來，挺厚的。

她驚喜地回過頭：「給我的？」

「不然還能給誰。」周衍川說，「我就妳這個寶貝兒，不得寵著點？」

林晚被他話裡帶著的溫柔甜得心花怒放，唇邊揚起歡欣的笑意。

她把紅包拿出來，也沒數有多少，就走過去從背後抱住他：「等下去商場用這筆錢買新衣服給你好不好呀？」

周衍川動作一頓：「不用了吧。」

「那怎麼行呢？」林晚語氣誠懇，「你也是我的寶貝嘛。」

周衍川垂下眼眸，思忖片刻後問：「可這樣一來，跟我自己買有區別嗎？」

「當然有。你自己去買，不會有像我這樣漂亮又可愛的太太在旁邊誇你帥。」她回答得還挺理直氣壯。

「……」

行吧，老婆說得對。

當年七夕，林晚和周衍川度過了第一個結婚紀念日。

沒有大費周章地慶祝，就兩人在家裡吃了一頓燭光晚餐，看了一場電影，然後上樓在房間裡做了一些該做的事。

彷彿某種隱約的信號一般，從那一天過後，身邊陸陸續續開始有人問同樣的問題——「你們打算什麼時候生孩子？」

每次有人問到時，周衍川都會回答：「不急，看她的意思。」

林晚則會委婉地表示：「再等等吧。」

其實主要原因，說來說去也就是兩點。

一來她腰椎受過傷，想再養段時間看看身體情況再說。

二來就是工作太忙，實在抽不出多餘的精力。

趙莉是一個很開明的母親，聊起孩子也是拿出讓女兒決定的態度：「為人父母不是打卡上班，不管身體還是心理都要做足準備才行，萬一倉促生下來卻照顧不好，那豈不是害了小朋友。」

得了大美人的批准，林晚更是一點壓力都沒有，事業發展得風生水起，和周衍川的二人世界也過得甜甜蜜蜜，完全將這事忘到了九霄雲外。

直到有一天，終於連趙莉都按捺不住，打電話來問：『你們還要準備多久？』

林晚才驚覺她和周衍川已經結婚三年了。

這三年裡，星創穩紮穩打地發展壯大，不僅在國內有了與德森並肩的勢頭，在國際上也屢屢獲得讚譽；鳥鳴澗成為了動保領域代表性的公益機構，曾楷文打來好幾次電話，問她想不想去燕都做基金會理事；蔣珂在娛樂圈經歷了一番風風雨雨，和音樂製作人江泱的愛情故事在粉絲間廣為傳頌；舒斐在燕都辦了一場豪華至極的婚禮，在眾人的祝福聲中和秦朝交換了戒指；就連曾經那個不著調的郝帥，都已經做了一對雙胞胎的爸爸。

郝帥和鄭小玲結婚這事，一度讓林晚大呼意外。

可仔細想來，這兩人都是特別好玩的性格，再加上那段時間同住一個屋簷下，日久生情也是情理之中的結果。

那些陪伴她和周衍川一路走來的人，哪怕如今一年都很難見上一面，但他們確實在各自的人生軌道上朝著目標前行。

當天晚上回到家中，林晚在吃飯時問：「我們是不是，也該有寶寶了？」

周衍川一怔：「媽催妳了？」

「催是催了，但主要是明年我就滿三十了，再等下去只會越來越忙。」

林晚放下筷子，誠懇地說，「你也知道的，現在除了鳥鳴澗以外，我業餘時間還在做科普，不僅要出書，有時還要去外地開講座。再過幾年的話，身體可能就沒現在好了。」

周衍川盛了碗湯給她，將湯碗放下時說：「如果孩子會耽誤妳的事業，不生也沒關係。」

林晚咬了下嘴唇，心中漫上一陣複雜的情緒。

她比任何人都清楚，周衍川少年時期經歷過什麼，而他從小到大最需要的是什麼。

一個完整而幸福的家庭。

見她愁眉不展，周衍川眼底反而掠過一抹寬慰的笑意。

他輕輕握住她的手腕，低聲哄她：「我知道妳在想什麼，但我希望當妳決定生孩子的時候，不是因為世俗的看法、也不是因為要彌補我人生中的空白，而是完完全全出於妳自己的意願。」

深情款款的一番話，徹底打消了林晚內心的疑慮。

有什麼可擔心的呢，孩子的父親可是周衍川啊。無論發生任何事，無論她的身分如何轉變，他都會像當初那樣，懂得如何愛護她、尊重她。

「那就生吧。」半晌過後，她愉快地做出了決定。

南江漫長的夏天翻過一頁，轉眼秋風吹拂，掃盡空氣中殘餘的暑熱，在臨近年尾的日子裡，給整座城市帶來難得的涼爽。

轉眼過去小半年，林晚的肚子一點動靜都沒有。

她為此還和周衍川去看過幾次醫生，檢查結果沒有絲毫問題，純粹就是還沒到時候而已。

至於那個時候何時才到，誰也不知道。

林晚起初還有些焦慮，時間一長就想開了。每天該幹嘛幹嘛，畢竟醫生都說了，保持良好的心態才有利於懷上寶寶。

結果她這一想開，就過於得意忘形。

元旦的前一天乾脆沒陪周衍川跨年，捧著一大束鮮花去了南江電視臺演播廳，看蔣珂參加跨年晚會。

兩人有段時間沒見面，當然有說不完的悄悄話，晚會結束後林晚跟周衍川打了聲招呼，就和小姐妹去住飯店了。

周衍川當時答應得挺好，新年第一天上午，就傳來一則看似委屈到極致的訊息：『我去潘老師的實驗室了，妳在外面好好玩。』

林晚盯著螢幕，莫名感到一陣愧疚。

這可是新年啊，怎麼可以放任她的寶貝在實驗室裡和潘老師談論人類與未來的話題！

「我要去找他。」

林晚收拾好東西，對還在被窩裡懶得起床的蔣珂說，「下次在燕都見。」

蔣珂露出個腦袋：「妳想想自己說的話，像不像個睡完就跑的渣女。」

林晚反應過來後哈哈大笑：「過獎過獎，互渣互渣。」

蔣珂鄙夷地瞪她一眼，翻身下床時忽然愣住，然後就急匆匆地跑進了廁所。

同為女人，林晚當然了解這代表什麼，她走過去敲了敲門：「要幫妳買衛生棉嗎？」

「不用，我助理準備了。」蔣珂在裡面說，「快點去哄妳的寶貝吧。」

林晚：「OK，那妳多喝熱水哦。」

「……別逗我笑！」蔣珂抓狂。

林晚拎上包包出了門，走進電梯時才腳步一頓。

她這個月……好像……

十幾分鐘後，林晚站在商場廁所內，盯著驗孕棒看了好半天，感到一陣暈眩。她摸了摸依舊平坦的小腹，很難相信此時此刻，裡面居然悄悄住進了一個小生命。

林晚深吸一口氣，從包裡摸出手機想打給周衍川。

不料螢幕還未解鎖，手機就搶先一步響了起來。

像是某種注定的心有靈犀。

林晚按下接聽時，嗓音還有些顫抖：「我、我要跟你說個好消息。」

『這麼巧？』周衍川說，『我這裡也有個好消息。』

林晚現在還恍惚著，根本沒有細想他那邊能有什麼好消息：「我先說！你要當爸爸了！」

周衍川靜了幾秒，才啞聲確認：『真的？』

「是啊！」

經歷過最初的震驚後，真實的喜悅漸漸傳遍了每一處的神經末梢，林晚眼中的笑意越來越濃，「寶貝，開心嗎？」

『嗯。』他低低地回道。

「那你的好消息呢？」

周衍川彷彿失憶了片刻，過了一陣才緩聲開口：『實驗室的種子發芽了。』

林晚的呼吸刹那間亂了幾拍。

原來他去潘思靜的實驗室並不是在跟她鬧彆扭，而是真的有一件特別好的事發生了。

「恭喜你。」她笑著說，心裡既有感動，也有藏不住的歡喜。

周衍川輕笑一聲：『也恭喜妳。妳現在在哪，我過去接妳。』

他的聲音夾雜著些微電流，在她耳邊響起，『接下來，可以抽空想想寶寶叫什麼名字。』

林晚整個人好似踩在輕飄飄的雲團上，想也沒想，下意識脫口而出：「既然這麼有緣，不如叫他小麥好啦。」

周衍川：『……』

妳認真的嗎？

番外七　尾聲

林晚只是隨口一說，沒想到周衍川就真那麼慣著她，好像就打算把名字這麼定下來。幸好趙莉聽說後極力反對，連夜跟老鄭在家研究大半宿，最後幫還未出生的寶寶取名叫周知意。

林晚他們沒什麼意見，只不過小麥小麥地喊習慣了，乾脆決定就用這個當孩子的小名。

周小麥出生在一個驚心動魄的颱風天。

南江幾乎每年都有颱風入境，但今年這次聲勢浩大無比，還在海上就引起了各部門廣泛關注，沿海一帶居民大批撤離。

颱風登陸前一天，周衍川親自帶人到現場，用無人機反覆巡邏好幾遍，確定政府規劃的撤離地帶連個鬼都找不到後，才風塵僕僕地回到了南江市內。

到家時已經開始下雨，林晚坐在客廳等他，見他平安回來後，又隻字不提自己前幾小時的忐忑不安，只慢吞吞地牽著他的手，帶他去看今天阿姨在窗戶上貼的防風米字膠帶。

周衍川謹慎檢查了一遍，才親了親她的額頭：「辛苦寶貝兒了。」

「我哪裡辛苦，最多就是幫阿姨扶扶梯子而已。」

林晚也溫柔地吻了下他的嘴唇，「先去泡個澡休息一下，我讓王阿姨做點吃的給你。」

自從林晚懷孕以後，鐘點工王阿姨就長期在家住了下來。

不為別的，就為她但凡有一丁點不舒服，家中隨時都有人能照顧她。王阿姨做事迅速心也細，有她在，周衍川在公司加班時才不至於隨時提心吊膽。

結果周衍川上樓還沒來得及脫衣服，就聽見王阿姨火急火燎地在外面拍門。開門後迎面而來就是一句話：「太太要生了！」

周衍川平時多淡定的一個人，聽見這句話後竟也有片刻的恍神。

他甚至還莫名其妙地想著：預產期明明在下週，這專案進度算是提前完成了？

生產所需的證件和物品平時都存放在車庫櫃子裡，周衍川回過神來後，平時鎮定俐落的狀態就又回到了身體裡，他攙扶著林晚上車，王阿姨把雜七雜八的東西塞進包裡，沒幾分鐘就可以出發了。

一路風雨交加，白晝宛如黑夜。

林晚被送進手術室後，周衍川打了一通電話給趙莉，讓兩位老人注意安全不要著急過來。掛掉電話時，他遠遠地看了眼走廊的窗戶，只看到樹木被狂風拉扯不止，傾盆大雨像鞭子般抽打在玻璃上，不知哪裡吹來的廣告傳單漫天翻飛，一片兵荒馬亂的景象。

他就那樣靠牆站著，後背抵著冰冷的牆，緩緩深呼吸幾次。

思緒不自覺地回到幾年前在石安的那個夜晚，同樣的暴雨如注，同樣的魂不守舍。

扶林晚下車時，他的衣服被雨水澆透，潮溼地貼在身上，讓他周身都染了一層沁人的寒意。

王阿姨幾次過來，都沒敢出聲打擾。

周衍川的手機一直在震。

不用看他也知道，肯定是群裡正在討論南江準備正面迎接颱風的凶險，換作以往，他再忙也會分神去關注一下情況。

然而這一天，風也好，雨也罷，所有的一切都無法換得他絲毫的留意。

直到手術室的大門推開，有人出來笑著說什麼，男人眸中翻湧的寒意才在頃刻間散去。

颱風抵達南江的當夜，林晚平安生下了一個女兒。就因為女兒千挑萬選，選了這個日子出生，林晚當時就認定，這絕對是個勇猛無畏的女孩。

聽說這世界很瘋狂？那她偏要來看看。

周小麥是個不愛說話的小朋友。

剛上幼稚園時，老師還曾經委婉地建議過林晚帶她去醫院檢查一下，畢竟哪有小朋友能在幼稚園一天都不說話呢？

檢查結果顯示，周小麥不僅沒有任何問題，而且智商還挺高。

林晚鬆了口氣的同時，也很納悶地問：「為什麼在幼稚園不愛說話？」

周小麥揚起白嫩的小臉：「因為我在觀察他們。」

對於外孫女的這個習慣，趙莉戲稱肯定是林晚懷孕時觀鳥觀多了，才會導致孩子在胎教時期就出現了某些偏差。

隨著周小麥一天天長大，她和其他孩子的不同也漸漸彰顯出來。

就拿玩新玩具來說，大多數小朋友都是不管三七二十一拿到手裡就玩，她偏要坐在那淡定地把說明書看完，偶爾遇到不認識的字，要麼自己查字典，要麼問爸爸媽媽，非得把說明書的意思吃透了，才會不慌不忙地上手。

加上女兒本來就容易長得像爸爸，有時林晚坐在她對面看久了，都莫名有種看到了女寶寶版周衍川的感覺。

「照目前的形勢看來，她長大了絕對是個冰山美人，跟你也太像了吧。」

某天晚上，林晚睡前躺在被窩裡說。

周衍川翻身與她面對面：「不開心了？」

「當然不會，小麥像你也很好啊。」

「是嗎？」

「……好吧，我是有點不開心。」

林晚在暖黃色的燈光和他靠得更近，彼此的呼吸纏繞在一起，「我辛辛苦苦生下來的孩子，怎麼一點都沒遺傳到我的優點呢？」

她多活潑開朗的一個人啊，女兒卻小小年紀就擺出一副冷淡的表情，周衍川的基因會不會太強大了一點？

周衍川想了想：「可能是妳太特別了。」

他是真心這麼認為。

聰明而已，無非就是學東西更快、做事情更得心應手。要像林晚那樣肆意又溫暖，無論遇到任何事都能保持積極的心態，才是世間難尋的珍寶。

林晚看著他那雙深情的桃花眼，看著燈光繾綣散落在他的眼中，忽然認了似地說：「不過也蠻好呢，像你的孩子多漂亮。」

周衍川低聲笑了一下，撐起身垂眸注視她許久，然後低下頭，沿著她的脖頸往下細細吻著：「寶貝兒才是最漂亮的。」

夜色尚早，一切曖昧呢喃都還有足夠的時間去聆聽。

從那天起，林晚接受了女兒和她不像的事實。

然而令她萬萬沒有想到的是，這個認知竟然在某天下班去接周小麥的時候被打破了。

那天她臨時有空，跟保姆打了聲招呼，自己開車去幼稚園。

快放學時，幼稚園門外堵得水泄不通，沿途全是前來接小朋友回家的父母。

她見道路實在堵塞，索性把車開遠了一些，然後步行折返幼稚園。

小朋友們穿著統一的制服，在靠近大門的操場上排隊。

一大群小豆丁站在那裡，看起來還怪可愛的，林晚便站得離大門更近了些，想找找女兒究竟站在哪一排。

周小麥顏值出眾，不需要耗費多少時間就能找到。

小臉蛋白淨又漂亮，規規矩矩地背著小手，看得人心生歡喜。

林晚下意識拿出手機，想拍張照片做紀念。

誰知她剛把鏡頭拉近，就看見站在周小麥旁邊的小男孩，不知為何突然哭了起來。他哭得聲嘶力竭，老師過來抱著安慰也不管用。

情況正在焦灼的時候，周小麥側過臉看了他一眼。

她臉上沒什麼表情，特別像周衍川跟陌生人打交道時的模樣，但女兒接下來的舉動，卻完全出乎了林晚的預料之外。

周小麥嘆了口氣，從包包裡拿出一朵小紅花。

林晚認得那個，是幼稚園老師每天用來獎勵當天表現得最好的小朋友的獎品。做得不算多精緻，但在四五歲小朋友眼中，這就是比世間萬物都還要重要的肯定。

然後，她就眼睜睜地看著女兒，將小紅花塞到了小男孩手裡。

小男孩愣愣地接過來，嘴角撇著。

周小麥不知跟他說了什麼，說完之後彎起眼笑了笑，當著老師的面輕輕捏了下小男孩的臉蛋，然後就轉過頭沒再看他。

整個過程行雲流水，發生得無比自然。

小男孩的臉當時就紅了。

更讓林晚驚訝的，則是周圍好幾個小朋友，都紛紛向他投來羨慕的目光。

林晚默默拍了張照片，收起手機時心想：行吧，至少……周小麥還是繼承了她一部分的優良品質。

周小麥同學升入小學的那一年，星創收購了德森。

這件事在當年的科技圈成為當之無愧的頭條事件，網路上討論得沸沸揚揚，周衍川和德森從前的恩怨也被重新挖出來，不少人從頭分析一遍後，說周衍川是個沉得住氣的人，蟄伏數年終於徹底將德森收入囊中。

林晚對這種言論嗤之以鼻。

收購根本不是周衍川的主意，而是曹楓提出來的。德森經歷了早期的急速發展，企業內部潛在的小問題也隨著時間推移逐漸暴露，走到如今這一步，也不過是千里之堤潰於蟻穴而已。

曹楓願意收購德森的原因也很簡單。

首先是德森位於北方核心圈，占據某種地理優勢；其次瘦死的駱駝比馬大，合作的上下游公司關係打得牢固，用起來也很順手。

最後一個理由，就是出於他和周衍川的私人交情，想替他狠狠地出一口氣。

周衍川對此並不反對，手續辦完之後，趁著暑假帶林晚和周小麥回了一趟燕都，一家三口住進了空置許久的四合院。

他已經不害怕再住回小時候的家。

每天清晨醒來，周衍川都會安靜凝視著林晚的睡顏，看晨光是如何一寸寸地親吻她的臉頰。再過一陣，周小麥就會起床，她是個懂事的小朋友，從不大清早就打擾爸爸媽媽，只會獨自在院子裡自娛自樂，玩得高興了，會有稚嫩的笑聲傳進來。

普通而安穩的一天，就此開始。

離開燕都的前一天下午，周小麥心血來潮，提出想要爬山。

周衍川帶她們去了小時候秋遊去過的地方，沿著旅遊線路逛完一圈後，就來到了位於山頂的古舊寺廟。

天氣炎熱，遊客不多。

只有幾個虔誠的老太太，在寺廟裡燒香拜佛求平安。

周小麥又開始她的人類觀察計畫，睜大眼睛好奇地觀察著別人的一舉一動，有時看著看著還會露出恍然大悟的表情，也不知參透了什麼玄機。

林晚和周衍川早已習慣女兒的這種愛好，也沒出聲催促，就站在旁邊等她。

等那幾位老太太走進內殿了，周小麥便啪嗒啪嗒地跟過去，林晚怕她打擾別人，自然選擇跟她一起走。

周衍川落在最後面，剛要抬步跨過門檻時，眼角餘光掃到了一個人影。

他回過頭，看見廟門外站著一個鬢髮花白的老人，模樣沒什麼特別，非要說的話，就是下巴那留著的山羊鬍讓他多看了幾眼。

時間間隔太久，他分辨不出這是不是當年給他算命的那人。

但在四目相對的那一刻，周衍川淡淡地笑了笑。

那些曾將他禁錮在陰影中的判詞，早已在不知不覺之中，消散於草長鶯飛的燦爛春光裡。

周小麥十六歲參加了升學考。

整個備考期間，林晚和周衍川都沒怎麼費心。她向來是一個想得很明白的女生，什麼時候該玩、什麼時候該用功，無需旁人提醒，自己心中就有一把嚴格的尺規。

事實上，林晚那段時間也確實沒空。

因為周衍川等候多年，等到她對基金會運轉掌握得足夠透徹後，終於把當年承諾的基金會送給了她。

離開鳥鳴澗，一躍成為基金會理事長，林晚很快就適應了新的身分，也很快就忙碌了起來。如今基金會的運轉不光圍繞動物保護那麼簡單，只要是和環境發展有關的專案，都可以納入他們的贊助範圍。

面對新的挑戰，林晚自然沒有鬆懈，她和當年一樣，遇到不夠熟悉的內容就自己去學，認真的模樣不比準備升學考的周小麥差多少。

那年夏天的升學考，南江的理組榜首名叫周知意。

一個漂亮得不像學霸的女孩子，選擇的學校和科系也跌破了所有人的眼鏡。她沒有選擇全國排名最前的綜合類院校，也沒有選擇將來能賺大錢的科系，而是追隨自己內心真實的想法，選擇了一所航太大學的飛行器設計科系就讀。

拿到通知書的那天，已經長得亭亭玉立的周小麥從冰箱裡拿了根冰棒出來，很沒正形地坐在花園裡吃了一下，忽然抬起手，把冰棒當作她的武器一般往天空一指。

林晚和周衍川同時看過來。

周小麥在陽光下笑得自信：「爸爸媽媽，將來啊，我肯定能把小麥送上火星。」

周衍川點頭，淡聲回她：「好。」

林晚怔了怔，不知為何有了一種想要落淚的衝動。他們這一代人的理想，就算終其一生無法實現又有什麼關係？總會有人願意一代代地將它傳承下去。

她低頭揉了揉眼睛，裝出剛想起來的語氣，對周衍川說：「對了，昨天有記者找到我，說想讓我談談對你的看法，我還沒回她郵件呢。」

「隨便寫寫就行。」周衍川表現得很淡然，「實在寫不出來，就寫一百遍『我愛他』。」

周小麥「嘖」了一聲，咬著冰棒笑而不語。

林晚瞪他一眼：「我就不！」

公開表白的機會，區區三個字怎麼能夠寫盡她對周衍川的愛意呢。

她轉身回到書房，打開電腦後，望著空白的檔案醞釀許久，遲遲沒有敲下任何字，最後只能撐著下巴，將視線投向顯示器右邊擺放的兩個小相框。

相框裡裝著的，不是她和周衍川的合影。

而是一枚書籤，和一張被雨淋過的、皺巴巴的紙條。

前塵往事歷歷在目，回憶翻湧而至。

片刻過後，林晚彎起唇角，溫柔地笑了起來。

——《喜歡你時，如見春光》番外完——

——《喜歡你時，如見春光》全文完——

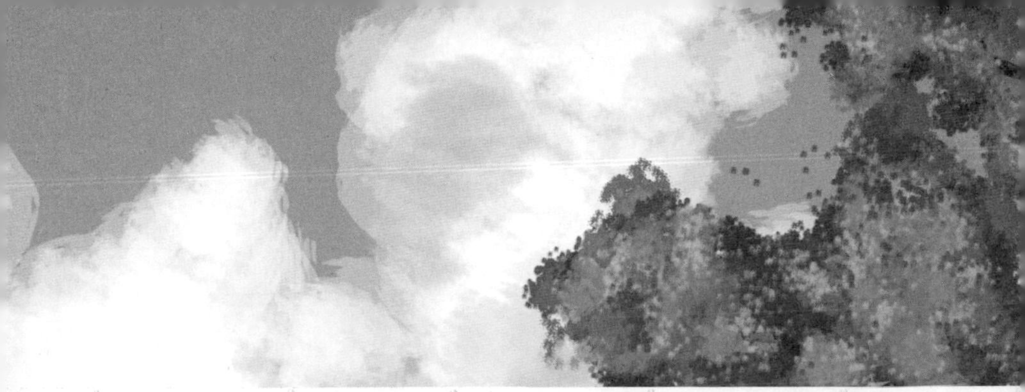

高寶書版集團
gobooks.com.tw

YH 169
喜歡你時，如見春光（下）
作　　者　貓尾茶
封面繪圖　陳采瑩
封面設計　陳采瑩
責任編輯　楊宜臻
內頁排版　賴姵均
企　　劃　何嘉雯

發 行 人　朱凱蕾
出　　版　英屬維京群島商高寶國際有限公司台灣分公司
　　　　　Global Group Holdings, Ltd.
地　　址　台北市內湖區洲子街88號3樓
網　　址　gobooks.com.tw
電　　話　(02) 27992788
電　　郵　readers@gobooks.com.tw（讀者服務部）
傳　　真　出版部(02) 27990909　行銷部(02) 27993088
郵政劃撥　19394552
戶　　名　英屬維京群島商高寶國際有限公司台灣分公司
發　　行　英屬維京群島商高寶國際有限公司台灣分公司
法律顧問　永然聯合法律事務所
初　　版　2024年07月

原著書名：《喜歡你時，如見春光》由北京晉江原創網絡科技有限公司授權出版。

國家圖書館出版品預行編目(CIP)資料

喜歡你時,如見春光/貓尾茶著. -- 初版. -- 臺北市：英屬維京群島商高寶國際有限公司臺灣分公司, 2024.07
　冊；　公分. --

ISBN 978-626-402-025-1(上冊：平裝). --
ISBN 978-626-402-026-8(下冊：平裝). --
ISBN 978-626-402-027-5(全套：平裝)

857.7　　113009348